Punkt, Linie: Mord!

Ein mathematischer Kriminalroman
von
Jakob Stein

Illustrationen: Stephanie Zink

VERLAG

Jakob Stein
Punkt, Linie, Mord? – Mathematischer Kriminalroman

©2023 B3 Verlags und Vertriebs GmbH, Lorscher Straße 7, 60489 Frankfurt
Alle Rechte vorbehalten. Das Werk einschließlich seiner Teile ist
urheberrechtlich geschützt. Jede Verwertung außerhalb der engen Grenzen
des Urheberrechtsgesetzes ist ohne Zustimmung des Verlages unzulässig
und strafbar. Das gilt insbesondere für Kopien, Einspeicherung und
Verarbeitung in elektronischen Systemen.

Weitere Titel von Jakob Stein unter www.jakob-stein.de
Illustrationen und Umschlag: Stephanie Zink, www.kleinform.de
Satz: Textbild, Claudia Steinbauer
Printed in Germany

ISBN 978-3-943758-81-8

don't know much about geography,
don't know much trigonometry.
don't know much about algebra,
don't know what's side rule is for.
but i know that one and one is two,
and if this one could be with you,
what a wonderful world this would be.

Sam Cooke, Wonderful world

„Man könnte statt Punkte, Geraden und Ebenen
jederzeit auch Tische, Stühle und Bierseidel sagen."

David Hilbert, Deutscher Mathematiker, 1862-1943

1

Martin schlug die Augen auf. Er schreckte nicht hoch, wie noch vor einigen Monaten. Einzig ein kurzes Zucken durchlief seinen Körper, kaum merklich und von keinem Laut begleitet. Mit offenen Augen lag er da und versicherte sich, dass er wach war. An der Decke des Schlafzimmers suchte er den Rauchmelder, der sich vom Nachtgrau abhob und dem Auge einen Halt bot. Er schaute zum Fenster, das, halb verdeckt, von den gepunkteten Reihen des Rollladens durchzogen wurde. An der gegenüberliegenden Wand stachen die dunklen Rechtecke der dort hängenden Bilder hervor. Das musste die Wirklichkeit sein. Ganz sicher war er sich immer noch nicht. Sein Unterbewusstsein spielte ihm gelegentlich üble Streiche. Martin streckte sich und hielt einen Fuß unter der Decke hinaus. Sofort zog er ihn wegen der Kälte wieder zurück.

Sandra neben ihm schlief, er hatte sie nicht geweckt und sie nichts von seinem plötzlichen Erwachen gemerkt. Es hatte Zeiten gegeben, da war er laut schreiend aufgefahren und minutenlang, in den Bildern seines Traums gefangen, sitzen geblieben. Sandra musste das Licht anschalten und ihn in ihren Armen beruhigen. Martin zitterte wie in Fieberkrämpfen, war schweißgebadet und brachte kein Wort heraus. Krampfhaft starrte er vor sich hin.

Heute erkannte er frühzeitig, wenn ihn sein Unterbewusstsein in die Falle locken wollte. Die Anfänge, meist ein Treppenhaus, das er schier unendlich lang nach oben steigen musste, waren ihm das erste

Warnzeichen. Spätestens wenn er die Tür zu einem langen Zimmer, in dem links und rechts Betten standen, getrennt durch bodenlange, nur bis zur Mitte vorgezogene Vorhänge, aufstieß, schrillten in ihm die Alarmglocken. Eine Stimme außerhalb seines Traumes rief: „Aufwachen! Martin, aufwachen!" In den meisten Fällen schaffte er es und die Angst vor dem, was noch kommen würde, riss ihn aus dem Schlaf.

Martin warf die Decke zur Seite und stand leise auf. Die Kälte im Schlafzimmer holte ihn gänzlich in die Realität zurück. Auf Zehenspitzen schlich er zur Tür und wie ein Dieb hinaus. Die Uhr am Backofen zeigte 3.10 Uhr. Die Ziffern warfen ein spärliches Licht, das sich in den beiden Weingläsern auf der Spüle spiegelte. Martin nahm eines und hielt es unter den Wasserhahn. Es war wie ein Ritual, ein viele Male eingeübter Ablauf, eine Notwendigkeit. Zehn Minuten. Mindestens zehn Minuten musste er wach bleiben, bevor er sich wieder ins Bett legen konnte. Stand er nicht auf oder legte er sich zu früh hin, kam sein Traum zurück und es würde eine qualvolle Nacht werden, in der er sich ständig zwischen den Welten bewegte und sich die Gewissheit, was Wirklichkeit ist und was Hirngespinste, verflüchtigte.
Martin stand am Fenster in der Küche und schaute nach draußen. Fast zwei Jahre wohnten sie nun hier, doch der Blick in das Nachbargrundstück schien ihm jedes Mal wie am ersten Tag. Es lag vielleicht daran, dass sich nebenan fortlaufend etwas änderte, obwohl, in den letzten Monaten, nachdem die Bauarbeiten endgültig beendet waren, nicht mehr. Der

Garten, ringsum durch einen Zaun und eine Hecke abgegrenzt, war von einem Landschaftsarchitekten geplant und professionell angelegt worden. An die Terrasse schloss sich ein Rollrasen an, der, auch jetzt im Winter, grün glänzte. Mitten auf der Fläche stand ein Brunnen, darauf die Skulptur des Merkur, des Götterboten. Seit die Temperaturen sich dem Nullpunkt näherten, schwieg er. Bis vor einigen Wochen war sein stetes Plätschern bis herauf in den zweiten Stock zu hören.

Das Licht im Garten nebenan leuchtete auf. Irgendetwas musste den Bewegungsmelder aktiviert haben. Anfänglich, nachdem die neuen Nachbarn das Haus bezogen hatten, war dies unentwegt der Fall. Die Strahler am Brunnen auf dem Rasen, an der Terrasse und entlang des Zauns flammten fortlaufend auf. Alle Anwohner drumherum beschwerten sich, da die kleinste Bewegung, ein Eichhörnchen oder eine Katze, genügten, um den gesamten Garten taghell mit Licht zu fluten. Es war das einzige Mal, dass Martin direkt mit Herrn de Vries, dem Eigentümer der Villa nebenan, gesprochen hatte. Eine kurze und unangenehme Unterhaltung. Herr de Vries zeigte keinerlei Verständnis für Martins Bitte, den Bewegungsmelder in der Nacht auszuschalten. „Das ist doch gerade der Sinn der Anlage", erklärte de Vries in einem niederländisch eingefärbten, ziemlich arroganten Ton, „dass das Licht nachts leuchtet. Tagsüber brauche ich es nicht, da sehe ich, wenn sich etwas in unserem Garten bewegt." Martins Vorschlag, doch zumindest die Leuchten am hinteren Ende des Grundstücks nachts abzuschalten, da ihr Schlafzimmer nach hinten raus wäre, überging de Vries scheinbar ungehört. Herr Waller, ein ehemaliger Anwalt und Anwohner auf der anderen Seite der Villa, zeigte schließlich die „Lichtverschmutzung" und „Lichtbelästigung" bei den Behörden an. De Vries musste die Strahler um etliche Lumen reduzieren, sodass sie nur noch ein mattes Schimmern von sich gaben und mehr Schatten produzierten als tatsächlich etwas erhellten.

Martin schaute in den Garten hinüber. Es hatte ein wenig geschneit. Eine dünne Puderschicht bedeckte den Rasen und darauf waren einige Spuren zu erkennen. Sie führten von der Seite zur Terrasse und wieder von dort weg. Auf den Platten war nichts zu sehen. Als Kriminalbeamter, wenn auch aktuell in einer krankheitsbedingten Auszeit, achtete er automatisch auf solche Details. Er überlegte, welcher Tag heute war. In den vielen Wochen, die er jetzt schon zu Hause verbrachte, musste er sich immer wieder orientieren, ob es auf Montag, Mittwoch oder Freitag zuging. „Sonntag, heute ist Sonntag", fiel ihm ein. Gestern war er mit Sandra in der Stadt gewesen und abends im Kino in Bad Soden. Einem kleinen Kino, mit Bar und Tischen im Saal. Es wurden alte Schwarz-Weiß-Filme gezeigt und eine Dame spielte dazu am Klavier. Ein schöner Abend. Sie waren später mit der Bahn zurück nach Frankfurt gefahren, da mag es um Mitternacht herum gewesen sein. Zu diesem Zeitpunkt hatte es noch nicht geschneit. Bis sie zu Hause waren, fiel keine einzige Flocke. Also hatte nebenan jemand nach halb eins das Haus verlassen und war wieder zurückgekommen.

Diese Überlegungen lenkten Martin Schwaner, Kriminalhauptkommissar im Krankenstand, von dem ab, was ihn eben im Schlaf heimgesucht hatte. Wie er sich das Erwachen aus den Albträumen beigebracht hatte, so waren auch diese Gedankenspiele eine bewusste Methode, um die noch immer lauernden Bilder zu verdrängen. Zehn Minuten, zehn Minuten Minimum musste er noch wach bleiben und seinen Kopf mit irgendetwas möglichst Nebensächlichem beschäftigen. Danach konnte er sich wieder hinlegen und würde, wenn er bei den völlig langweiligen Überlegungen blieb, irgendwann in einen traumlosen Schlaf fallen.

„Schnee", dachte Martin, „er würde weiter an Schnee denken. Schnee, wie er langsam auf die Erde fällt. Schnee, der sich auf Ästen und Zweigen absetzte. Schnee, der ganze Landschaften verwandelte." Das Licht im Garten nebenan erlosch. „Einhundertachtzig Sekunden", schoss es Martin durch den Kopf. Das Licht brannte drei Minuten lang. Das war ebenfalls Gegenstand der Beschwerden der Nachbarn gegen de Vries gewesen, warum die Beleuchtung, wenn sie schon angesprungen war, so lange brannte. So groß war der Garten weiß Gott nicht, dass es drei Minuten gebraucht hätte, um von der Straße bis zur Terrasse zu gelangen. Oder, wie de Vries argumentierte, von der hinteren Mauer bis zum Haus heranzuschleichen. Es waren noch nicht einmal zwanzig Meter bis zum anschließenden Grundstück. Zwanzig Meter voll einsichtiger Fläche, auf der lediglich der Brunnen als Deckung hätte dienen können. Doch so groß war dieser auch wieder nicht, dass dahinter jemand unbemerkt stehen oder liegen konnte. „Meine Frau ist sehr ängstlich", führte de Vries damals an. „Ich bin sehr viel unterwegs und sie ist alleine im Haus. Da muss sie sehen können, ob jemand im Garten ist." Die drei Minuten wurden ihm, bei entsprechender Reduzierung der Lichtstärke und im Interesse seiner Ehefrau, gestattet.

Martin sah Frau de Vries anfangs nur gelegentlich. Jetzt, wo er tagein, tagaus in der Wohnung saß, recht häufig. Sie telefonierte auf der Terrasse, ging joggen, fuhr mit ihrem Porsche 911 davon und parkte kurze Zeit später wieder vor der Garage. Sie schleppte riesige Einkaufstaschen den schmalen Weg entlang und suchte vor der Tür immer ihren Schlüssel, der sich irgendwo in ihrer großen Handtasche versteckte. Schließlich setzte sie alles ab und wühlte mit einer Hand in den Tiefen herum, bis sie den kleinen Bund fand und entnervt aufschloss. Dabei strich sie sich jedes Mal eine Haarsträhne aus der Stirn, die ihr eben dahin verrutscht war.

Martin imponierte das selbstbewusste Auftreten seiner Nachbarin. Kaum war sie auf ihrem Grund und Boden angekommen, war sie ganz sie selbst. Im Sommer stand sie oftmals mit einem kaum verschlossenen Morgenmantel hinten im Garten, eine Kaffeetasse in der Hand und schlenderte barfuß über den Rasen. Mehr als einmal glaubte Martin, dass sie sehr wohl wusste, dass sie beobachtet wird. Frau de Vries bewegte sich wie auf einer Bühne, strich mit ihren Zehen über den noch feuchten Untergrund und ließ ihre Schenkel hervorblitzen. Sie lehnte sich im Strahl der Morgensonne gegen den Brunnen und entblößte ihre Schultern. Minutenlang verharrte sie so mit geschlossenen Augen und strahlend blondem Haar.

Sandra, die Martin einmal bei einer seiner Beobachtungen überraschte, sagte, dass alleine die Handtasche mehrere Tausend Euro koste, die ausgesucht dezente Kleidung aus der Goethestraße stamme und die Einkäufe vom angesagtesten Feinkosthändler der Stadt. „Seit wann stehst du auf solche Luxusschneckchen?" Sie sagte tatsächlich „Luxusschneckchen". Martin wehrte sich augenblicklich. Er habe sie nur zufälligerweise gerade unten gesehen und ihr ohne weitere Absichten zugeschaut. „Und überhaupt, was bedeutet Luxusschneckchen?"

„Na, so eine Schande für das weibliche Geschlecht wie sie da unten", antwortete Sandra bissig. „Blondierte Haare, aufgetakelte Frisur, vier Ringe an jeder Hand, ein aufgeblähter Busen, gespritzte Lippen und wahrscheinlich zahlreiche andere Operationen. Dazu ist sie bestimmt zwanzig Jahre jünger als ihr ‚geliebter Ehemann'! Das ‚geliebter Ehemann' sprach Sandra mit hoher Stimme und legte sich theatralisch eine Hand aufs Herz. „Geld macht eben doch sexy", setzte sie nach einer kurzen Pause hinzu.

Martin wusste, wie sehr Sandra jede Form zur Schau gestellten Reichtums hasste. Ihrem Vater, einem schwerreichen Unternehmer, unterstellte sie seit ihren Jugendjahren, mit seinem Geld ihr Leben verpfuscht zu haben. Spätestens mit dem Tod der Mutter hatte Sandra mit all dem nichts mehr zu tun haben wollen und schlug sogar harmlose und gut gemeinte Einladungen des Vaters zu einem Essen aus. Sie könne für sich selbst sorgen und zahlen. Martin fand diese rigorose Ablehnung jeder Aufmerksamkeit übertrieben.

„Dein Vater protzt nicht mit seinem Geld, im Gegenteil, mit seiner Stiftung tut er sehr viel Gutes."

„Die Stiftung hat er doch nur gegründet, weil er nicht mehr wusste wohin mit all seinen Millionen und den Millionen, die ständig dazukommen."

„Dein Vater hat bei null angefangen und sich alles erarbeitet. Er ist sehr bodenständig geblieben..."

„Euch Männern imponiert immer das Geld. Jeder Millionär ist sofort ein besserer Mensch oder doch zumindest einer, zu dem ‚Mann' aufschaut."

„Du weißt, dass ich mir nichts aus Geld mache..."

„Trotzdem verteidigst du immer meinen Vater. Du kennst ihn nicht, weißt nicht, wie er früher war."

Solche Streitereien waren inzwischen überwunden und auch Sandras Verhältnis zu ihrem Vater hatte sich ein wenig normalisiert. Daher überraschte Martin die heftige Attacke Sandras gegen die Nachbarin.

„Du kennst sie doch gar nicht", warf er ein. „Und ihn auch nicht."

„Ich möchte bitte auch keinen von beiden je kennenlernen. Solche Menschen sind mir schon oft genug begegnet. Er, der jung gebliebene Endfünfziger, mit Sneakers unterm Anzug, gegeltem Haar und ewiger Sonnenbrille. Sie, das Püppchen aus dem Modemagazin und einem Haus wie aus ‚Schöner Wohnen'. Du wirst sehen, in einem Jahr steht ein Kamerateam dort unten im Garten und sie wird interviewt, wie viel Arbeit es bestimmt war, ein solches Haus einzurichten. Dabei hat keiner von beiden auch nur einen Finger gerührt."

Auch diese Diskussion lag schon Wochen, sogar Monate zurück. Martin stand noch immer in seiner dunklen Küche, das halb volle Glas Wasser in der Hand und schaute in die Nacht hinaus. Die Uhr am Backofen zeigte endlich 3.20 Uhr. Martin trank noch einen Schluck, goss den Rest in die Spüle und war gerade auf dem Weg zurück ins Schlafzimmer, da leuchtete das Licht nebenan schon wieder auf. Er zögerte einen Augenblick, drehte nochmals um und ging wieder zum Fenster. „Gott sieht alles, dein Nachbar sieht mehr", hatte er kürzlich auf einem Blechschild gelesen. Martin fühlte sich auch ein wenig wie der Siedlungskontrolletti, als er wieder an die Scheibe trat. Er werde mehr und mehr zum Spießer, hatte Sandra erst kürzlich zu ihm gesagt, als er sich über den unzerlegten Karton in der Papiertonne aufregte. Wahrscheinlich sei er das schon immer gewesen, antwortete Martin ernst und gleichzeitig resigniert. „Ein Langweiler und Spießer. Das einzig Interessante an mir war mein Beruf. Und den habe ich inzwischen auch verloren." Sandra nahm sein Gesicht in beide Hände. „Und Spinner", sagte sie, küsste ihn und strich Martin übers Haar.

Nichts, absolut nichts zu sehen. Er würde dies bei Gelegenheit nochmals Rechtsanwalt Waller mitteilen, der nach wie vor gegen de Vries stritt und alle Anwohner aufgefordert hatte zu notieren, wann und wie oft die Beleuchtung im Garten aktiviert wurde und ob es tatsächlich eine Ursache dafür gab. „Sonntagmorgen, 3.20 Uhr", prägte sich Martin ein. „Und 3.12 Uhr. Beide Male ohne ersichtlichen Grund."

„Schnee", dachte Martin als Nächstes und schaute auf den Rasen hinunter. Die Spuren, die er zuvor deutlich erkannt hatte, waren verschwunden. Da, wo sich eben noch Fußabdrücke im Schnee abzeichneten, war jetzt ein grasgrünes Rechteck zu sehen, fein säuberlich aus der leicht weißen Fläche herausgeschabt.

Martin erwachte. Draußen schien die Sonne. Es war schon nach neun, äußerst spät für ihn, der sonst meist schon gegen sechs, spätestens um sieben Uhr auf den Beinen war. Sandra lag nicht mehr neben ihm, Martin hörte sie draußen in der Küche hantieren. „Schnee", fiel ihm wieder ein und seine Beobachtung in der Nacht. Er hatte noch lange wach gelegen und darüber nachgegrübelt, warum jemand seine Spuren im Schnee entfernte? Natürlich, um nicht entdeckt zu werden, ganz klar. Welchen Grund mochte er oder sie gehabt haben, unbemerkt das Haus zu verlassen? Oder, darauf war er erst später gekommen, war tatsächlich das Haus verlassen worden oder wurde es betreten? Martin war sicher, nur zwei Spuren gesehen zu haben, einmal hin, einmal zurück. Nur, welcher Weg war zuerst erfolgt? War die Person zunächst vom Haus weggegangen und später wieder zurückgekommen, musste sie sich darin befinden. Schritt jemand zuerst zum Haus hin und anschließend wieder fort, blieb er außerhalb, kam aber wieder zurück, um seine Fußabdrücke zu entfernen. Der Gedanke musste ihm oder ihr erst später gekommen sein. Die Person, die im Haus angekommen war, sah vielleicht die Schneereste an den Schuhen und reagierte. Die Person, die sich entfernte, registrierte erst vor dem Haus, dass ihre Anwesenheit durch den Schnee verraten wurde, und ging nochmals zurück. Über diesen Gedanken war er schließlich irgendwann eingeschlafen, tief und fest, ohne sich eine Sekunde vor seinen Nachtschatten zu fürchten.

Martin sprang auf, eilte in die Küche zum Fenster und schaute nach drüben in den Garten. Nichts, der Schnee war komplett verschwunden.

„Wo ist der Schnee?", fragte er Sandra, die Kaffee trinkend am Tisch saß und an der er grußlos vorbeigelaufen war.

„Guten Morgen erst einmal", sagte Sandra, ohne von ihrem Sudoku aufzublicken.

„Tschuldigung, guten Morgen, mein Schatz. Aber wo ist der Schnee?"

„Welcher Schnee? Es hat nicht geschneit. Das musst du geträumt haben."

„Nein, ich war heute Nacht auf, habe hier etwas getrunken und da lag Schnee da draußen."

„Heute früh lag kein Schnee, nicht eine Flocke."

„Die ganze Wiese war weiß, oder zumindest gepudert...", Martin schaute wieder aus dem Fenster. Der Rasen glänzte grün und die Figur auf dem Brunnen strahlte im Sonnenlicht. Nur die Platten der Terrasse schimmerten zum Haus hin dunkel und feucht. „Und es waren...", er führte den Satz nicht zu Ende. Martin suchte das Weinglas, aus dem er in der Nacht getrunken hatte. „Hast du die Gläser weggeräumt?"

„Da waren keine Gläser." Sandra schaute kurz herüber und beugte sich wieder über ihren Block. Martin stand ein wenig hilflos in der Küche. Er öffnete die Spülmaschine. Gleich vorne klirrten die beiden Weingläser. Hatte er sie in der Nacht dort eingeräumt? Oder gleich am gestrigen Abend, nach dem Kino, nach ihrem Absacker, wie sie es nannten?

„Wir waren doch gestern in Bad Soden im Kino?" Seine Stimme war unsicher und brüchig. „Oder nicht?"

„Ja, waren wir." Sandra blies über ihre Tasse hinweg und trank einen Schluck Tee. Martin schaute nochmals aus dem Fenster, wo er stand, lief dann durch Ess- und Wohnzimmer, die mit der offenen Küche einen Raum bildeten, zur Balkontür hinten. Von dort aus suchte er ihren Garten hinterm Haus nach einem weißen Flecken ab, irgendeinem kleinen Rest Schnee, der ihm Gewissheit geben könnte, dass er das alles nicht geträumt hatte. Sein Blick streifte das Thermometer links am Türrahmen draußen. Es zeigte vier Grad Celsius. Martin eilte zurück, quer durch die Wohnung, ins Arbeitszimmer, wie sie es nannten, das nach vorne, zur Georg-Speyer-Straße hin lag. Dort, gleich vor ihrem Haus, der Nummer vier, standen zwei Wagen, auf deren Windschutzscheibe sich ein Rest Schnee zeigte – zumindest sah es von hier oben so aus.

„Sandra!", rief er voller Begeisterung, „Sandra schau, dort unten liegt noch etwas. Auf dem Wagen von Herrn Schul. Es hat geschneit. Ich habe es nicht geträumt." Da keine Reaktion erfolgte, ging er zur Tür zurück. Sandra saß konzentriert über ihrem Rätsel am Tisch. „Hast du gehört, was ich gesagt habe. Es hat heute Nacht geschneit."

„Martin, was ist los?" Sandra schaute, sichtlich gestört, auf.

Martin hasste es, wenn sie Fragen mit seinem Namen eröffnete. Das klang wie bei einem Kind, wie bei jemandem, den man nicht ernst nahm.

„Nichts ist los, gar nichts. Ich sagte nur, dass es heute Nacht geschneit hat, sonst nichts." Martin schlug die Tür hinter sich zu, heftiger als beabsichtigt.

„Gut, es hat heute Nacht geschneit. Und weiter?", versuchte Sandra einzulenken, was Martin nur noch mehr reizte.

„Da waren Fußabdrücke im Schnee, hin und zurück, oder zurück und hin, das ist wichtig, was zuerst kam, weißt du, denn wenn es zuerst hin ging, ist der- oder diejenige, noch im, nein falsch, wenn zuerst her, dann ist sie nicht mehr im Haus, war vielleicht auch nie im Haus, nur auf der Terrasse, wenn man es richtig bedenkt, man müsste die Tür...", Martin stockte. Er sah Sandras Blick, der Blick einer Ärztin auf ihren Patienten. Er ahnte, was jetzt kommen würde. Er solle sich beruhigen, sich nicht so aufregen, das seien doch alles Alltäglichkeiten, kein Grund für diesen aggressiven Ton. Ob er seine Medikamente genommen habe?

„Hast du deine Tabletten genommen?", fragte Sandra tatsächlich und mit dieser bewusst ruhigen Stimme. „Du weißt, dass du sie nehmen musst."

In Martin wollte etwas losschreien, wollte brüllen: „Nein, ich habe diese Scheißtabletten nicht genommen. Sie machen mich müde und stumpf. Keinen klaren Gedanken kann man mehr fassen mit diesem Zeug im Kopf." Es war wie eine Welle, die durch ihn hindurchschwappte. Sie ebbte ab und lief aus. Martin holte tief Luft. „Nein", sagte er ruhig, „heute noch nicht."

„Vielleicht solltest du erst einmal deine Tabletten nehmen, dann reden wir weiter."

Ja, sie habe recht, gab Martin klein bei. Wie ein begossener Pudel trollte er sich in die Küche und nahm ein Glas aus dem Schrank. Plötzlich durchfuhr ihn ein Gedanke und er stürzte, wie er war, aus dem Zimmer, durch die Diele, ins Treppenhaus. Sandra hörte seine nackten Füße die Stufen hinabeilen, spürte den kalten Luftzug, der sich durch die offenen Türen hereinschlich. Nach einigen Augenblicken fiel unten die Haustür zu und noch etwas später betrat Martin heftig schnaufend wieder die Wohnung. In seiner Hand, wie eine Trophäe, das Glas, darin, etwa bis zur Hälfte, ein schmutziges Häuflein Schnee, das er stolz vorzeigte. Wie einen Schatz trug Martin das Glas zum Kühlschrank und stellte es ins Gefrierfach. Plötzlich zufrieden mit sich und der Welt, drehte er sich zu Sandra hin, die ihn fragend anblickte.

„Kannst du mir bitte mal erklären, was das Ganze zu bedeuten hat?"

Martin nahm sich ebenfalls eine Tasse Tee, setzte sich an den Tisch und erzählte, was sich in der Nacht zugetragen hatte. Seine Stimme war nun ruhig und seine Bewegungen gelassen. Sandra schob ihren Block beiseite. Gemeinsam überlegten sie, welche Gründe es geben könnte, warum jemand seine Spuren im Schnee verwischte.

„Vielleicht hat einer von beiden nachts heimlich geraucht und wollte nicht, dass es auffällt. Raucher tun die merkwürdigsten Dinge, vor allem, wenn sie angeblich damit aufgehört haben." Das war typisch Sandra. Sie leitete jegliches Verhalten aus der Psychologie ab. Durch Martins Erkrankung hatte sich dieser Hang noch verstärkt. Nach Martins erstem Zusammenbruch hatte sie sich intensiv in die Themen

„Trauma und Traumabewältigung", „Volkskrankheit Burn-out" und „Depressionen und das Leben damit" eingelesen. Die Bücher lagen noch heute neben ihrem Bett. Als Rechtsmedizinerin war sie in allererster Linie auch Ärztin. „Jede Erkrankung hat ihre Ursachen, ihre Symptome und eine entsprechende Behandlungsmethode", war ihr Credo. In Martins Fall lag für sie alles klar auf der Hand. Martins Erkrankung war unverarbeiteten Stresssituationen, insbesondere aus dem Fall der ermordeten Flüchtlinge, geschuldet. Die Symptome waren unter anderem Gefühlsschwankungen, von völliger Apathie bis hin zu Zornausbrüchen, Schlaflosigkeit, Übersprungshandlungen und zeitweiliger Realitätsverlust. Die Behandlungsmethoden: eine intensive therapeutische Betreuung und eine begleitende Medikation. Die Heilungsaussichten waren bei konsequenter Anwendung recht hoch, wobei der Begriff der Heilung dehnbar war. Wie hatte es damals die Psychologin erklärt: „Ein gebrochenes Bein oder ein gebrochener Arm heilt wieder. Dennoch wird es immer der gebrochene Arm oder das gebrochene Bein bleiben, die sie nicht mehr wie zuvor belasten können oder die ihnen in bestimmten Situationen Schwierigkeiten bereiten."

Zwei Versuche Martins, auf eigenen Wunsch wieder in den Polizeidienst zurückzukehren, waren gescheitert. Einen nochmaligen Anlauf, zumindest bei der Kriminalpolizei, würde es nicht geben. Vor einigen Wochen war nun der Polizeipräsident an Martin herangetreten, ob er sich eine Lehrtätigkeit an der Hochschule für Verwaltung und Sicherheit in Wiesbaden vorstellen könne. Er sei doch von jeher jemand gewesen, der sehr strukturiert gearbeitet und sogar ein neues System der Ermittlungsdokumentation erfunden habe. Sehr erfolgreich, wie man anerkennen müsse. Dieses System, diese Strukturanalyse, so wolle er es einmal nennen, weiter auszubauen und angehenden Beamten zu vermitteln, das sei doch eine wichtige Aufgabe. Darüber hinaus sei schon alles mit dem betriebsärztlichen Dienst und dem Personalrat abgeklärt.

„Die entscheidendere Frage ist doch, ist jemand ins Haus hinein- und wieder herausgelangt – oder – aus dem Haus gekommen und wieder zurück ins Haus gegangen?" Martin zeichnete mit der Hand die möglichen Bewegungen der Personen auf der Tischplatte nach.

„Vielleicht ist gar niemand ins Haus oder aus dem Haus gekommen. Vielleicht war nur jemand auf der Terrasse, ist wieder gegangen und wollte nicht, dass man sieht, dass er da gewesen war." Sandra suchte in Martins Augen immer nach den harmlosesten Erklärungen.

„Das könnte sein", musste er ihr dennoch beipflichten. „Womöglich ein heimliches Treffen auf der Terrasse?", dramatisierte er gleich darauf. „Ein Liebhaber oder eine Geliebte?"

„Quatsch!", antwortete Sandra resolut. „Als heimliches Liebespaar trifft man sich doch nicht vorm oder hinterm Haus des gebundenen Partners. Das macht kein Mensch. Da könntest du ja gleich ein Geständnis ablegen."

„Oder die Spuren verwischen...", hielt Martin zunächst dagegen, sagte aber kurz darauf, dass Sandra wahrscheinlich recht habe. Als heimliches Liebespaar träfe man sich eben heimlich.

„Vielleicht hat jemand nur etwas gebracht?", versuchte es Sandra nochmals und wollte sich wieder ihrem Rätsel widmen.

„Nachts um drei! Da kommt kein Pizzaservice mehr und auch kein Lieferando. Überhaupt habe ich nie so einen Kurier nebenan gesehen ..."

„Du musst es ja wissen." Und nach einer kurzen Pause: „Ich weiß gar nicht, warum ausgerechnet du dich so für unsere Nachbarin interessierst? Mir scheint, da ist mehr dahinter..."

An Sandras Schmunzeln erkannte er, dass dies nur eine kleine Stichelei war und sie nicht ernsthaft auf seine angebliche Leidenschaft für die Nachbarin anspielte. Martin stand auf und ging zum Küchenfenster.

„Sie ist spät dran heute. Normalerweise steht sie um diese Zeit immer nackt im Garten." Von hinten kam der Stift geflogen.

2

Nichts regte sich nebenan. Bei jeder Gelegenheit schaute Martin hinüber. Zwei Mal brachte er den Müll hinunter, nur um dabei, wie zufällig, am Zaun entlang zu streifen, der das Grundstück von de Vries zu ihrem Haus abtrennte. Die neu angelegte Hecke dahinter war noch klein und zu dieser Jahreszeit sowieso nicht blickdicht. Martin ging sogar, da war es fast Mittag, Brötchen kaufen. Dabei verharrte er ein, zwei Minuten auf der Straßenseite gegenüber und scannte jedes Fenster, ob sich dahinter etwas rührte. Nichts. Alle waren geschlossen, nirgendwo ein Licht zu sehen.

Nachdem er beim Frühstück ständig für jede Kleinigkeit in die Küche sprang und keinen Augenblick stillsitzen konnte, wurde es Sandra zu viel.

„Geh doch rüber und klingle einfach", schlug sie vor.

„Ach was, das geht doch nicht", wehrte Martin ab. „Was soll ich denn sagen?"

„Sag doch, was du gesehen hast. Sag, du hättest heute Nacht etwas in ihrem Garten gesehen und wolltest wissen, ob alles in Ordnung ist."

„Nein, die halten mich für einen Spanner." Martin verteilte hektisch Marmelade auf seinem Brötchen, das er bereits mit Leberwurst bestrichen hatte. Es fiel ihm gar nicht auf. Früher wäre es für ihn das Normalste der Welt gewesen, zu einer bestimmten Adresse zu fahren, zu klingeln, sich auszuweisen und die Fragen zu stellen, die er stellen wollte.

„Ich bin kein Polizist mehr", sagte er vor sich hin und hielt inne. „Damit muss ich mich wohl abfinden."

Martin schaute resigniert und traurig zu Sandra hinüber, die ihn anlächelte.

„Du bist noch immer Polizist, ein sehr guter sogar. So gut, dass du andere unterrichten sollst. Das ist doch eine großartige Anerkennung." Sie griff nach seinem Arm und drückte ihn. Martin wurde noch verlegener und biss in sein Brötchen, das er gleich darauf angewidert fallen ließ. Beide lachten.

Nach dem Frühstück wollte Martin unbedingt alles abräumen. Bei jeder Gelegenheit schaute er aus dem Fenster, wollte es sich aber nicht anmerken lassen. Plötzlich sah er Sandra gegenüber an der Tür stehen. Martin wandte sich zum Tisch hin, als hätte er einen Geist gesehen oder ihre Doppelgängerin. Sandras Stuhl stand zurückgeschoben am Tisch. Martin schaute wieder nach nebenan. Sandra drehte sich um, winkte zu ihm hinauf und klingelte. Sie stand ruhig vor der Tür und wartete. Nichts geschah. Sandra drehte sich nochmals um und hob die Schultern. Martin bedeutete ihr, es ein weiteres Mal zu versuchen. Sandra drückte erneut den Knopf. Sie trat näher und horchte. Offensichtlich wieder nichts. Nach einigen Sekunden drehte sie sich wieder um, hob die Schultern und schüttelte den Kopf. Martin wies mit dem Finger nach hinten, zur Terrasse. Sandra nickte und ging den Plattenweg entlang. Kurz darauf war sie um die Hausecke verschwunden. Es dauerte, bis sie wieder auftauchte und zum Fenster emporschaute. Sie schüttelte abermals den Kopf. Martin gestikulierte hinunter, sie solle es mit Klopfen versuchen. Sandra schien nicht sonderlich angetan von diesem Vorschlag und verzog das Gesicht. Martin faltete die Hände und flehte. Wenn sie schon so weit gegangen waren, konnten sie es auch zu Ende bringen, dachte er. Sandra verschwand wieder aus seinem Blickfeld. Martin glaubte ihr Klopfen bis zu ihm herauf zu hören. Sandra rief auch mehrmals „Hallo?" Kurz darauf erschien sie wieder unten, schüttelte den Kopf und schritt den Weg entlang zur Straße zurück. Einige Augenblicke später stand sie wieder im Esszimmer.

„Da ist niemand zu Hause", beantwortete sie Martins Blick. „Absolut niemand. Vielleicht sind sie verreist? Es ist immerhin Wochenende." Sandra überlegte einen Moment. „Das ist es!", platzte es voller Begeisterung aus ihr heraus. „Sie sind womöglich in aller Herrgottsfrühe verreist und wollten nicht, dass jemand sieht, dass sie nicht zu Hause sind." Sandra dachte weiter auf diesem Einfall herum. Sie erinnerte sich an die Stadlers von gegenüber, wie sie eines Morgens ihre Koffer einige Häuser weiter schleppten und dort warteten. Martin und Sandra kamen zufälligerweise vorbei und schauten irritiert. Stadler, ein durch und durch unangenehmer Mensch, auch auf den zweiten Blick, erklärte ihnen, er habe gelesen, dass Taxifahrer mit Einbrecherbanden kooperierten und Tipps weitergäben, wo sie Personen abholten und wahrscheinlich die Wohnung oder das Haus verlassen wäre. Er würde sich niemals mit einem Taxifahrer unterhalten, ganz abgesehen davon, dass das heutzutage sowieso nicht mehr möglich sei, da keiner von denen ein Wort Deutsch verstünde. „Die möchten einen nur ausfragen, wo es denn hingeht, wie lange man bleibt und so weiter und so weiter." Auf Sandras Frage, warum er sich aber vor das Haus der Nachbarn stelle und nicht zum Beispiel vorne an die Haltestelle, auf neutrales Terrain sozusagen, oder gleich mit der Straßenbahn fahre, antwortete Stadler ganz unverfroren: „Das ist doch viel zu weit. Und mit so etwas wie einer Straßenbahn fahren wir nicht." Dabei blickte er stolz seine Frau an, die schweigend vor sich den Boden absuchte und wohl am liebsten darin versunken wäre. Sandra und Martin wünschten eine gute Reise und gingen weiter.

„Die Reichen tun die merkwürdigsten Dinge, nur um zu verschleiern, dass sie verreist sind", erklärte Sandra weiter. „Weißt du noch, der Stadler. Der hat doch eine Macke."

„Ja", sagte Martin in Gedanken. „Ihre Autos sind beide da. Das habe ich heute Morgen schon überprüft. Ihrer steht in der Einfahrt, seiner ein paar Meter weiter an der Straße." De Vries fuhr einen grauen AMG-Geländewagen mit niederländischem Kennzeichen.

„Ich verstehe nicht, warum man in der Stadt überhaupt ein Auto braucht. Und die dann gleich zwei solcher Protzkarren ...", regte sich Sandra auf. „Andere können sich bald noch nicht einmal mehr einen Parkplatz leisten, doch die Stadlers und de Vrieses, für deren Porsches und Bentleys spielt das überhaupt keine Rolle, die ..."

„Darum geht es jetzt doch gar nicht", unterbrach sie Martin, der mit ihr völlig einer Meinung war, aber gerne beim Thema bleiben wollte. „Du meinst also, sie sind verreist. Mit dem Taxi oder wie?"

„Ja, bestimmt. Die haben sich mitten in der Nacht abholen lassen und sind jetzt irgendwo im Süden, wo es warm ist. Wahrscheinlich sind sie hinten raus und haben ihre Koffer über den Schnee gezogen. Dadurch wurden die Spuren verwischt. Vielleicht war es der Taxifahrer, der klingelte und, da niemand öffnete, hinterm Haus nachsah? Daher die Fußspuren. Anschließend sind alle davongefahren. Es besteht überhaupt kein Grund, dass wir uns hier die Köpfe zerbrechen."

„Wahrscheinlich hast du recht", pflichtete Martin ihr nach einigem Zögern bei. „Die Sache mit dem Stadler war schon verrückt. Der de Vries ist nicht anders." Zum ersten Mal an diesem Morgen trat eine spürbare Entspannung ein. Die ganze Geschichte erschien ihm plötzlich lächerlich und völlig aus der Luft gegriffen. Was war an ein paar Spuren im Schnee schon so Aufregendes? Und dass sie jemand tilgte, konnte die absurdesten Gründe haben, ganz abgesehen davon, dass es völlig überflüssig gewesen war. Das warme Wetter hätte die Spuren so oder so ausgelöscht.

Sandras Telefon klingelte. Sie hatte an diesem Wochenende Bereitschaftsdienst. In der Nacht war es im Bahnhofsviertel zu einer Messerstecherei gekommen. Einer der vier Schwerverletzten war am Morgen verstorben. Höchstwahrscheinlich würde noch ein weiterer folgen, da die Notoperationen die inneren Blutungen nicht stoppen konnten. Der Tote musste gleich in die Rechtsmedizin überführt werden. Die Obduktion sollte erste Erkenntnisse über den Tathergang stützen.

Kaum war Sandra gegangen, setzte sich Martin ins Arbeitszimmer, das seit einigen Wochen den

Vorbereitungen für seine künftigen Vorlesungen diente. Zunächst waren einige Kurse oder Seminare geplant, ein- oder zweitägige Veranstaltungen, die ihm den Einstieg in die Lehrtätigkeit erleichtern sollten. Im Herbst begann dann seine volle Stelle, als neuer Dozent im Bereich Kriminalistik, „ein Mann aus der Praxis", wie ihn der Interimspräsident der Hochschule begrüßte, einer, „der den Nachwuchskräften Grundlagen vermitteln und aktiven Beamtinnen und Beamten neue Ansätze der Polizeiarbeit näherbringen wird". In einer etwa halbstündigen Präsentation stellte Martin das von ihm entwickelte Schema dem zukünftigen Kollegium vor. Es wurde im großen Kreis wohlwollend zur Kenntnis genommen, später jedoch, bei einigen Einzelgesprächen mit den „gestandenen Lehrkräften", wie sich alle selbst bezeichneten, als vielleicht „etwas zu individuell", „zu abstrakt" oder gar „zu technisch" kritisiert. Er dürfe von den jungen Leuten, die hier anfingen, nicht zu viel erwarten. Man sei, trotz allem, im öffentlichen Dienst und wer es zu etwas bringen möchte, der suche zunächst einmal eine Stelle in der freien Wirtschaft, in der es ganz andere Verdienstmöglichkeiten gebe. So verlief fast jedes Gespräch und endete unausgesprochen darin, dass sich am besten nichts ändern sollte und daher die Ausbildungsinhalte nach wie vor die Gleichen waren wie vor zwanzig Jahren, als Martin in den Polizeidienst eintrat.

Umgekehrt wollte Martin nicht preisgeben, dass das vorgestellte Schema ihm von jeher dazu diente, Abstand zu den Fällen zu wahren, und daher gewollt individuell, abstrakt und technisch aufgebaut war.

Am Ende war es nicht genug Abstand. Die schier unendlich tiefen und dunklen Auswüchse menschlichen Handelns erfassten ihn trotzdem und zogen ihn hinab. Gewalt und Hinterlist spannten ihre Fänge um Martins Körper und Geist und ließen ihn nicht mehr los. Die Angst sickerte in jeden Winkel seiner Seele ein, sodass nur ein schreckhaftes Häuflein seiner selbst zurückgeblieben war.

Martin wollte mehr Abstand schaffen, eine noch größere Distanz zwischen ermittelnden Beamten und den aufzuklärenden Taten. Es sollte noch abstrakter, noch formeller, noch schematischer werden. Martin wollte zukünftige Kriminalbeamte vor einem Schicksal, wie es ihm widerfahren war, beschützen. Die Lösung: Mathematische Kriminalistik.

Zum wiederholten Male rief er die Einführung in seine erste Unterrichtseinheit auf, die er immer wieder umschrieb, ergänzte und verbesserte:

Mathematische Kriminalistik, was ist das? Einige von Ihnen werden alleine schon bei dem Wort „Mathematik" zusammenzucken, glaubten sie sie doch ein für alle Mal aus ihrem Leben verbannt zu haben. Keine Sorge, in der Mathematischen Kriminalistik, oder kurz MK, geht es nicht darum, etwas auszurechnen, Sie müssen keine Formeln lernen oder Gleichungen lösen. Wir werden vielleicht hie und da rechnen, aber das ist völlig nebensächlich. Was ich Ihnen zeigen möchte, ist, kriminelle Handlungen in die Sprache der Mathematik zu übersetzen und sie unter einem anderen Licht zu sehen.

Wie in jeder Sprache gestattet uns auch die Sprache der Mathematik, Dinge anders zu beschreiben, sie mit anderen Worten auszudrücken, sie neu darzustellen. Wenn wir uns darüber hinaus die Entstehung der mathematischen Begriffe genauer ansehen, verstehen, wie ihre Bedeutung entstanden ist, wie sie sich herleiten, wo ihre Wurzeln liegen – in der Sprachforschung nennt man dies Etymologie – wird Ihnen vieles einleuchten, was im ersten Moment seltsam und fremd klingt.

(Hier eine kurze Pause lassen!)

Als Allererstes möchte ich, dass Sie sich von der Mathematik, wie Sie Ihnen in der Schule vermittelt wurde, befreien. Scheuchen Sie sie aus Ihrem Kopf, packen Sie sie ein, legen Sie Ihre Angst und Scheu, womöglich auch Ihren Widerwillen, ab. Stellen Sie sich stattdessen vor, Sie kommen in ein fremdes Land, das Sie nie zuvor betreten haben. Sie sind neugierig, Sie möchten dieses Land kennenlernen, seine Sehenswürdigkeiten besuchen, seine Riten und Gebräuche erleben, den Duft dieser neuen Welt einatmen, seine Delikatessen und Spezialitäten kosten. Sie lernen, wie von selbst, einige Brocken der Ihnen bis dahin unbekannten Sprache. Ich versichere Ihnen, mehr verlange ich nicht auf unserer gemeinsamen Reise.

Sehen Sie mich als Ihren Reiseführer an, Ihren Guide. Ich erwarte nicht, dass Sie später fließend Mathematisch sprechen (hier nochmals eine kurze Pause für einen Lacher). Ich hoffe lediglich, Ihnen einen Grundwortschatz für den Alltagsgebrauch vermitteln zu können, mit welchem Sie sich selbstständig und sicher im Unbekannten bewegen können.

Martin lehnte sich zurück. War diese Einführung nicht doch etwas zu großspurig? Weckte sie zu große

Erwartungen? Er selbst war gar kein Mathematiker, ja er war noch nicht einmal besonders gut im Rechnen gewesen, wie es damals bei ihnen in der Schule geheißen hatte. Seine komplette Idee für die Mathematische Kriminalistik entsprang einem Artikel, den er vor einigen Monaten bei seiner Psychologin, Frau Dr. Heine, im Wartezimmer gelesen hatte. Darin ging es um die Anfänge der Mathematik. Der Autor legte dar, dass es bei Ägyptern und Babyloniern genügt habe, eine mathematische Behauptung bezeugen zu lassen, damit sie als „wahr" galt. Ein Mathematiker stellte also einen Lehrsatz auf, zum Beispiel: $1 + 1 = 2$; zwei ungerade Zahlen ergeben in der Summe immer eine gerade Zahl, ließ sich dies von einem Kollegen bezeugen und schon galt die Aussage als wahr.

Die griechischen Philosophen waren die Ersten, die für den Wahrheitsgehalt einer Aussage den „Beweis" forderten: 2 ist eine gerade Zahl. Eine gerade Zahl lässt sich in zwei gleiche Hälften teilen. Die Hälfte von $2 = 1$. Also muss $1 + 1 = 2$ sein. Der Beweis musste auf logischen Schlüssen beruhen.

Martins Gedanken waren in erster Linie an den Begriffen: Aussage, Wahrheit, bezeugen, beweisen hängen geblieben. Dies waren die gleichen Begriffe, die auch in der Kriminalistik verwendet wurden, nur in anderen Zusammenhängen. Ein Verdächtiger gibt eine Aussage zu Protokoll. Er benennt einen Zeugen, der diese Aussage bestätigt. Damit wird die Aussage zunächst als „wahr" eingestuft. Ein gegenteiliger Beweis kann der Aussage und der Bezeugung den Wahrheitsgehalt nehmen und sie als falsch entlarven.

Aufgrund dieser ersten Parallele zwischen Mathematik und Kriminalistik baute der zukünftige Dozent Martin Schwaner, ehemals ermittelnder Kriminalhauptkommissar des K11 im Polizeipräsidium Frankfurt, nach und nach sein Konzept auf.

Die Anfänge seiner Mathematischen Kriminalistik fielen in die Zeit, in der er in den Sitzungen bei Frau Dr. Heine über sich noch immer in der dritten Person sprach. Es gab den Kommissar Martin Schwaner und die gleichnamige Privatperson. Die Privatperson berichtete über den Kriminalbeamten und umgekehrt. Dem Polizeibeamten war auf grund extremer Vorfälle und den damit verbundenen Ermittlungen ein Unglück widerfahren. Der Mensch Martin Schwaner konnte die möglichen Auswirkungen der Ereignisse sehr gut beschreiben. Er erkannte und akzeptierte die seelischen Deformationen, die sie angerichtet hatten. Nur bezog er die psychischen Verheerungen nicht auf sich, sondern sah lediglich den Ermittler davon betroffen. Sie könne nicht den Kommissar als Einzelnen heilen, sagte damals Frau Dr. Heine, sie könne nur den Menschen Martin Schwaner als ganze Person wiederherstellen. Er müsse dabei schon helfen und seine inneren Barrieren fallen lassen. Später würde sie ihm Techniken zeigen, wie er bewusster Abstand zu den Erlebnissen in seinem Beruf halten könne, ohne dass sich in ihm Emotionen anstauten. Bewusstes Verdrängen nannte sie dies. Damals glaubten alle an eine Rückkehr Martins in die Polizeiarbeit, nicht nur er alleine. Es würde allerdings dauern, prophezeite Frau Heine gleich zu Anfang. Mit kurzfristigen Erfolgen solle er gar nicht erst rechnen, im Gegenteil.

Gleich zu Beginn der Konzeption seiner MK stellte Schwaner fest, dass es Widersprüche zwischen beiden Wissenschaften gab. In der heutigen Mathematik wird eine Bezeugung gar nicht mehr ernst genommen, geschweige denn erwähnt. In der Kriminalistik dagegen gilt eine Zeugenaussage fast als Beweis, der oftmals nur schwer zu widerlegen ist. Umgekehrt gelten in der Mathematik gewisse Vermutungen oder Hypothesen als belastbar, da sie meist am Ende einer Beweiskette stehen. Bestes Beispiel war für Schwaner die Kontinuum-Hypothese. Sie setzt beim Begriff der Unendlichkeit an, die seit Jahrhunderten als bewiesen gilt. Es existieren unendlich viele unterschiedliche Unendlichkeiten: die Unendlichkeit der natürlichen Zahlen: 1, 2, 3, 4, 5,..., die Unendlichkeit der realen Zahlen: 1,11111..., die Unendlichkeit von Brüchen, die Unendlichkeit der negativen Zahlen und so weiter und so weiter. Diese Unendlichkeiten sind ebenfalls alle bewiesen. Die Hypothese vermutet nun, dass diese unendlichen Unendlichkeiten unterschiedlich mächtig zueinander sind, also die Unendlichkeit zwischen 1 und 2 geringer ist, als zum Beispiel die Unendlichkeit aller natürlichen Zahlen. Das leuchtet einerseits ein, andererseits konnte die Hypothese bislang nicht bewiesen werden, da jede Unendlichkeit für sich schwer zu fassen bleibt.
Bildlich ließ es sich sehr einfach darstellen: zwei unterschiedliche Kreise mit dem gleichen Mittel- .

punkt. Der äußere ist größer als der innere. Per Definition bestehen beide aus einer unendlichen Anzahl von Punkten, die alle den gleichen Abstand zum Mittelpunkt haben. Jeder Betrachter würde sofort zustimmen, dass der äußere Kreis, die äußere Unendlichkeit, mächtiger sein muss als die innere Unendlichkeit. Doch aus welchem Grund? Die Anzahl der Punkte konnte nicht das Kriterium sein, denn diese ist bei beiden unendlich. Es muss also noch etwas anderes geben, das über die Zahl hinausreicht. Die Suche nach dem Beweis einer Hypothese faszinierte Martin und war für ihn pure Kriminalistik.

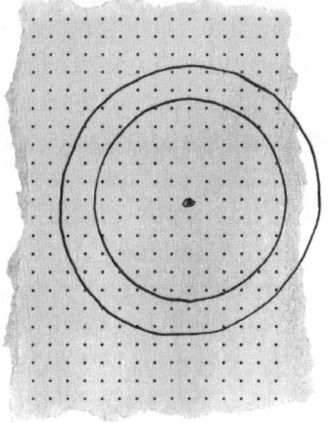

In der Kriminalistik steht die Hypothese meist am Beginn eines Falles und die Ermittler bemühen sich nach Kräften, diese mit Fakten, sprich Beweisen, zu untermauern, bis das Problem als gelöst gilt. Sie arbeiten sich quasi von der anderen Seite heran.
Die entscheidende Verbindung zwischen Mathematik und Kriminalistik sah Martin Schwaner jedoch

in der Logik. In beiden Disziplinen war sie das grundlegende und alles bestimmende Element. Jede Schlussfolgerung musste logisch sein, ansonsten war sie falsch. Anfänglich vermutete Martin in der Kriminalistik einen höheren „menschlichen Faktor", wie er es nannte: Emotionen, Intuition, Bauchgefühl, Erfahrung oder auch Spontanität, Trieb und situatives Handeln. Schwer zu fassende menschliche Eigenschaften, die sowohl auf Ermittler- als auch auf Täterseite auftauchen. Sie führen zu einer Distanz zwischen Realität und den kriminalistischen Schlussfolgerungen. Es dauerte, bis ihm die gleiche Distanz bei der Mathematik klar wurde. Die Erleuchtung kam ihm beim morgendlichen Einkauf. Beim Gemüsehändler verlangte er vier Äpfel und erhielt vier völlig unterschiedliche Früchte. Sie waren alle unterschiedlich groß, ihre Form verschieden, ihre Färbung jeweils anders wie auch die Anzahl der Flecken und Druckstellen. Zwei besaßen einen Stiel, die wiederum nicht gleich lang waren. Die Mathematik machte dennoch aus diesen völlig verschiedenen Früchten vier Äpfel, oder einfach 4.

Die Mathematik abstrahierte. Ihr war das tatsächliche Aussehen der Dinge völlig egal. Wenn Martin noch zwei Äpfel, die wieder keinem der anderen glichen, kaufte, waren es 6. Wenn er einen auf seinem Weg nach Hause aß, ob den kleinsten oder den schönsten, blieben 3. Die Mathematik distanzierte somit ebenfalls, spannte sozusagen ein Netz über die Realität, ein Netz aus Zahlen und logischen Verknüpfungen, mit dem sie die Welt darstellte. Es bestand ein klarer, nüchterner, rein formeller Abstand zwischen ihr und der Wirklichkeit, und von dieser Distanz war Martin begeistert. Ein totes Kind, Opfer eines habgierigen, emotionslosen Psychopathen, konnte er schlicht als „1" darstellen.

Martin war, wieder einmal, abgeschweift. Seine Überlegungen verstiegen sich immer häufiger. Er musste sich zur Ordnung rufen. Er durfte seine Schüler nicht gleich in der ersten Stunde überfordern. Sie sollten ja mit Spaß und Vergnügen bei der Sache bleiben. Wenn er sie gleich mit Theorien und Logik überfiel, würden sie blockieren. Das Bild mit der Reise in ein fremdes Land, diese Metapher, gefiel ihm nach wie vor. Sandra hatte ihn auf diese Beschreibung gebracht, als er zu Anfang nicht wirklich weiterkam. Sie hatte ihn an ihre gemeinsame Reise in die Toskana erinnert, als sie mit „buongiorno, gracie, ciao, due caffè, arriverdeci..." ihre Begeisterung für das Land zum Ausdruck brachten. Und an ihren Ausflug nach Florenz, bei welchem sie ohne ihren Guide fast nichts von der überall gegenwärtigen Geschichte der Stadt wahrgenommen hätten. Ähnlich wollte Martin seine Schüler durch die Sehenswürdigkeiten der Mathematik führen.

Schwaner stand auf und ging zum Fenster. Draußen schien noch immer die Sonne. Es war erst früher Nachmittag und er könnte etwas spazieren gehen. Sandra würde, wenn überhaupt, nicht vor dem Abend zurück sein. Er zog sich an und stieg die Treppe hinunter. Im Erdgeschoss standen links zahlreiche Kinderschuhe vor der Tür. Dort wohnte die Familie Gonzales mit ihren beiden Töchtern, die wohl wieder Besuch hatten. Hinter der Tür war ein wildes Geschrei, Lachen und Toben zu hören. Herr Gonzales, Miquel, wie ihn alle nennen sollten, war sicher in seinem Restaurant, das nach der Pandemie nur eingeschränkt Gäste empfangen konnte. Es fehlte an Personal. Miquel musste von morgens bis abends im Lokal sein, damit es überhaupt lief. Die Kinder spürten offensichtlich nichts von den tiefgreifenden Sorgen ihrer Eltern, die sie Sandra und Martin, bei einem zufälligen Treffen vor dem Haus, gebeichtet hatten. Damals wussten sie nicht, ob sie die Wohnung noch weiter halten könnten und wie es überhaupt weiterginge. In der letzten Zeit wirkte Miguel entspannter. Martin sah ihn seit Kurzem wieder pfeifend aus dem Haus gehen und hörte sein Geträller bis oben ins Arbeitszimmer. Ihm fiel ein, dass er Miguel und de Vries erst neulich auf der Straße gesehen hatte. Die beiden unterhielten sich eine ganze Weile, ehe de Vries in seinen dicken Mercedes stieg und davonbrauste. Miguel winkte kurz hinterher, als hätten die beiden soeben eine Verabredung getroffen. Dann fuhr auch er mit seinem Wagen mit der Aufschrift „tabla rasa" davon.

Martin schlenderte durch die Straßen. Die nahe gelegenen Parks, der Grüneburgpark und der Niddapark, würden bei diesem Wetter, und dazu Sonntagnachmittag, völlig überlaufen sein. Martin wollte keine Menschen sehen und noch weniger jemanden treffen. Er zog es vor, durch die Seitenstraßen Bockenheims zu flanieren, ziellos Haken zu schlagen, kreuz und quer ins Westend zu gelangen, von dort vielleicht über die Messe ins Europaviertel zu wechseln und über die Kuhwaldsiedlung wieder zurück. Martin kannte mittlerweile jede Kreuzung, jede Straße im Umkreis. Früher wäre er bei solch einem Wetter zum Rudern gegangen, aber daran hatte er die Lust verloren, zunächst durch seine Erkrankung und die Medikamente, die ihm jedes Verlangen nach körperlicher Anstrengung nahmen. Später kamen noch irrsinnige Regeln im Verein während des Lockdowns hinzu, sodass er seit mehr als drei Jahren in keinem Boot mehr gesessen hatte. Sein Ruder-Ergometer lagerten sie, mit vielen anderen Dingen, die in der kleineren Wohnung nicht unterkamen, ein.

Martin vermisste den Sport nicht. Vielleicht wäre es anders, wenn er im aktiven Dienst arbeiten würde. Dabei war ihm das Rudern oft hilfreich gewesen, hatte ihn entspannt und nicht selten auf neue Ansätze gebracht. Umgekehrt war dies vielleicht der Grund, warum es ihn aktuell förmlich davor ekelte. Jeder Schlag, ob auf dem Main oder auf der Maschine, würde ihn Stück für Stück seinen Schatten näherbringen.

Martin kam an einem Wasserhäuschen vorbei. Er hatte es schon passiert, als er stehen blieb und zurückging. In einem Aufsteller, der die aktuelle

Ausgabe der BamS anpries, stand in großen Lettern: „TAXI-Streik". Martin las die wenigen Worte unter dem Bild, das zahllose Taxen auf dem Frankfurter Römer zeigte. „Frankfurts Taxifahrer demonstrieren für die sofortige Abschaffung der letzten Corona-Regelungen." Er wollte die Zeitung kaufen, hatte allerdings keinen Cent in der Tasche. Schwaner fragte am Fenster, ob er kurz etwas in der Gazette nachschauen dürfe. Der Betreiber willigte mit einem stummen Nicken ein.

„Ende der Maskenpflicht. Am gestrigen Samstag demonstrierten Hunderte Taxifahrer mit einem Autokorso in der Frankfurter Innenstadt ... Abschlusskundgebung am Römer ... Streikaktionen sollen noch bis Montag fortgesetzt werden." Martin wurde wieder von der morgendlichen Unruhe gepackt. Taxistreik. De Vries und seine Frau konnten mit keinem Taxi gefahren sein. Die so simple Vorstellung einer Reise löste sich in Luft auf. Und überhaupt, das fiel ihm jetzt erst ein, unterlag nicht auch der Flugverkehr noch Einschränkungen? Er wusste es nicht, da er nur sehr ungerne flog. Darüber hinaus hielt er das Fliegen für ein Verbrechen an der Umwelt. Aber gut, zugegeben, de Vries war sein CO_2-Fußabdruck mit Sicherheit völlig egal und mit entsprechenden Tests, Impfungen und Quarantänen war längst wieder alles möglich. Aber würde sich de Vries einer solchen Bevormundung unterstellen. Martins Erinnerung an seinen Nachbarn war die eines impulsiven, unnachgiebigen Arschlochs, der sich niemals von jemandem mit einem Stäbchen in der Nase herumbohren lassen würde. Nein, de Vries war nicht verreist, zumindest nicht mit einem Flugzeug. Martin wollte schon gehen, als ihn eine Stimme anfauchte: „Eh, wieder richtig zusammenfalten!"

Martin versuchte Sandra anzurufen – sie ging nicht dran. Wahrscheinlich dauerte die Obduktion noch an. Plötzlich hatte es Martin eilig, nach Hause zu kommen. Er musste sofort wieder Posten beziehen und weiter die Villa von de Vries beobachten. Er hätte sich nicht mit so einer simplen Antwort zufrieden stellen dürfen. Womöglich war gerade jetzt, oder eben, als er so gedankenlos spazieren ging, etwas Entscheidendes nebenan geschehen. Was das sein könnte, wusste Martin nicht, er dachte auch nicht darüber nach. In ihm breitete sich mehr und mehr eine Panik aus. Er war nicht da, er war nicht rechtzeitig da, so wie er damals nicht rechtzeitig da gewesen war. Seine Schritte wurden schneller und schneller. Er fing an zu laufen. Wie kam er von hier am schnellsten zurück? An der Messe, der Halle 11 vorbei, über die Fußgängerbrücke, weiter durch die Voltastraße, Westbahnhof, Kurhessenplatz, Markgrafenstraße. Sein Telefon klingelte, es konnte nur Sandra sein.

„Taxistreik! Es war Taxistreik. Sie können mit keinem Taxi gefahren sein! Verstehst du, es ..."

„Martin? Ist alles in Ordnung bei dir?"

Schwaner blieb stehen. „Günther? ... Was?"

„Dir auch einen schönen guten Tag. Stör ich dich gerade?" Der altväterliche Ton in der Stimme seines ehemaligen Kollegen Günther Messner beruhigte Martin augenblicklich. Er schnaufte ein, zwei Mal durch.

„Nein, nein. Schön, dass du anrufst. Ich bin nur gerade, wie soll ich sagen ..."

„Im Einsatz?", ergänzte Günther scherzhaft. Er selbst befand sich seit einem Jahr im Ruhestand und war einer der wenigen Kollegen, die sich regelmäßig bei Martin meldeten. Messner behauptete immer, dass ihm die Arbeit in der Kriminaltechnik überhaupt nicht fehle, um gleich anschließend sein Klagelied über die langen Tage, an denen nichts geschehe, anzustimmen. Das Ganze endete in der Regel mit der Erkenntnis, dass die Tage nur so dahineilten, jetzt, wo er und seine Frau endlich einmal Zeit hätten. Das Haus, der Garten, da gebe es immer etwas zu tun.

Martin antwortete nicht. Es fehlten ihm buchstäblich die Worte.

„Martin, was ist los?" Es war die sonore Stimme des väterlichen Kollegen, des erfahrenen Forensikers, den nichts überraschte, dem kein unvorhergesehenes Ereignis fremd war, der niemals annahm, etwas sei unmöglich, sondern stets davon ausging, dass grundsätzlich alles geschehen könne, man musste nur untersuchen wie.

Martin überlegte einen weiteren Moment, ob er Günther von den nächtlichen Spuren im Schnee erzählen sollte oder irgendeine Ausrede erfand. Er entschied sich für Ersteres. Zunächst etwas holprig, dann überstürzend, schließlich nochmals „langsam von vorne", wie Günther bat, teilte Martin seinem ehemaligen Kollegen seine Beobachtungen mit.

„Du glaubst also, bei deinen Nachbarn ist etwas geschehen?", fragte Günther trocken.

„Ich weiß es nicht. Es ist auf alle Fälle merkwürdig, findest du nicht?"

„Ich komme mal vorbei und sehe mir das an." Ohne eine weitere Antwort abzuwarten, legte Günther Messner auf. Martin stand noch eine Weile unschlüssig da, das Telefon in der Hand, und wusste nicht, was er tun sollte. Diese womöglich harmlose Sache zog immer größere Kreise. Erst war Sandra schnüffelnd zu de Vries hinübergegangen, jetzt rückte auch noch Günther an. Noch ein, zwei Streifenwagen, die vorne und hinten die Straße absperrten, und es wäre wie früher. Andererseits war er froh, dass Günther ihn nicht gleich beruhigen wollte und von Hirngespinsten sprach. Er hatte ihn ernst genommen, wie er ihn früher ernst genommen hatte. Martin steckte sein Telefon ein und eilte schnurstracks nach Hause.

3

Als Sandra spätabends die Wohnung betrat und das Licht anknipste, war sie sehr überrascht. Am Küchenfenster standen, jeder ein Glas Wein in der Hand, Günther und Martin. Offensichtlich beobachteten sie das Nachbargrundstück. Dort rührte sich nichts, bis auf den Rauch, der aus dem Kamin als dünner Streifen in den Himmel stieg. „Hallo!", flüsterten beide, als könnte man sie von unten hören, und prosteten Sandra zu. Günther ließ es sich wie immer nicht nehmen, Sandra zwei Küsschen links und rechts zu verpassen.

„Was macht ihr da?", fragte Sandra spöttisch.

„Hast du meine Nachricht nicht abgehört? Gestern war Taxistreik. De Vries kann nicht verreist sein, da fuhren..."

„Und jetzt liegt ihr hier auf der Lauer, oder wie?", unterbrach ihn Sandra und schaute selbst einmal nach drüben. „Und, tut sich was?", ihre Stimme war laut und hatte nun einen schärferen Ton.

„Psst, nicht so... Was bist du so gereizt? Du warst doch selbst heute Morgen dort und hast geklingelt", verteidigte sich Martin.

„Aber doch nur, um dir zu zeigen, dass alles in Ordnung ist. Jetzt komme ich ein paar Stunden später heim und es stehen zwei Ex-Kriminalbeamte am Fenster." Sie warf Günther einen bösen Blick zu.

„Warte, warte. Du weißt gar nicht, was wir entdeckt haben", hob Martin sogleich verheißungsvoll an.

„Jetzt bin ich aber gespannt." Sandra verschränkte die Arme.

„Vielleicht sollte ich wirklich besser gehen?", drängte sich Günther dazwischen, wurde aber sogleich von einem weiteren Blick Sandras an Ort und Stelle festgenagelt. Wenn du schon hier mit eingestiegen bist, dann bleibst du jetzt gefälligst auch, schienen ihre Augen zu sagen.

„Du bleibst!", befahl Martin kurz und knapp. „Also, wir waren hinten an der Terrasse, da, wo ich die Spuren gesehen hatte. Und es waren deutlich die Kratzspuren im Rasen zu sehen. Hier, ich habe es fotografiert." Martin zog sein Handy hervor und wollte es eben anschalten. „Es war auf keinen Fall ein Koffer, denn ein Koffer..."

„Das hat sicherlich der Fachmann aus der Kriminaltechnik ermittelt, oder?" Sandra schaute bewusst an Messner vorbei.

„So genau habe ich das nicht gesagt", druckste Günther herum und versuchte sich hinter seinem Glas zu verstecken. „Ich sagte nur, dass ein Koffer wahrscheinlich andere Spuren hinterlassen hätte und..." Martin starrte ihn an wie einen Verräter.

„Ich hatte auch gar nicht infrage gestellt, dass da Spuren waren, die später jemand beseitigte. Das mag alles sein. Ich sagte lediglich, dass es tausend harmlose Gründe für das Warum geben könnte." Jetzt sah Sandra Günther tief in die Augen. Keiner der ehemaligen Kollegen, der Freunde, hatte einen tatsächlichen Einblick darin, wie es Martin wirklich ging. Auch Günther nicht, der sich wenigstens hin und wieder blicken ließ. Sie wussten nichts von seinen Angstattacken, seiner Schlaflosigkeit, seinen Albträumen, die Sandra sehr wohl registrierte, und der tagelangen Verstörtheit Martins nach solchen Anfällen. Alle glaubten, das ginge mit ein paar Wochen Klinik, anschließender Reha und Entspannen daheim vorbei. Sandra hatte mit den Ärzten und Therapeuten gesprochen. Sie war selbst Ärztin. Niemals wieder würde Martin als ermittelnder Beamter arbeiten können, das war völlig ausgeschlossen, das hatte man ihr nach seinem letzten Zusammenbruch klar und deutlich gesagt. Sandra konnte dies täglich sehen und erleben. Selbst die Idee der Lehrstelle war grenzwertig und ein letzter Kompromiss mit Martin, der als Einziger auf seine Rückkehr in den aktiven Dienst hoffte.

„Es steht keine Schaufel oder so etwas unten auf der Terrasse." Martin ließ nicht locker und schaute, als habe er Sandra soeben schachmatt gesetzt.

„Vielleicht steht sie im Haus?", kam es sofort zurück.

„Das könnte sein. Dann wäre derjenige, der die Schaufel benutzte, ebenfalls im Haus." Martin war auf dieses Argument vorbereitet.

„Könntet ihr beiden, wenn es euch nichts ausmacht, mal mitkommen." Sandra schritt voran ins Arbeitszimmer, von wo der Vorgarten der Villa nebenan einsehbar war. „Was seht ihr?", fragte sie provokant. Ohne eine Antwort abzuwarten, schoss sie gleich hinterher: „Man nennt es Ausgang." Günther und Martin schauten bedröppelt. „Frau de Vries, Herr de Vries oder wer auch immer, kann hinter dem Haus schieben und kratzen, was sie möchte, stellt das verwendete Gerät, falls es so etwas überhaupt gab, im Keller ab und geht anschließend aus der Haustür hinaus auf die Straße. Dort wartet vielleicht ein Freund, ein Geschäftspartner, eine bestellte Limousine, ein Chauffeur mit einem Rolls-Royce, was weiß ich wer, nimmt sie mit in ihr Chalet in der Schweiz, das Anwesen am Lago Maggiore, den Privatflieger in Egelsbach und weg sind sie. Dazu muss man nicht stundenlang den Garten beobachten, das ist ganz einfach." Sandra ließ die Herren stehen und stapfte aus dem Zimmer.

„Vielleicht fahre ich jetzt doch besser", sagte Günther Messner nach kurzem Schweigen. „Wahrscheinlich hat Sandra recht und es ist nichts passiert." Er leerte sein Glas in einem Zug und ging. Draußen verabschiedete er sich kurz von Sandra und war verschwunden.

Martin stand noch unschlüssig im Raum, sah im Halbdunkel den Bildschirm auf dem Schreibtisch, die Tastatur, seine Notizen und Nachschlagewerke. Auf einem Zettel vor seinem Schreibtisch hatte er einen Satz notiert, den er unbedingt in seine Vorlesung einbauen wollte:

„Wenn die Kirchturmuhr steht, zeigt sie dennoch zweimal täglich die richtige Uhrzeit an."

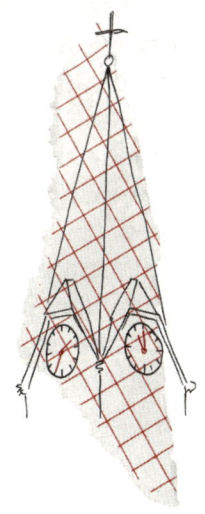

Diese simple Wahrheit wurde erheblich spannender, wenn ein Betrachter der Kirchturmuhr mit ins Bild kommt. Zu welchem Zeitpunkt blickt er auf die Zeiger? Zufälligerweise in dem Moment, wo sie die korrekte Uhrzeit darstellen? Höchst unwahrscheinlich. Sehr viel wahrscheinlicher wird der Fall sein, dass er in einem Augenblick nach oben blickt, da die Uhrzeit falsch ist. Der Betrachter, der nicht weiß, dass die Zeiger stillstehen, könnte ganz unterschiedliche Reaktionen zeigen: Er glaubt, die richtige Uhrzeit zu sehen, und geht weiter. Oder, er wundert sich, dass es bereits so spät ist oder noch so früh. Je weiter die gezeigte Uhrzeit von der tatsächlichen abweicht, desto eher würde der Betrachter seinen Fehler erkennen.

Dieses Wundern tritt allerdings umso weniger ein, je näher seine Beobachtung dem zufällig richtigen Moment kommt. Er würde die stehende Kirchturmuhr gar nicht erkennen und das Gezeigte als „wahr" annehmen, wenn er kurz vor oder nach der korrekten Uhrzeit hinaufsehen würde. De facto bedeutet dies: Je näher seine Beobachtung an den Punkt der Wahrheit rückt, umso größer die Gefahr des unerkannten Irrtums. Für Schwaner war dies eine immens wichtige Erkenntnis und Grundlage der Kriminalistik: Gerade die unmittelbaren Zeugen können sich irren und ihre Aussagen in die völlig falsche Richtung führen.

Martin wollte diesen Ansatz zu einem späteren Zeitpunkt im Rahmen der Wahrscheinlichkeitsrechnung verwenden. Ganz nebenbei konnte er auf die Rolle des Betrachters, des Zeugen, eingehen und inwieweit dieser selbst das Gesehene beeinflusst.

„Wie groß ist mein Einfluss auf die Beobachtung?",
fragte sich Martin, der noch immer im Arbeitszimmer
stand. Hatte er zufällig das wahre Ereignis gesehen,
einen Hinweis auf eine mögliche Straftat? Oder
war er zumindest dicht dran? Oder war alles völlig
daneben, falsch, weit von der Wahrheit entfernt, wie
es Sandra darstellte? Welche Art Beobachter war er?

Martin ging zurück in die Küche. Sandra stand dort
an die Spüle gelehnt, ebenfalls ein Glas Wein in der
Hand, und starrte auf den Boden. Martin nahm sie
in den Arm, drückte sie an sich.
„Mach dir keine Sorgen. Ich glaube eben, dass ich
etwas Verdächtiges gesehen habe. Ich kann das schon
einschätzen", versuchte Martin sie zu beruhigen.
„Mir geht es gut, mir fehlt nichts." Zum Beweis hielt
er seine Hand vor, die ruhig und ohne zu zittern in
der Luft schwebte. Sandra holte tief Luft.
„Vor ein paar Wochen hattest du unten Herrn Schul
in Verdacht, dass er seiner Frau und seinem Sohn
etwas angetan hat, weil du ein lautes Geräusch aus
der Wohnung hörtest...", begann Sandra unvermittelt
„Das kannst du jetzt nicht mit...", reagierte Martin
sofort.
„Lass mich bitte ausreden. Davor glaubtest du,
Miguel hätte seine Kinder umgebracht oder etwas
Ähnliches, da ihre Schuhe nicht mehr vor der Tür
standen. Herr Krüg von schräg gegenüber war plötzlich in deinen Augen ein Gewaltverbrecher, weil er
mehrere dunkle Abfallsäcke in sein Auto verlud..."
Sandra sah Martin erschöpft an, der sagte nichts.
„Auslöser für diese Serie von Tötungsdelikten in

unserer unmittelbaren Nachbarschaft war ein Artikel über die gestiegene häusliche Gewalt, den du gelesen hattest..."

„Was ja auch stimmt!", warf Martin ein.

„Was sicherlich auch stimmt. Aber es trifft eben nicht bei jedem zu, das weißt du doch viel besser als ich." Sandra trank einen Schluck Wein. „Jetzt sind es, zumindest glaube ich das, deine Vorbereitungen auf den Unterricht, die dich für alles Wahrscheinliche oder Unwahrscheinliche sensibilisieren. Dadurch siehst du in jeder Kleinigkeit gleich wieder etwas Verdächtiges."

„Du glaubst also, dass meine Mathematische Kriminalistik...", Martin brachte den Satz nicht zu Ende. Er stellte sich Sandra gegenüber, suchte ihren Blick.

„Ja, zugegeben, ich habe vor einiger Zeit überall Gespenster gesehen. Das war aber auch kurz nach, nach...", Martin suchte nach dem richtigen Wort, „...meiner letzten Krise und dem damaligen Fall..."

„Und den Wochen in der Klinik und den Wochen in der Reha...", Sandra nahm einen tiefen Schluck und sah ihm in die Augen.

„Ja, und den Wochen...", Martin trank ebenfalls, schwieg. Vielleicht hatte Sandra recht, dachte er und wurde unsicher. Er war ein beeinflusster Beobachter, hatte keinen klaren Blick, sah überall gleich Verbrechen und Verbrecher.

„Martin", hob Sandra an, „ich, nicht nur ich, Frau Dr. Heine und andere, bemühen uns seit Monaten, dich auf eine stabile Bahn zu bringen. Dazu gehören die Medikamente, es gehört aber auch Unterstützung von deiner Seite dazu. Denkst du denn manchmal daran, wie es mir geht? Ich möchte nicht wieder

Woche um Woche hier alleine sitzen. Ich möchte meine Zeit mit dir verbringen, und nur mit dir und nicht noch mit irgendwelchen möglichen Opfern und Tätern. Du musst für mich kein erfolgreicher Kommissar sein, ich weiß, dass du das einmal warst. Das ist aber vorbei…"

Martin stellte brüsk sein Glas ab, verschränkte die Arme vor der Brust und polterte los: „Ich weiß selbst, dass ich kein Kommissar mehr bin, zumindest kein aktiver. Ich bin aber nicht bescheuert, wenn du das meinst. Ich weiß, was ich gesehen habe, und es wird mir wohl noch erlaubt sein, darüber nachzudenken. Aber du und Frau Doktor Heine", Martin sprach den Namen spitz aus, „ihr seht ja gleich in allem nur einen Spleen von mir, der Kommissar, der es nicht lassen kann, dieses schon so oft benutzte Klischee." Martin wollte weggehen, wusste aber nicht wohin. Also tat er ein paar Schritte aus der Küche hinaus und wieder herein. Schließlich nahm er sein Glas und kippte den Wein in einem Zug hinunter.

„Martin…"

„Bitte fang die Sätze nicht mit ‚Martin' an. Du weißt, dass ich das hasse."

„Wir müssen doch nicht streiten."

„Nein, müssen wir nicht. Du musst mich aber auch nicht fortlaufend so behandeln, als wäre ich dein Patient."

„Tu ich das? Ist das dein Eindruck?" Jetzt knallte Sandra ihr Glas auf die Spüle. „Ich zeige dir, dass ich mir Sorgen mache, Sorgen um dich. Mir ist es nämlich nicht egal, wie es dir geht, umgekehrt ja schon. Jetzt behandle ich dich wie einen Patienten, toll, bitte schön, ich lass es sein. Geh doch rüber und such nach weiteren Spuren, nach einer Schaufel, nach umgeknickten Grashalmen, mach, was du willst. Ich versuche dich ja nur ..." Sandra brach plötzlich ab.

„Was versuchst du? Mich zu beschützen? Wolltest du das sagen? Wovor beschützen? Dass ich mich lächerlich mache? Dass andere sehen, ich habe nicht mehr alle Tassen im Schrank? Das musst du nicht. Ich bin nämlich nicht verrückt. Vielleicht geht es dir auch nur darum, dass es dir peinlich wäre?"

Beide blickten sich wütend an. Martin wartete auf den nächsten Angriff.

„Meinetwegen kannst du dort unten mit einer Lupe über den Rasen robben. Das ist mir nicht peinlich, wenn es dir nicht peinlich ist."

Das kam unerwartet. Martin stellte es sich vor und musste grinsen. „Ja, ich zieh mir auch eine Sherlock-Holmes-Mütze auf den Kopf und stecke mir eine Pfeife in den Mund."

„Und ich filme dich dabei." Jetzt lachten beide und nahmen sich in den Arm.

„Du bist dann mein Watson!", sagte Martin zu Sandra.

„Watson ist aber ein Mann", entgegnete Sandra. „Möchtest du lieber mit einem Mann zusammenleben?"

„Wenn er ein Watson wie du ist, ja!" Martin küsste Sandra, bugsierte sie dabei in Richtung Schlafzimmer und schloss die Tür.

Nach einer halben Stunde kam Martin nackt in die Küche zurück, goss Wein in die Gläser nach und eilte wieder ins Schlafzimmer. „Nebenan brennt Licht im

Treppenhaus", rief er schon von der Küche aus. „Es scheint wirklich alles in Ordnung zu sein."

„Sag ich doch." Sandra nahm den Wein und sie besiegelten mit klarem Gläserklingen den Abschluss aller Spekulationen. Sie saßen im Bett und redeten über dies und das. Sandra wollte von Martin wissen, wie er seinen Tag verbracht hatte. Er erzählte von den Vorbereitungen für seine ersten Stunden und dass er intensiver auf den „Beweis" eingehen wolle, den die Griechen in die Mathematik einführten. Aristoteles habe in seinem Werk „Organon", zu Deutsch „Werkzeuge", die Grundlagen dafür formuliert, worauf bis heute die Logik beruhe. Sie müsse unabhängig und für alle gleich angewendet werden. Sie müsse frei von Widersprüchen sein.

Sandra hörte schweigend zu. Sie sah Martin schon als Professor im Hörsaal stehen, eine Kaskade von Studenten vor ihm, die gebannt seiner Vorlesung lauschten.

„Dasselbe kann nicht zugleich sein und nicht sein", zitierte Martin bereits ganz Dozent und mit dem Glas vor sich hinmalend. „Oder: Eine Behauptung und ihr Gegenteil können nicht beide falsch sein." Er gab sich eine lehrerhafte Stimme. „Was interessant ist, da es in der Umkehrung bedeutet, wenn du eine Seite als falsch bewiesen hast, das Gegenteil automatisch wahr sein muss. Ich beweise sozusagen durch die Negation einer Annahme ..."

„Apropos Griechen. Ich habe einen Bärenhunger", unterbrach ihn Sandra und sprang aus dem Bett. „Vielleicht kannst du mir das beim Griechen vorne an der Ecke weiter darlegen, wenn der noch offen hat?"

4

Martin sortierte seine Unterlagen auf dem Schreibtisch. Sandra war eben, nach einem kleinen, gemeinsamen Frühstück gegangen. Schon um 5.30 Uhr hatte der Wecker geklingelt, jetzt war es kaum halb sieben.
Sandra sprach wenig bis gar nicht über ihre Arbeit. Sie trennte Job und Privat strikt voneinander, sonst könne sie diesen Beruf nicht ausüben, wie sie selbst sagte. Früher, als Schwaner noch im Dienst war, hatten sie sich öfter am Telefon ausgetauscht. In der letzten Zeit, nach Martins Erkrankung, erzählte Sandra gar nichts mehr aus dem Rechtsmedizinischen Institut und was sich dort gerade zutrug.
Als sie vom Essen gestern nach Hause kamen, waren in der Villa von de Vries auch zwei Zimmer nach vorne erleuchtet. Sandra und Martin lachten, umarmten und küssten sich auf dem Bürgersteig, als wäre ihnen soeben die Erinnerung an ein verrücktes Erlebnis in den Sinn gekommen. Einzig, dass heute Morgen noch immer das Licht im Treppenhaus nebenan brannte, fand Martin merkwürdig. Das war schon lange nicht mehr vorgekommen, da sich einige Nachbarn auch darüber beschwert hatten.

Wo war er gestern stehen geblieben? Ach ja, der Beweis, beziehungsweise die Einführung des Beweises durch die griechischen Mathematiker und Philosophen. In Martins Augen ein hochspannendes Thema und Grundpfeiler seiner Mathematischen Kriminalistik. Theoretisch müsste er dann auch auf die Grundlagen, die Axiome, der Mathematik eingehen. Hier wäre an erster Stelle, um bei den

Griechen zu bleiben, Euklid von Alexandria zu nennen. Das wird viele verwirren, liegt Alexandria doch in Ägypten und nicht in Griechenland. Hier müsste er also erklären, dass damals das „von" nicht in Zusammenhang mit dem Geburtsort, oder nicht nur, sondern in erster Linie mit dem Ort des Wirkens, der Schule und Lehre, benutzt wurde.

Verehrte Damen und Herren – war das etwas zu schwülstig? Wie alt mochten seine Schülerinnen und Schüler sein? Vielleicht einfach ein:
Guten Morgen?
Beginnen möchte ich unsere Reise im ältesten Gebiet der Mathematik, das schon durch seinen Namen auf seine Anwendung im Alltag und in der Natur verweist, der GEOmetrie.
Wörtlich übersetzt bedeutet Geometrie „Erdmaße" oder auch „Erdmessung". Damit wird klar, womit sich die Geometrie in ihren Anfängen beschäftigte. Sie diente den Menschen dazu, ihre Umgebung aus-zuloten, zu teilen, abzumessen und in Größen-verhältnisse zu bringen. Damit wurde die Natur dem Menschen begreif- und vorstellbar. Er machte sie sich untertan, da er Maß an sie anlegte.
(Eine Pause lassen)
Über die Anfänge der Geometrie weiß man sehr wenig. Vermutlich nutzten die ersten Geometer Stab, Seil und den gesunden Menschenverstand für ihre Messungen. Der Stock diente als Maßstab, war Ankerpunkt für das Seil und warf einen Schatten, wenn man ihn an einem bestimmten Punkt in den Boden steckte. Das Seil konnte als Länge, Radius und zur Winkelmessung benutzt werden. Mit beiden Werkzeugen konnte ein versierter Geometer bereits

sehr präzise arbeiten, wie frühantike Bauwerke beweisen.

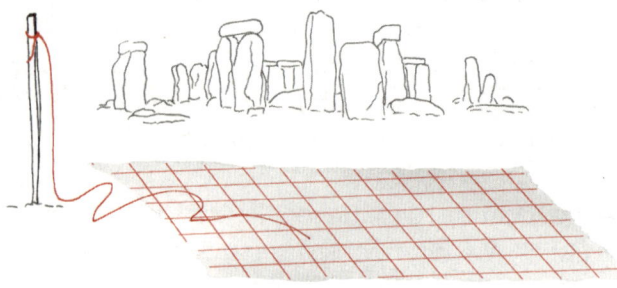

Aber noch war die Handhabung dieser Instrumente eine Fertigkeit, die wohl nur wenigen vertraut war und von Mund zu Mund weitergegeben wurden. Erst aus der Zeit der Ägypter und Babylonier, also mehr als 2500 Jahre vor Christus, existieren Aufzeichnungen, die die damaligen Kenntnisse über die Geometrie betreffen. Es dauerte nochmals zweitausend Jahre, bis ein gewisser Euklid von Alexandria das Wissen seiner Zeit zusammentrug, ergänzte und in einem Regelwerk festhielt. Er nannte sein Werk: „Elemente".
Über Euklids Leben, Geburtsort und so weiter ist kaum etwas bekannt. Dennoch hat er auf Jahrtausende hinaus die Mathematik geprägt. Mit seinen „Elementen" errichtete er die Grundpfeiler der Arithmetik und der Geometrie:
– Was demselben gleich ist, ist auch einander gleich.
– Wenn Gleichem Gleiches hinzugefügt wird, sind die Summen gleich.
– Wenn Gleichem Gleiches weggenommen wird, sind die Reste gleich.

- Was miteinander zur Deckung gebracht werden kann, ist einander gleich.

Auf diesen einfachen Sätzen baute sich später das gesamte Gleichungssystem der Mathematik auf. Ich kann auf jeder Seite hinzufügen oder wegnehmen, wenn es „gleich" ist, was ich tue. Besonders wichtig: keine Zahlen. Die ersten Mathematiker und auch spätere Theoretiker benutzten keine Zahlen, oder die Zahlen waren nebensächlich. Damals war die Geometrie die Königsdisziplin. Auch hierfür lieferte Euklid die Grundlagen:

- Ein Punkt hat keine Ausdehnung.
- Eine Linie besitzt keine Breite.
- Eine Gerade verbindet zwei Punkte auf direktem Weg miteinander.
- Es braucht drei Punkte, um eine Fläche zu zeichnen.

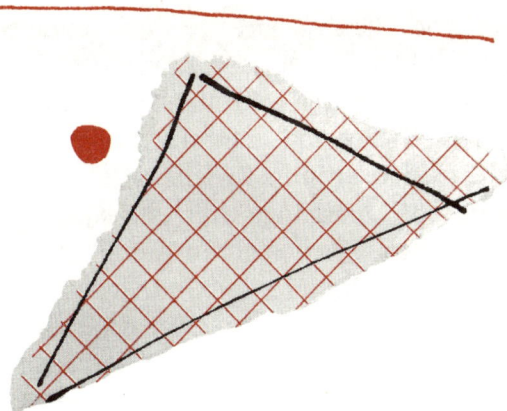

Diese Postulate, die uns heute geläufig sind wie das kleine Einmaleins, waren damals völlig neu. Sie stammen noch nicht einmal alle von Euklid selbst, das haben Historiker später bewiesen, aber er sammelte sie in seinen „13 Büchern" und fügte sie zusammen. Mit seinen Sätzen schuf er auch die Basis allen mathematischen Denkens und Vorstellens. Natürlich hatte ein gezeichneter Punkt, ob auf Ton, Tafel, Erde oder Papyrus, eine Ausdehnung, natürlich jede Linie eine Breite, sonst wären sie alle unsichtbar. Euklid forderte die sichtbare Unsichtbarkeit, die Abstraktion, ein. Die Abstraktion ist die Basis, das Fundament der Mathematik. Ohne sie ist keine logische Verknüpfung möglich. Gleichzeitig ist sie etwas, das viele heute an der modernen Mathematik verzweifeln lässt, da ihnen die Vorstellungskraft für das eigentlich Gemeinte fehlt. Die Abstraktion, nicht die Mathematik, ist für sie zu kompliziert.

„Das wäre eine schöne und gelungene Wendung", dachte Martin bei sich und bearbeitete sein Skript entsprechend. Bislang hatte er noch keine Seitenzahlen vergeben, besser gesagt, er hatte sie immer wieder verändert und war dann zu dem Schluss gekommen, erst einmal darauf zu verzichten. Das führte dazu, dass er immer wieder alles umsortierte und sich neue Übergänge und Überleitungen ausdenken musste. „Vielleicht an dieser Stelle, oder in der nächsten Stunde, mit Pythagoras weiter?", überlegte Martin. „Der war zwar älter als Euklid und lebte zweihundert Jahre zuvor, wurde aber von Euklid mächtig kritisiert – nicht Pythagoras selbst, sondern die Pythagoräer. Ach, das ist vielleicht zu viel Geschichte und Theorie. Eigentlich möchte ich ja auf die Umsetzung raus."

Sie fragen sich, was hat das mit Polizeiarbeit und Kriminalistik zu tun?

(Eine Pause lassen)

Nehmen wir einmal das in Filmen und Serien gerne verwendete Bild einer Wand, an die Fotos von Opfern, Verdächtigen und Zeugen gepinnt werden. Dazwischen verlaufen Linien oder Schnüre, die die Verbindungen der Personen zueinander aufzeigen sollen. Sie wissen, Sie werden in keinem Polizeirevier, in keinem Kommissariat, jemals eine solche Wand finden, da es sich dabei um eine Erfindung von Regisseuren und Drehbuchautoren handelt.

Greifen wir aber einmal den Gedanken, die Idee dahinter auf und setzen für jede Pinnnadel, mit der ein Bild einer Person befestigt ist, einen Punkt. Die Schnüre zwischen den Nadeln werden Linien und schon haben wir die Grundelemente der Geometrie: Punkt und Linie.

In der Mathematischen Kriminalistik ist ein Punkt damit eine Person, die Linie die Verbindung, die Beziehung, zu anderen Personen. Aber was ist eine Linie?

(Wieder eine Pause lassen)

Gestatten Sie mir, an dieser Stelle auf einen anderen bedeutenden Mathematiker einzugehen, David Hilbert. Er definierte zu Beginn des 21. Jahrhunderts die Grundlagen der Geometrie neu und exakter, als es Euklid getan hatte. Hilbert sagt, zwischen zwei Punkten A und B existiert nur eine Gerade. Das ist wichtig, denn es bedeutet für uns in der Übersetzung, dass es zwischen zwei Personen immer nur eine wahre Beziehung gibt, sosehr man sie hier auch täuschen und in die Irre leiten möchte.

Ferner definierte Hilbert, dass weitere Punkte auf der Geraden zwischen A und B Elemente dieser Geraden sind. Für uns übersetzt, heißt das: Andere Punkte, sprich Personen, sind Bestandteil der Beziehung. Ein

Fakt, der Ihnen in der Realität sofort begegnet. Eltern, Geschwister, Freunde, Arbeitskollegen, Liebhaber und Geliebte, Feinde und Neider spielen in die Beziehung zwischen zwei Menschen mit hinein, da jede Einzelperson ihr soziales, wirtschaftliches und familiäres Umfeld mit einbringt.

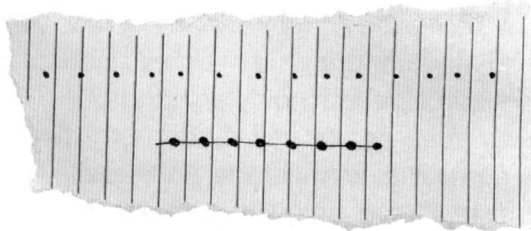

Schwaner stockte. War das zu viel auf einmal? Würde die Dualität von Punkten und Linie Verwirrung stiften? Euklid sah eine Linie als ununterbrochene Kette von Punkten an, Hilbert definierte die Gerade an sich, auf der es unendlich viele Punkte geben konnte. Ein gewaltiger Unterschied. Schwaner zerbrach sich eine halbe Stunde lang den Kopf und konnte sich schlussendlich nicht entscheiden, ob er auf solche Feinheiten überhaupt eingehen sollte.

Martin war, wie schon so oft, frustriert, verunsichert und wusste nicht so recht weiter. Wie immer in solchen Situationen beschloss er, einen Spaziergang zu unternehmen. Es war noch nicht einmal 9.00 Uhr. Der Tag heute wollte gar nicht hell werden. Alles war grau und diesig, nichts hatte eine Farbe. Kaum vorne auf der Straße, fielen Martin die beiden erleuchteten Fenster im Hause de Vries auf. „Es sieht aus wie gestern Abend", schoss es Schwaner sofort durch den Kopf. „Aber ich soll nicht überall Mord und Totschlag sehen!", befahl er sich selbst.

Während seines Spazierganges grübelte Schwaner weiter, was mit Punkt und Linie alles anzufangen wäre. Zunächst einmal war der Abstand zwischen den Punkten A und B wichtig. Über den Abstand, die Nähe oder Ferne, definierte sich die Art der Beziehung. Kurzer Abstand, enge Beziehung, weiter Abstand, lose Beziehung.

Es konnte weitere Linien geben, die parallel liefen, andere, die sich einer bestehenden zuneigten oder davon wegliefen, und schließlich welche, die sich schnitten und kreuzten. An diesen Stellen ergaben sich interessante Berührungspunkte.

Knapp zwei Stunden später, nach einer ausgedehnten Tour durch den Niddapark, kam er müde und schweißnass unter der dicken Jacke zurück. Unwillkürlich blickte er zur Villa hinüber. In diesem Moment erlosch das Licht, in beiden Zimmern gleichzeitig. Die Kirchturmuhr schlug elf. Martin öffnete die Gartentür und ging zur Haustür der Nachbarn. Das Licht im Treppenhaus war ebenfalls erloschen. Das konnte nur durch eine Zeitschaltuhr geregelt sein, dachte er und ging weiter bis zur Terrasse. Hier hatte sich nichts verändert. Der dünne Zweig, gestern von Günther zwischen Tür und Rahmen gesteckt, „Alter Pfadfindertrick", sagte er dabei, saß an Ort und Stelle. Schwaner ging zur Haustür zurück. „Ach, was soll's", sprach er zu sich selbst und klingelte Sturm. Er wollte jetzt ein für alle Mal wissen, ob hier jemand im Haus war. Das herrschaftliche „Dingdong" erklang unaufhörlich und nervtötend. Martin rechnete fest damit, er hoffte, dass jeden Augenblick die Tür aufgerissen und ihn ein fuchsteufelswilder de Vries anschreien würde. Was er in diesem Moment sagen würde, wusste Martin nicht. Vielleicht: „Gott sei Dank, Sie leben" oder etwas Ähnliches. Aber nichts geschah. Der letzte Ton hing noch in der Luft und unterstrich die eintretende Stille. Plötzlich ein Schatten hinter dem Glas, nicht oben, in Griffhöhe, sondern unten, auf dem Boden.

„Die Katze!", durchfuhr es Martin. „Natürlich, die Katze." Martin hörte förmlich die Stimme von Frau de Vries, wenn sie abends im Garten stand und nach dem Kater rief: „Romeo! Romeo!" Es dauerte manchmal ewig, bis der schwarze Kater irgendwo aus dem Gebüsch auftauchte und an Frau de Vries vorbei ins Haus rannte. Sie schimpfte ihn dann immer liebevoll aus, dass er ein „Rumtreiber" und „ungezogener Casanova" sei.

„Die Katze ist da! Niemals würde Frau de Vries verreisen und die Katze im Haus einsperren." Martin hatte schon beobachtet, wie der Kater in einer Box weggebracht wurde, wahrscheinlich in eine Tierpension. Frau de Vries kam anschließend alleine zurück und es war mehr oder minder ihre erste Tat, wenn sie wieder ankamen, dass sie den Kater abholte. Er wurde von ihr auf dem Rasen freigelassen und Romeo tobte einige Zeit um den Brunnen herum, überglücklich, wieder zu Hause zu sein.

„Ich darf nicht überall Gespenster sehen", ermahnte sich Schwaner erneut. „Vielleicht ist sie einkaufen?" Er spähte um die Ecke. Der Porsche stand unberührt vor der Garage. Schwaner trat auf den Bürgersteig.

Auch der schwarze Kasten von de Vries stand wie gehabt etwas weiter die Straße hinauf. Er hatte de Vries noch nie das Haus zu Fuß verlassen sehen – Frau de Vries eigentlich auch nicht. Es schien, als wäre es nicht standesgemäß, irgendwo zu Fuß hinzugehen. Niemals wären er oder sie auf die Leipziger Straße gelaufen. Selbst die wenigen Meter zur „Ginnheimer Höhe", einem schönen Lokal innerhalb der Kleingärten, wo auch Sandra und Martin gerne hingingen, legten ihre Nachbarn mit einem ihrer Luxusschlitten zurück. Sandra regte sich jedes Mal darüber auf, wenn sie Herrn und Frau de Vries dort sahen. Man grüßte sich absichtlich nicht.

„Es ist zum Verrücktwerden", bei diesem Gedanken musste Martin über sich selbst schmunzeln. Kaum hatte sich seine böse Vermutung offensichtlich in Luft aufgelöst, fing es wieder von vorne an. Es genügte ein winziges Teilchen, um das gesamte System als „wahr" aufleben zu lassen, ehe es, vermeintlich widerlegt, als „unwahr" wieder in sich zusammenstürzte. Martin ging nach oben in sein Arbeitszimmer. Was sollte er jetzt tun? Alles auf sich beruhen lassen? Über die neuerliche Beobachtung einfach hinweggehen? Günther anrufen? Nein, der hatte sich gestern einfach aus dem Staub gemacht und würde ihn heute nicht mehr ernst nehmen. Sandra? Sie war die Einzige, die ihm wenigstens zuhören würde. Aber nach gestern, ihrem Streit in der Küche und der späteren Versöhnung wäre sie bestimmt tief gekränkt, wenn alles wieder von vorne anfinge. War es so, wie Sandra vermutete, dass er aufgrund seiner Arbeit an der Mathematischen

Kriminalistik übersensibilisiert war? Martin musste Klarheit schaffen, für sich und Sandra, es ging nicht anders. Und es gab nur einen, der ihm dabei helfen konnte: Sven Beck. Sein ehemaliger Kollege und Partner im K11 war durch Martins Erkrankung zum Leiter der Abteilung aufgestiegen, interimsweise. Nicht dass irgendjemand im Polizeipräsidium mit Schwaners Rückkehr rechnete, sondern es gab schlicht keine Beförderungsstellen – und auf die nächsten, die frei würden, hatten ältere Beamte im Haus Anspruch. Sven Beck bliebe damit stellvertretender Leiter auf Jahre hinaus, ganz gleich wie hoch seine Aufklärungsrate, wie gut seine Beurteilungen waren. Einzig eine erfolgreiche Bewerbung zu einer anderen Dienststelle konnte ihm offiziell die Beförderung und ein wenig mehr Gehalt verschaffen.

Martin hielt sein Handy schon vor sich. Er zögerte. Das letzte Telefonat mit Sven lag etliche Wochen zurück. Es kam kein wirkliches Gespräch zustande. Es war eine Kette von kurzen Fragen, noch kürzeren Antworten und vielen langen, peinlichen Pausen dazwischen: Wie geht es dir? Gut. – Kommst du klar? Ja. – Wie ist es im Büro? Geht schon.

Nach endlosen zwei Minuten war die Unterhaltung beendet. Sven hatte sich seitdem nicht mehr gemeldet und sich nur indirekt über Sandra nach Martin erkundigt. Regelmäßig ließ er Grüße ausrichten, auf demselbem Wege schickte Martin Grüße zurück.

Schwaner fiel noch etwas anderes ein. Sein letzter Einsatz mit Sven Beck. Sie wurden zu einem Familiendrama gerufen. Ein Vater hatte seine beiden Kinder, seine Frau und anschließend sich selbst umgebracht. Der Tatort war eine komfortable Vier-zimmerwohnung in einem Mehrfamilienhaus. Kein sozialer Brennpunkt oder dergleichen. Von außen ließ nichts das Grauen im Inneren vermuten. Martin trafen die Bilder völlig unvorbereitet. Über die Leitstelle war nichts weiter gemeldet worden. Die beiden Erwachsenen konnte Schwaner noch ertragen. Die beiden Kinder, ein kleiner Junge und ein etwas älteres Mädchen, in ihren blutdurchtränkten Betten warfen ihn komplett aus der Bahn. Regungslos, die Arme angehoben, als würde er eines der Kinder tragen, stand er mitten im Zimmer. Er hörte nichts mehr, konnte nicht mehr sprechen, konnte nur auf das Bett des Jungen starren. Das Zittern setzte von den Schultern aus ein, als würde die Last auf seinen Armen schwerer und schwerer. Jemand schichtete Körper auf Körper, ihre Beine mit diesen winzigen Schuhen daran, baumelten seitlich herunter. Martin versuchte, sie alle zu tragen, sie wegzubringen, in Sicherheit, ihnen das Leben zu retten... Dann wurde es ihm schwarz vor Augen. Stunden später kam er im Krankenhaus wieder zu sich. Die Ärzte vermuteten einen epileptischen Anfall, da Sven ihn krampfhaft zitternd im Kinderzimmer fand. Der Notarzt musste Martin vor Ort ruhigstellen, da er sich nicht anfassen und auf die Trage heben ließ. Als Schwaner wegdämmerte, rief er immer wieder: „Alan, Alan".

„Martin!", Svens Stimme klang wirklich erfreut. „Das is aber ne Überraschung!" Wie hatte er Svens Genuschel vermisst.
„Hallo Sven, stör ich dich?"
„Du störst nie. Wie geht's dir?"

„Gut." Wieder trat eine sekundenlange Pause ein. Martin überlegte panisch, was er weiter sagen könnte. Es kamen ihm nur Worthülsen in den Sinn.

„Günther war da, schöne Grüße."

„Aha, was treibt'n der alte Scout so?"

„Ach, das Übliche, weißt schon."

„Mmmhhh."

Martin holte tief Luft: „Eigentlich geht es mir nicht so gut, wenn ich ehrlich bin. Ich habe ein Problem und komme nicht weiter." Der Damm war gebrochen.

„Schieß los, wie kann ich dir helf'n."

„Hast du wirklich ein paar Minuten?"

„Klar, für dich immer."

Schwaner erzählte in groben Zügen seine Beobachtungen. Die Spuren im Schnee ließ er weg. Sie erschienen ihm jetzt selbst kindisch und albern, nichts, was man einem Kriminalkommissar, einem Profi, erzählte. So blieb allerdings nur, dass seine Nachbarn nicht zu Hause seien, die Beleuchtung wohl gesteuert an- und ausginge und die Katze im Haus wäre.

„Es geht dir also um die Katze?", fragte Sven am Ende nach.

„Nein, die Katze ist nur ein weiteres Indiz dafür, dass etwas nicht stimmt. De Vries und seine Frau sind nicht verreist, da die Katze noch im Haus ist."

„Aber dann ist doch alles in Ord'ung", stellte Sven nüchtern fest.

„Nein, nichts ist in Ordnung, verstehst du denn nicht. Seit Tagen rührt sich nichts nebenan, die Wagen stehen vor der Tür und die Taxis haben gestreikt."

„Du, tut mir leid, versteh' ich jetzt wirklich nich. Ich muss jetzt auch aufleg'n. Ich ruf gleich zurück, in en paar Minut'n." Sven legte auf.

Martin saß vor dem dunklen Bildschirm und sah sein verschwommenes Spiegelbild darin. Er trug noch immer die dicke Jacke, seine Wanderschuhe und die Mütze auf dem Kopf. Er hatte sich wie ein Idiot benommen. Sven musste ja denken, dass er tatsächlich nicht alle Tassen im Schrank hat, bei dem wirren Zeug, was er zusammenfaselte. „Du machst dich selbst zum Deppen", flüsterte Martin der schemenhaften Gestalt auf der Mattscheibe zu. „Prima, ganz prima hast du das gemacht." Er ging in die Diele und zog sich aus. Er war noch immer völlig durchgeschwitzt. „Vielleicht habe ich auch Fieber?"

Martins Telefon klingelte, es war Sandra. „Du hast Sven angerufen? Was ist passiert? Ich dachte..."

„Die Katze ist im Haus", unterbrach Martin sie gleich und wie um sich im Voraus zu rechtfertigen. „Und die Beleuchtung ist nicht echt. Alles ging gleichzeitig aus."

„Romeo ist im Haus? Bist du sicher?" Martin war verblüfft, dass Sandra den Namen der Katze wusste, wo sie doch de Vries und alles, was dazugehörte, mit größter Missachtung strafte.

„Ja, ich hab ihn gesehen. Hinter der Haustür, ganz sicher." Sandra schwieg auf der anderen Seite. „Sven hält mich jetzt für total verrückt, so wie ich ihm das alles erzählt habe."

„Nein, er kommt. Er ist, glaube ich, schon unterwegs. Ich schau nur gerade, ob ich auch weg kann."

„Nein, ihr müsst jetzt nicht beide herkommen, nur weil ich..."

„Martin, ich glaube dir. Wenn die Katze noch im Haus ist, stimmt irgendetwas nicht. Du musst es Sven nur von Anfang an erzählen. Das mit dem Schnee hat er gar nicht gewusst. Ich komme leider hier nicht weg.

Ein Zweiter aus der Messerstecherei ist heute Nacht verstorben, der Leichnam muss jede Minute hier eintreffen. Also, bleib ruhig und erzähle alles."

Eine Viertelstunde später klingelte es. Sven Beck kam die Treppe heraufgestürmt, als ginge es um Leben und Tod. Er schien wie immer gut im Training zu sein.

„Sachte, sachte", empfing ihn Martin an der Wohnungstür. „Du musst nichts überstürzen." Sie umarmten sich herzlich und lange. Schwaner strahlte Beck an. „Du hast deinen Schnurbart abgenommen", fiel ihm gleich auf. Auf Becks Oberlippe war deutlich die tiefe Kerbe zu sehen. „Ja, da sich aktuell alle im Präsidium outen, wollte ich nicht hint'ansteh'n", scherzte Sven und trat ein. Er kenne die neue Wohnung ja noch gar nicht und schaute sich neugierig um. Martin führte ihn durch Wohn- und Esszimmer, wieß auf den Balkon und zeigte sein Arbeitszimmer.

„Un' hier klügelst du dein neues System aus?", wollte Beck wissen. Martin wimmelte ab. Das sei alles noch Stückwerk, nichts Fertiges, vielleicht auch Kokolores. „Kokolores" gefiel Sven und er wiederholte es lachend ein paar Mal: „Kokolores, Kokolores. Was du immer für Ausdrücke hast. Aber es wird bestimmt funktionier'n, da bin ich sicher." Zuletzt gingen beide in die Küche, Martin bot etwas zu trinken an, was Sven dankend ablehnte.

„Gut, dann erzähl mal. Von Anfang an."

Beck lauschte geduldig, blickte ab und an aus dem Fenster, nickte und verschränkte schließlich die Arme vor der Brust. „Also, wenn ich richtig versteh, dann hat sich seit der Nacht dort drüb'n nichts mehr gerührt?" Sven stellte nochmals ein paar Fragen, was der Wagen von de Vries sei, wo er stehe, was Günther gesagt habe und so weiter. Martin ging auf den Umstand ein, dass sich kein Gartengerät auf der Terrasse befinde. „Entweder befindet es sich im Haus oder derjenige, der die Spuren beseitigte, hat es mitgebracht." Sven dachte eine Zeit lang nach. „Gut", sagte er dann plötzlich, „da könn'n wir erst mal nix mach'n."

„Wie, da kannst du nichts machen?" Martin glotzte seinen Ex-Kollegen an.

„Ich kann doch nich mit der Rudorf hier anrück'n, weil jemand nich zu Hause is. Und das nach'm Woch'nende." Frau Rudorf war die Nachfolgerin von Günther in der Kriminaltechnik. „Das verstehst du doch?"

Martin wollte es nicht einsehen und protestierte. Am Ende verstieg er sich in den Vorwurf, warum er denn überhaupt hergekommen sei, wenn er ihm doch nicht glaube.

„Ich glaube dir, oder, ich kann mir vorstell'n, dass da drüben eventuell etwas nich stimmt. Aber es kann och alles in Ordnung sein. Samstag war das mit 'm Schnee. Heut' is Montag. Morg'n müss'n wir noch abwart'n."

Schwaner zeterte weiter, sprach von Zeitverschwendung, von unterlassener Hilfeleistung, von klaren Hinweisen auf ein Verbrechen. Jetzt wurde auch Sven vehementer. Es gebe keine Hinweise auf ein Verbrechen, außer, dass das Haus nebenan noch nicht einmal zwei Tage unbewohnt erscheine. Das sei noch kein Indiz. Was solle er denn der Staatsanwaltschaft erzählen, die immerhin die Öffnung des Hauses anordnen müsse.

„Ich werde mit Körner sprechen, lass das mal meine Sorge sein", grätschte Schwaner gleich dazwischen. „Der ist mir noch etwas schuldig."

„Körner is nich mehr da. Is seit zwei Monat'n in Rente. Is jetzt eine Frau Georg, ne ganz Korrekte. Der muss ich mit so was hier gar nich komm'n."

Die beiden behakten sich noch eine Weile, schließlich grummelte Martin: „Ich hätte damals das Haus aufgemacht." Der Satz tat ihm sogleich leid. Er wusste ja, dass die Entscheidung darüber gar nicht bei Sven Beck lag. „Entschuldige, war nicht so gemeint."

„Schon gut", antwortete Beck. „Verrenn dich doch nich so. So warste früher auch nich" Beide schwiegen. Schwaner blickte zu Boden, Beck aus dem Fenster.

„Ich muss los", verabschiedete sich Sven. Er habe noch allerhand im Präsidium zu tun. In der Tür versprach er Martin nochmals, dass, wenn sich bis Mittwoch nichts rührte nebenan, er Himmel und Hölle in Bewegung setzen würde, um dort nachzusehen. Jetzt sei es noch zu früh, alles könne sich aufklären.

Schwaner sah Beck drüben an der Haustür, er klingelte, klopfte, niemand machte auf. Sven ging in den Garten, stellte sich neben den Brunnen und schaute zum Haus zurück. Offensichtlich konnte er nichts entdecken. Beck kam wieder vor, grüßte unter dem Küchenfenster nochmals zu Martin hinauf und war verschwunden.

Die Stunden krochen dahin. Martin saß in seinem Arbeitszimmer, unfähig, einen klaren Gedanken zu fassen oder irgendwie an seinem Skript zu arbeiten. Dabei war ihm während seines Spazierganges am

Vormittag ein guter Gedanke gekommen, zumindest hielt er ihn für einen solchen. Er wollte sich ein Auditorium, eine Unterrichtsklasse basteln. Dieses ewige Zwiegespräch mit dem PC, oder vielmehr mit sich selbst, musste ergänzt werden. Seine Idee war, sich Porträts an die Wand vor seinem Schreibtisch zu pinnen, die zukünftig seine imaginäre Unterrichtsklasse darstellten. Bildmaterial fand er in einer Ausgabe der „Cosmopolitan", die Sandra gelegentlich kaufte und sich danach gleich tüchtig schämte. Das sei ein weiterer Beweis ihrer verkorksten Jugend, jammerte sie. Ihre Mutter habe diese Zeitschrift geliebt und nur zu ihrem Andenken lese sie ab und an darin. Manchmal zitierte Sandra Martin gegenüber Sex-Tipps aus dem Magazin. Die hätte es früher nicht gegeben. Sie könnten sie dennoch einmal ausprobieren.

Martin suchte Gesichter in annähernd derselben Größe aus, ohne zu wissen, wer das überhaupt war. Er wollte Männer und Frauen in ungefähr gleicher Anzahl in seiner Klasse haben, oder, um realistisch zu bleiben, einen Überhang des männlichen Geschlechts. Wie viele würden wohl seinen Kurs wählen? Nach einigem Hin und Her – und da die Anzahl der Köpfe in den drei verfügbaren Ausgaben nicht so groß war – wurden es acht.

Er musste die Gesichter seiner Schüler jeweils auf einem Stück Karton aufkleben, da sich das ausgeschnittene Papier rollte und mit Heftzwecken alleine nicht zu befestigen war. So landeten schließlich: Lena Gercke, Bill Kaulitz, Brooklyn Beckham, Sienna Miller, Mark Foster, Prinz Harry, Justin Bieber und Anna Ermakova in seiner Klasse, die, zugegeben, für die durchschnittliche Polizistin und den durchschnittlichen Polizisten des gehobenen Dienstes zu wohlhabend und zu gepflegt aussahen. Aber gut, das war jetzt seine Truppe, der er etwas über Mathematische Kriminalistik, die MK, beibringen wollte.

Lena
(Die etwas Vorlaute)

Bill
(Der Phlegmatiker)

Brooklyn
(Der Nicht - Versteher)

Anna
(Die Schüchterne)

Mark
(Der Streber)

Sienna
(Die Stille)

Justin
(Der Abschreiber)

Harry
(Der Mann aus der Praxis)

Sandra wollte sich am Abend ausschütten vor Lachen, als sie Martins Schüler sah. „Jetzt musst du ihnen auch Charaktereigenschaften geben", spann Sandra die Idee weiter. „Mark", Martin hatte nur die Vornamen unter die Gesichter geschrieben, „Mark ist auf alle Fälle der Streber, ganz klar." Sandra schrieb „Streber" unter sein Bild. „Justin drückt

sich gerne vorm Lernen und mogelt sich so durch."
„Der Abschreiber" kritzelte sie auf das Blatt. Sandra
überlegte weiter. „Harry ist der Älteste und er kommt
aus dem mittleren Dienst. Er ist der Erfahrene,
Bodenständige. „Der Mann aus der Praxis", schrieb
sie neben sein Porträt. Zu Bill und Brooklyn fiel
ihr spontan nichts ein. „Wahrscheinlich fallen die
durch", schloss sie kurzerhand und drückte Martin
den Edding in die Hand. „Die Frauen musst du
machen."

Schwaner überlegte. Er kannte die Personen nicht
oder nur kaum. Er dachte an seine Schul- und
Studienzeit zurück und welche Mädchen damals in
seiner Klasse waren. Zu Lena schrieb er: „Die etwas
Vorlaute", weil sie ihn an eine ehemalige Mitschülerin
erinnerte, in die er damals verknallt war, die ihn
allerdings keines Blickes würdigte. Ihrer Macht
über die pubertierenden Jungs bewusst, hielt sie in
jeder Pause Hof und bedachte mal diesen, mal jenen
mit einem Lächeln und kleinen Aufträgen. Anna
wurde „Die Schüchterne" und Sienna „Die Stille",
ebenfalls in Erinnerung an seine Schulzeit und zwei
Freundinnen, die nur im Duo zu sehen waren. Bill
bezeichnete er als „Phlegmatiker" und Brooklyn
schließlich als „Der Nichtversteher". Martin fühlte
sich augenblicklich mit seiner Klasse verbunden,
freute sich auf ihre erste Unterrichtsstunde und
löschte froh gelaunt das Licht.

5

Martin saß wie auf Kohlen. In der Nacht hatte er kaum geschlafen. Punkt sieben Uhr am gestrigen Abend war wieder das Licht im Treppenhaus der Villa angegangen, etwas später die Beleuchtung in den Zimmern vorne raus. Martin war nach unten gerannt, um es zu überprüfen.

„Jetzt brennt das Licht bis morgen um elf, du wirst sehen", verkündete er Sandra.

„Der arme Romeo", sagte sie nur, „hoffentlich hat er genug zu fressen und zu trinken."

„De Vries und seine Frau sind dir egal, aber um die Katze machst du dir Sorgen, tzz. Vielleicht liegen nebenan zwei Menschen im Sterben ..."

„Vielleicht, vielleicht auch nicht. Das kannst du schließlich hinter jedem Fenster der Stadt vermuten."

Da hatte Sandra recht. Wie hoch war die Wahrscheinlichkeit, dass neben ihnen ein Mord geschehen war? Zu seiner Zeit hatte es in Frankfurt pro Jahr vierzig bis fünfzig Tötungsdelikte gegeben. Dazu gehören Totschlag, versuchter Mord und fahrlässige Tötung. Lediglich zwanzig Prozent, sprich acht bis zehn, wurden vollendet, das heißt, es gab etwa acht Tote. In allen anderen Fällen blieb es bei Verletzungen oder weniger, da die Tat nicht ausgeführt wurde. Martin lächelte. Ihre Aufklärungsquote lag damals bei über neunzig Prozent. Die wirklichen Mordfälle konnten sie alle aufklären, allerdings nicht immer den Täter fassen.

Aber darum ging es jetzt gar nicht, musste sich Schwaner ermahnen. Er recherchierte die Anzahl der Wohnungen. Es waren rund 410.000. Acht vollendete Tötungsdelikte auf 410.000 Wohnungen, das waren 0,00005 Tote pro Wohnung – aber das war ja Unsinn, dachte Martin, das war Statistik. Die Wahrscheinlichkeit, dass neben ihnen im Haus ein Mord geschah, lag bei 8:410.000, oder, gekürzt, bei etwa 1:50.000, vorausgesetzt, die acht vollendeten Tötungsdelikte wurden alle innerhalb geschlossener Räume ausgeführt. War es nur die Hälfte, dann ...

„Was schaust du so angestrengt?", unterbrach ihn Sandra, die ihn schon eine Weile beobachtete, wie er sein Handy bearbeitete.

„Ach, ich habe nur ..., ich versuche, was du eben gesagt hast. Ich wollte die Wahrscheinlichkeit ausrechnen, dass ich mit meiner Vermutung richtigliege."

„Und die wäre?", fragte Sandra spitz.

„Nun", Martin wurde etwas kleinlaut, „bei etwa 1:100.000, wenn ich mich nicht verrechnet habe."

„1:100.000!", wiederholte Sandra gedehnt und übertrieben beeindruckt. „1:100.000, das heißt, du müsstest an 100.000 Türen klingeln, damit du endlich eine Leiche findest?"

„Ja, so ungefähr."

„Na, da haben wir mit unseren Nachbarn ja unwahrscheinliches Glück, oder nicht?"

„Hör auf, dich lustig zu machen. Es gibt in der Wahrscheinlichkeit auch das falsch Positive, das heißt, es tritt ein Ereignis ein, obwohl unwahrscheinlich ist, dass es eintritt. Man nennt so etwas auch Zufall."

„Jetzt hör du auf, dir deine Mathematik so hinzubiegen, wie sie dir gerade passt. 1:100.000, du solltest Lotto spielen!"

„Wenn du aber alle Sterbefälle, das waren 6.050 im Jahr 2020, betrachtest", Martin hatte weiter in seinem Telefon gesucht und überschlug die neuen Zahlen im Kopf, „liegen wir nur noch bei etwa 1:800."

„Das würde allerdings bedeuten, dass alle in diesem Jahr Verstorbenen ermordet wurden", erwiderte Sandra pfeilschnell.

„Richtig. Du kennst ja den Satz: Wenn auf jedem Grab eines Ermordeten eine Kerze stünde, wären unsere Friedhöfe nachts taghell erleuchtet."

„Ja, das sagt mein Chef auch immer. Er forderte schon öffentlich, dass jeder Tote obduziert werden müsse. Nicht nur jene, bei denen die erste Leichenschau eine unbekannte Todesursache festhalte."

„Dann wäre euer Institut überfüllt – und die Gefängnisse gleich mit."

„Solange wir die Sterbehilfe und Tod auf Verlangen unter Strafe stellen."

„Hier habe ich noch eine andere Zahl gefunden: In Frankfurt liegt die Suizidrate bei etwa 12 pro 100.000 Einwohner."

„Na dann ist es ja zwölf Mal wahrscheinlicher, dass sich de Vries und seine Frau nebenan selbst das Leben genommen haben. Das ist immerhin erlaubt und kein Verbrechen." Sandra lachte provokant.

„Warum sollte der sich umbringen? Niemals. Das würde gar nicht zu ihm passen." Martin erinnerte sich an die wenigen Begegnungen mit seinem Nachbarn. „Selbstmord ist etwas für Schwächlinge, würde er sagen, da bin ich mir sicher."

„Auch sehr erfolgreiche Menschen haben sich schon das Leben genommen: Schauspielerinnen,

Unternehmerinnen, Sportlerinnen, Künstlerinnen. Selbstmord muss ja nicht immer abrupt geschehen, du kannst dich auch langsam zugrunde richten." Sandra dachte an ihre Mutter, die in ihrem einsamen Luxus erstickt war.

„Damit würdest du alle Suchtkranken in die latent Suizidgefährdeten aufnehmen", schloss Martin trocken, als ginge es lediglich um Zahlen und ihre Betrachtung.

„Hinter allem steht ein Schicksal", sagte Sandra nach einer kurzen Pause und verschwand im Badezimmer.

„Es wäre eine schöne Aufgabe für deine Klasse", hatte Sandra später noch gesagt und das Thema beendet. Aber so weit war seine Klasse noch nicht. Außerdem war dies gar nicht die Mathematik, die Martin vermitteln wollte. Ihm ging es darum, mit mathematischen Mitteln kriminelle Handlungen darzustellen.

Martin las seiner imaginären Klasse laut seine Einleitung vor. Mark machte sich fleißig Notizen, Justin nickte unentwegt, Lena lächelte zustimmend und Anna kaute auf ihrem Bleistift. Der Rest war irgendwie abwesend. Jetzt würde er auf Logik und Beweis eingehen, daran anschließend zur Geometrie überleiten.

Im antiken Griechenland waren Zahlen noch weitgehend bedeutungslos. Die griechischen Mathematiker kannten zwar schon die Grundzüge der Algebra, quadratische Gleichungen, das Wurzelziehen und dergleichen, aber man rechnete nicht, sondern übertrug die Fragestellung in geometrische Figuren und löste die Aufgabe sozusagen bildlich. In der Mathematik heißt diese Disziplin noch heute „geometrische Algebra".

Man betrachtete die Dinge entweder als Einzelnes, singular, oder als Mehrfaches, plural. Es existieren heute noch Volksstämme in Südamerika oder Afrika, denen Zahlen völlig fremd sind. Sie kennen nur eins oder viele. Ebenso gab es bei den Griechen keine Null. Das Nichts existierte schlicht nicht. Alles ist teilbar und immer wieder teilbar bis zum Kleinsten, nicht mehr Teilbaren, dem Atom. Aber ein Atom ist nicht nichts.

Auch die Ihnen heute geläufigen Rechenzeichen kannte man damals nicht – sie sind eine Erfindung des 18. und 19. Jahrhunderts bis heute. Damals formulierte man mathematische Fragen rein sprachlich, also mit Text, und die Lösung entsprechend. „Textaufgaben?", rief Justin panisch aus und alle lachten. Martin überging den Zwischenruf ohne Beachtung.

Sie erinnern sich an Euklid, der sagte, wenn ich Gleichem Gleiches hinzufüge und so weiter. Wir würden dies heute mit einem „+" darstellen, die alten Griechen kannten dieses Zeichen nicht.

Die griechische Mathematik beruhte auf zwei Gegenständen: Zirkel und Lineal, oder genauer, einem geraden Stab, ohne Skalierung. Mit diesen Werkzeugen haben Pythagoras, Hippasos, Archimedes, Thales und

Euklid ihre Überlegungen dargestellt und bewiesen. Mehr benötigen auch wir nicht.

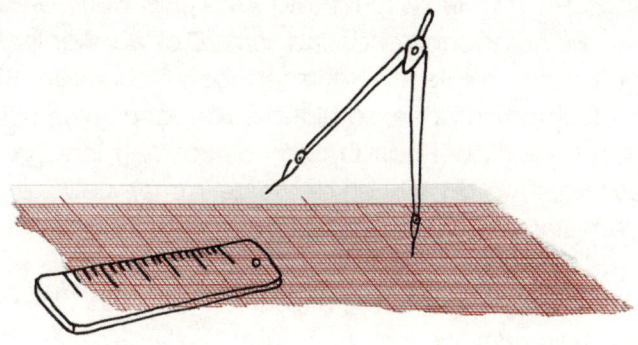

Martin notierte, dass er diese Gegenstände als notwendiges Arbeitsmaterial in seiner Kursbeschreibung angeben musste. Was würden Bill und Sienna denken? Sie wollten etwas über Kriminalistik erfahren und mussten Zirkel und Lineal mitbringen? Martin verscheuchte diesen Gedanken und widmete sich seinen ersten Übungen:

Als Erstes setzen Sie zwei Punkte, egal wo, irgendwo auf Ihrem Blatt, nur vielleicht nicht zu weit auseinander. Die Punkte nennen wir A und B. Diese beiden Punkte verbinden Sie mit dem Lineal und erhalten die Strecke AB. Nach Euklid, Sie erinnern sich, haben Punkte keine Größe und Linien keine Breite. Um jetzt Gleichem Gleiches hinzuzufügen, müssen wir unsere Strecke kopieren. Wie geht das? Ganz einfach. Wir ziehen irgendwo eine Linie, markieren am linken Ende einen Punkt, den wir A' nennen. Wir greifen mit dem Zirkel unsere Strecke AB ab und übertragen diese auf die zweite Linie, ausgehend vom Punkt A'. Wo der Zirkel die Linie schneidet, ist unser Punkt B'. Damit erhalten wir die Strecke A'B'. Diese ist gleich AB.

Martin blickte in die Gesichter auf dem Karton, die ihn scheinbar nicht mehr alle anlächelten. Einzig Mark schaute, mit allem fertig, wie zuvor und wartete auf weitere Aufgaben. Lenas und Harrys Blick war skeptisch geworden, zeigte aber immer noch Neugierde. Bill und Anna kämpften, so glaubte Schwaner, mit Punkt und Linie. Dabei handhabten die beiden ihre Zirkel so ungelenk, dass ihnen die Spitze immer wieder aus dem Einstichpunkt heraussprang.

Wenn wir jetzt an diese Gleichen jeweils das Gleiche anfügen oder wegnehmen, fuhr Martin eisern fort, bleiben sie sich weiterhin gleich. Wie Sie das machen, erklärt sich quasi von selbst. Sie stellen am Zirkel irgendeine Größe ein, die Sie entweder außerhalb AB und A'B' anfügen, oder, nach innen geschlagen, wegnehmen. Damit sind schon zwei Sätze von Euklid mittels Zirkel und Lineal, also mittels Geometrie, bewiesen. Sie merken, wir brauchen gar keine Zahlen. Wir könnten der Strecke AB natürlich irgendeinen Wert zuordnen – und auch dem, was wir anfügen oder abziehen. Damit würden wir addieren oder subtrahieren, zwei Grundrechenarten, deren Funktionalität wir hiermit ebenfalls bewiesen haben.

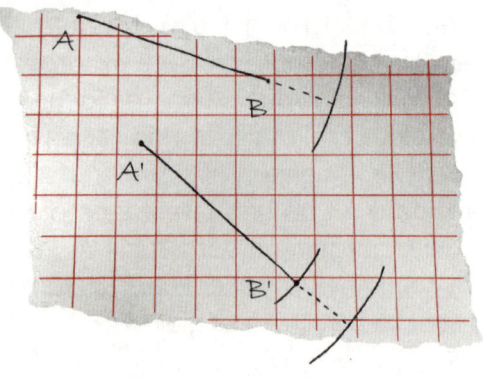

Nach diesem kleinen Exkurs in die geometrische Beweisführung plante Martin den ersten Schritt in die Mathematische Kriminalistik.

Das eben Gehörte war zugegebenermaßen nur eine kleine Übung, um Sie mit Ihren Werkzeugen und einigen Begriffen vertraut zu machen. Sie werden sich jetzt sicher fragen: Was soll das? Was können die Sätze von Euklid für die Kriminalistik bedeuten? (Eine kleine Pause!)

Nehmen wir an, A und B sind zwei Personen. Die Linie zwischen ihnen symbolisiert ihre Beziehung zueinander – sie erinnern sich an die Pinnwand. Der Abstand zwischen den Punkten sagt etwas über den Grad ihrer Verbindung aus. Stehen sie sich nahe oder sind sie nur entfernte Bekannte? Im Laufe ihrer Ermittlungen stoßen sie auf Aspekte, die Rückschlüsse auf die Beziehung zulassen, die ihre anfängliche Einschätzung verändern, die Linie verkürzen oder verlängern …

Dazu bräuchte er all das nicht, Zirkel und Lineal, Harry schob beides verächtlich zur Seite. So etwas könne er sich gerade noch merken. Justin und Bill nickten.

Bei zwei Personen traue ich dies jedem von Ihnen auch zu, Martins Arm strich im Halbkreis über seinen Schreibtisch. Aber gehen Sie einmal von acht, zehn oder mehr Personen aus. Sie erhalten ein Strahlenbündel, in dem sich die Längen fortlaufend verändern. Von der Lage dieser Strecken zueinander, ob parallel, schneidend, kreuzend, entfernend, gar nicht zu sprechen …

Martin stockte und rückte vom Schreibtisch ab. Nein, nein, nein, so ging das nicht. Das war ja pure Verteidigung. So konnte er seine Theorie der MK nicht vermitteln. Er musste selbstbewusst und überzeugend vortragen. Er war der Lehrer, die dort seine Schüler.

Gehen wir einen Schritt weiter, setzte Schwaner seinen Unterricht mit Verve fort. Zeichnen Sie zwei Linien unterschiedlicher Länge auf Ihr Blatt, ohne abzumessen, einfach so. Die größere benennen wir wieder mit AB, die andere, kleinere, mit CD. Haben Sie das? Jetzt schauen wir uns die beiden Strecken einmal an und fragen uns: Haben sie etwas gemeinsam? (Hier eine kurze Pause lassen, sagte sich Martin.) Auf den ersten Blick nicht. Dennoch verbindet beide unterschiedliche Strecken etwas miteinander: Sie besitzen eine gemeinsame Größe, durch die sie sich restlos teilen lassen, den Größten Gemeinsamen Teiler, kurz GGT. Wie können wir diesen mit unseren Werkzeugen ermitteln? Jemand eine Idee? (Nochmals eine Pause und ein wenig arrogant in die Runde blicken. Ich Lehrer, ihr Schüler)
Ganz einfach! Als Erstes schauen wir, wie oft die kleinere Strecke CD in die größere AB passt. Wir nehmen die Länge von CD mit dem Zirkel ab und probieren es. Wahrscheinlich bleibt ein Rest. Diesen Rest greifen wir jetzt wieder mit dem Zirkel und übertragen ihn auf die Strecke CD, so oft wie er dort hineinpasst. Womöglich bleibt wieder ein Rest. Diesen nehmen wir und probieren, wie viele Male er in den ersten Rest von AB passt. Es kann sein, dass Sie das

nochmals wiederholen müssen, je nachdem, welche Längen Sie zufällig gezeichnet haben und welche Größenunterschiede diese hatten. Irgendwann ist Schluss und die Spitze Ihres Zirkels fällt exakt mit einem Punkt zusammen: Sie haben eine Größe ermittelt, mit der sich sowohl AB wie auch CD restlos teilen lassen, den GGT, den Größten Gemeinsamen Teiler.

Martin schaute erwartungsvoll in die Gesichter vor ihm. Keiner blickte zurück. Offenbar saßen alle über ihre Blätter gebeugt und arbeiteten angestrengt. Justin hatte keine Ahnung, was er überhaupt tun sollte und spionierte abwechselnd bei Sienna und Bill. Selbst Marks stechender Blick und sein selbstbewusstes Lächeln waren verschwunden.

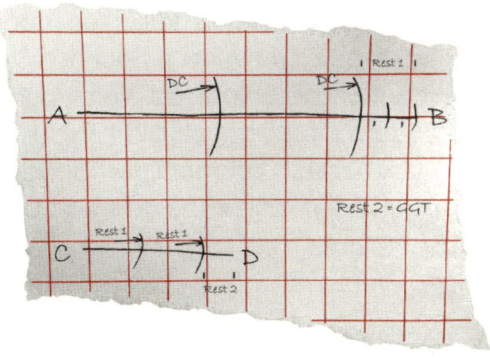

Dieses Verfahren heißt „Euklidischer Algorithmus" und wurde vor mehr als 2000 Jahren, lange vor jedem Computer, erfunden. Ihnen ist der Größte Gemeinsame Teiler wahrscheinlich aus dem Bruchrechnen in Erinnerung. Wir könnten diesen unterschiedlichen Strecken AB, CD jetzt auch Größen oder Zahlen zuordnen, völlig egal was. Es ist im Vorhinein durch Euklids Algorithmus bewiesen, dass ein GGT beide miteinander verbindet.

Das Schweigen seiner Schüler besänftigte Martin. Wer sagt's denn. Er war derjenige, der den Ton angab. Wäre ja noch schöner. Als Nächstes wieder ein Sprung in die Kriminalistik!

Warum nicht auch einen Begriff, einen Wert aus der Kriminalistik dafür verwenden, zum Beispiel die Motivation für eine Straftat, das Motiv? Nehmen wir einmal an, Sie haben einen Fall, zu dessen Lösung zwei unterschiedliche Spuren führen. Es könnte zum Beispiel eine Beziehungstat sein oder schlicht ein Unfall oder Freitod. Für beide Varianten haben Sie Indizien, einen möglichen Verlauf. Zeichnen Sie diese für sich als getrennte Linien, als Verbindung vom Verdächtigen zum Opfer, auf ein Blatt Papier.
Oder Sie haben zwei Verdächtige. Beide haben ein Motiv für eine Tat, unterscheiden sich allerdings in Charakter, sozialer Stellung und so weiter stark voneinander. Stellen wir uns beide als unterschiedliche Linien vor. Zeichnen Sie diese Linien auf, rein nach Gefühl. Vielleicht ist der Unterschied doch nicht so groß? Es geht nur darum, es für Sie zu verbildlichen und dadurch womöglich zu verdeutlichen. Ermitteln Sie den GGT von beiden und prüfen Sie, in welchem Verhältnis der GGT zu der Gesamtlänge steht. Das ist natürlich überhaupt kein Beweis und wird von keinem Gericht der Welt anerkannt werden. Es ist aber für Sie während der Ermittlungen eine gute Visualisierung,

wie Sie die Verdächtigen einschätzen und deren Motivation zur Tat.

Martin blickte auf seine Klasse. Bei allen war das permanente Lächeln endgültig verschwunden. Justin glotzte, Bill, Sienna und Brooklyn hatten von seinen Ausführungen scheinbar gar nichts verstanden. Mark monierte die völlige Willkür im Ermessen der Strecke, also der Beziehungen, die sie wohl darstellten. Harry kannte so etwas aus seiner Dienstzeit überhaupt nicht, Lena tat, als überlege sie noch.

Schwaner stand auf und ging etwas in seinem Arbeitszimmer auf und ab. Würden ihn seine Schüler für völlig verrückt halten? Während einer beiläufigen Beschreibung seiner Idee der MK vor den anderen Lehrkräften hatten auch einige die Nase gerümpft. Konnte er nicht etwas mehr Engagement und weniger Unvoreingenommenheit erwarten. Verlangte er zu viel und ging die Themen zu schnell an? Sie standen erst am Anfang der MK. Wie sollte das werden, wenn sie sich mit räumlicher Geometrie, oder, um nicht gleich zu übertreiben, mit komplexeren Figuren – nicht nur mit Punkt und Strich – beschäftigten?

Zornig setzte er sich wieder hin.

Linien laufen nicht für sich alleine zwischen zwei Personen. Beziehungen überschneiden sich, setzte Schwaner wieder an. Schauen wir, was sich an den Schnittpunkten zweier Strecken ereignet. Zeichnen Sie eine Gerade AB und darüber eine kreuzende Linie, ganz gleich wo.

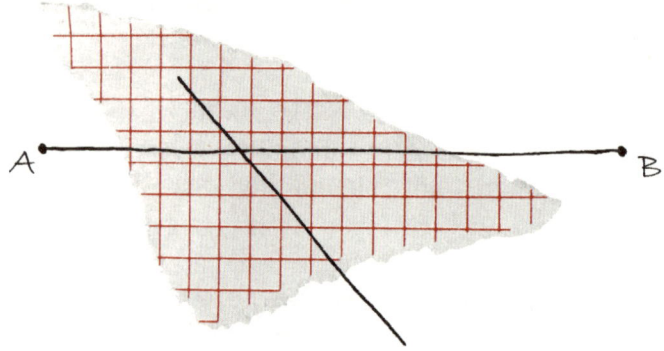

Nur nebenbei: Thales von Milet bewies, dass bei zwei sich kreuzenden Linien die Wechselwinkel gleich sind. Dieser scheinbar banale Satz bildet eine der Grundlagen der Astronomie, da damit Bewegungen am Firmament auf der Erde gemessen werden können.

Aber schauen wir uns die kriminalistische Bedeutung an. Als erstes wäre der Schnittpunkt an sich zu beachten, wo liegt er? Mehr zu A oder mehr zu B hin? Die zweite Aussage ist sicherlich der Winkel, in dem die Linien sich kreuzen. Ist es ein offener oder ein spitzer Winkel? Martin wurde ruhiger.

Ich möchte an dieser Stelle zwei Begriffe einführen. Den Bereich über der Geraden nennen wir die offene Beziehungsebene, den darunter die verdeckte. Damit soll beschrieben werden, wie sich Verhältnisse zu anderen Personen darstellen, einmal nach außen, und, oft wichtiger, verborgen nach innen. Meist haben wir zu anderen Personen zwei Meinungen. Die offene, die wir aussprechen, und die geheime, ehrlichere, die wir verschweigen. Bei Zeugen und Tatverdächtigen verhält es sich ebenso. In der Regel erfahren wir zunächst nur die „gute Seite".

Beachten Sie daher die Wechselwirkung der Winkel. Ein spitzer Winkel zur einen Seite bedeutet einen offenen zur anderen. Damit lassen sich Sympathie und Antipathie, Freundschaft und Hass, Anziehung und Ablehnung sehr gut visualisieren. Eine zur Schau getragene Sympathie an der Oberfläche deutet häufig auf einen Konflikt im Geheimen hin ...

Die Klasse folgte seinen Ausführungen in stiller Konzentration. Oder bildete er sich das nur ein? Mark notierte in einem fort, Harry schüttelte unablässig den Kopf, Lena starrte ihn verständnislos an. „War die MK denn so schwer zu verstehen?", fragte sich Martin.

Frau Dr. Heine fiel ihm ein und wie sie ihn zur Geduld ermahnte. Ähnlich wie bei sich müsse er auch seinem Umfeld Zeit lassen. Er könne nicht immer ein sofortiges Ergebnis, dazu ausschließlich in seinem Sinne, einfordern. „So funktionieren Menschen nicht, sie eingeschlossen."

„Schluss für heute", dachte Martin, klappte seinen Laptop zu, schob Block und Stift beiseite und trat ans Fenster. Am Eingang zur Villa de Vries sah er Lutz Stadler, den Nachbarn von gegenüber, stehen. Stadler trug ein riesiges Golfbag über der Schulter. „Was will der da?", flüsterte Martin vor sich hin. Stadler hatte wohl schon geklingelt, blickte eben auf seine Uhr, klingelte nochmals. Martin griff sich den fast leeren Papierkorb und sauste die Treppe hinunter.

Die Mülltonnen zu ihrem Haus standen vorne, direkt neben dem Eingang zum Nachbargrundstück. Wie zufällig ging er zur Altpapiertonne und grüßte strahlend über den Zaun hinweg.

„Keiner zu Hause?", fragte Schwaner wie nebenbei und schlug den Deckel der Tonne zurück.

„Äh, nein", antwortete Stadler, von der Ansprache überrascht. „Offenbar nicht. Sie haben nicht zufällig Jan heute Morgen gesehen?"

„Jan?", fragte Martin übertrieben laut.

„Herrn de Vries. Wir waren zum Golf verabredet."

„Zum Golf? Bei diesem Wetter?", dabei schaute Schwaner empor und entdeckte einen stahlblauen Himmel. „Ja, ... hm, wunderbar heute, ... ideal, könnte kaum besser sein."

Stadler schaute ebenfalls nach oben, anschließend wieder auf seine Uhr und drückte nochmals die Klingel. Nichts rührte sich. „Haben Sie nun oder nicht?"

„Wie bitte? Ach so, ich weiß nicht, ich muss mal überlegen...? Wann habe ich Herrn de Vries... Für welche Uhrzeit hatten Sie sich denn verabredet?"

„Na heute um neun. Jetzt ist es schon bald zwanzig nach und er rührt sich nicht." Stadler schien verärgert und verwundert zugleich.

„Gehen sie regelmäßig zusammen Golfen?", fragte Schwaner möglichst unbeteiligt und trat hinaus auf den Bürgersteig.

„Das zweite Mal heute, aber, ich weiß nicht, was..."

„Ich wollte nur wissen, an welchem Tag Sie sich verabredet hatten, gestern, vorgestern und ob ich Herrn de Vries seitdem gesehen habe", hakte Martin schnell ein. Stadler schaute ihn pikiert an und wusste offenbar nicht, was dieser Mensch von ihm wollte. „Letzten Mittwoch", sagte er dann nach einigem Zögern.

„Ah, letzten Mittwoch!" Schwaner tat, als hätte ihm diese Information sehr geholfen, und dachte angestrengt nach. „…letzten Mittwoch, letzten Mittwoch…? Haben Sie schon versucht, ihn anzurufen?"

„Wie bitte?" Stadler musterte Martin, der unrasiert, ungewaschen, in einem abgetragenen Jogginganzug vor ihm stand. „Ich komme schon allein zurecht", versuchte er seinen aufdringlichen Helfer loszuwerden.

Schwaner blieb ungerührt neben Stadler stehen und schaute zur Villa hin. „Nein, da scheint keiner zu Hause zu sein." Martin drückte nun selbst mehrfach die Klingel. „Rufen Sie ihn doch an, vielleicht hat er sich verspätet und ist unterwegs."

„Bitte lassen Sie das meine Sorge sein. Ich weiß mir schon zu helfen." Stadler tat zwei Schritte zur Seite. Martin blickte demonstrativ die Straße entlang und rief: „Dort oben steht sein Wagen! Sehen Sie, gleich da vorne." Stadler folgte Schwaners ausgestrecktem Arm. „Ja, stimmt", bestätigte er, „das ist sein Wagen. Vielleicht hat er heute keine Zeit." Stadler machte plötzlich auf dem Absatz kehrt und schleppte seine Golfausrüstung zu sich hinüber. „Danke. Wiedersehen", verabschiedete er sich über die Schulter.

„Rufen Sie ihn doch mal an!", versuchte es Martin nochmals, doch Stadler hob nur abwehrend die Hand und war verschwunden. Schwaner wartete einen Moment, drückte den Summer der Gartentür und ging nach hinten zur Terrasse. Er wollte Günthers Stöckchen kontrollieren und tatsächlich steckte es nicht mehr im Türrahmen, sondern war heruntergefallen. „Es war jemand im Haus gewesen oder aus ihm herausgekommen", überlegte Martin. „Jemand mit einem Schlüssel", war sein nächster Gedanke. Der Türrahmen und das Schloss waren völlig unbeschädigt. Vielleicht gab es einen Gärtner, doch den hätte er bestimmt bemerkt – und – was sollte der Gärtner um diese Jahreszeit tun?

Schwaner wollte zurück in seine Wohnung, als er an der Gartenpforte mit einer Frau, etwa Mitte vierzig, blondiertes Haar, sehr stark geschminkt, eingepackt, als wolle sie an einer Arktis-Expedition teilnehmen, zusammenstieß.

„Was machen Sie hier?", fragte sie Schwaner mit deutlich südeuropäischem Akzent. „Was haben Sie hier verloren?"

„Herr Stadler von gegenüber suchte Herrn de Vries. Ich hatte nur nachgeschaut, ob er zu Hause ist." Es war immer wieder erstaunlich, mit welchen Phrasen sich Menschen beruhigen lassen.

„Herr de Vries ist bestimmt nicht da, ist nie da, wenn ich komme."

„Ich bin ein Nachbar", Schwaner tat, als wolle er seinen Polizeiausweis oder ein anderes Dokument zücken. „Von hier nebenan. Wer sind Sie?" Martin gab sich wie jemand, der zu allem hier Zugang hatte. Vielleicht war es auch ein Überbleibsel einstiger, behördlicher Autorität?

„Ich bin Maria. Ich mache sauber." Maria wollte an Martin vorbei.

„Kommen Sie schon länger? Ich habe Sie hier noch nie gesehen."

„Seit zwei Monaten ich komme." Maria wollte offensichtlich die Unterhaltung beenden und ins Haus hinein.

„Es ist niemand da", sagte Schwaner.

„Ich habe Schlüssel", verkündete Maria stolz und zog an einem langen Band einen einzelnen Schlüssel hervor. „Ich komme immer allein."

Ein Schlüssel! Martin konnte es kaum glauben. Endlich war die Gelegenheit da, sich Gewissheit zu verschaffen. Wie konnte er es anstellen, mit Maria hineinzukommen? Er brauchte irgendeinen Grund, einen Vorwand, … etwas Verliehenes, das wäre es, vielleicht ein Buch oder ein, ein … Die Tür fiel schon wieder ins Schloss. Ungeheuer flink hatte Maria Martins Unaufmerksamkeit ausgenutzt.

Martin klingelte. „Ja?", fragte es hinter der Tür.

„Ich bin es, der Nachbar. Ich wollte, ich wollte, ich wollte etwas abholen, was ich Herrn de Vries geliehen habe." Noch während er sprach, wusste Schwaner, dass diese Finte nicht verfangen würde.

„Da müssen Sie kommen, wenn Herr de Vries zu Haus", antwortete Maria resolut.

„Aber es ist nur ein Buch." Auch dieser Satz war völlig falsch ausgesprochen, ohne Nachdruck, ohne das gewisse Etwas in der Stimme.

„Tut mir leid. Ich kann Sie nicht hereinlassen. Kommen Sie wieder, wenn Herr oder Frau de Vries sind im Haus." Maria entfernte sich von der Tür. Martin blieb stehen. Wenn all seine Vermutungen richtig waren, musste gleich etwas geschehen, unbedingt musste etwas geschehen. Er wartete und horchte ...? Nichts ... Alles blieb ruhig.

Martin hätte erleichtert sein müssen, aber er war enttäuscht. Statt sich über das vermutliche Wohlergehen von Frau de Vries, wo immer sie steckte, zu freuen, fühlte er sich blamiert – wieder einmal.

Sandra hatte recht. Er sah überall nur Hirngespinste. Erst Schul, dann Miquel und Krüg, jetzt de Vries. Bei kleinsten Kleinigkeiten ging es mit ihm durch. Irgendetwas stimmte mit ihm nicht, ohne dass Schwaner hätte sagen können, was genau es war. Die von Sandra vermutete Übersensibilisierung durch die MK schloss er aus. Die Mathematik schaffte Abstand zwischen ihm und der Realität, nicht Nähe und Verstrickung. „Ich habe einen Sparren, nicht mehr alle Tassen im Schrank, einen Sprung in der Schüssel", dachte Martin wütend, während er sich endgültig vom Eingang abwandte. Er war sich so sicher gewesen, dass sich in diesem Haus etwas Furchtbares, zumindest etwas höchst Verdächtiges, ereignet haben musste, dass er alles und jeden damit in Zusammenhang brachte. „Ich nehme die Dinge falsch wahr, verdrehe sie ...", analysierte Martin streng mit sich weiter. „Etwas in meinem Kopf ist falsch geschaltet, ohne dass ich es beeinflussen kann." Er war noch keinen Meter gegangen. Schwaner hoffte nach wie vor auf irgendein Ereignis von drinnen und lauschte nochmals ...? Nichts, völlige Stille. „Frau Dr. Heine wird sich über meine Einsicht freuen", versuchte Martin alledem etwas Positives abzugewinnen.

Schwaners nächster Gedanke galt Sven Beck. Was würde sein Ex-Kollege jetzt von ihm denken. Mit dieser Geschichte hier war er ein für alle Mal bei ihm durch. Fertig. Finito. Beck konnte ihn gar nicht mehr ernst nehmen. „Wie unglaublich albern die ganze Sache doch ist", durchfuhr es Martin. „Ein paar Spuren im geschmolzenen Schnee ... Gab es sie wirklich? Er, Martin Schwaner, Hauptkommissar und ehemaliger Leiter des K11, hatte sich völlig verrannt und bis auf die Knochen blamiert. Wahrscheinlich würde schon bald im Präsidium darüber gemunkelt werden. Da gab es mal einen, Schwaner, eigentlich ein guter Polizist, dann ist er durchgeknallt. Vermutet überall Mord und Totschlag. Wenn der anruft, legst du am besten gleich wieder auf. Oder du hörst dir seine Geschichte an, wenn du etwas zu lachen haben willst."

Martin wollte endgültig gehen, als er im Inneren der Villa den Schrei hörte. Einen Augenblick später stand Maria in der Haustür. „Kommen, kommen schnell ..."

Maria hielt sich die Hand vor den Mund. „Sie liegen da, beide, auf dem Sofa ... Ich glaub, sind tot."

6

Keine zehn Pferde brachten Maria mehr ins Haus zurück. Sie blieb, bibbernd vor Schreck und Kälte, vor der Tür stehen. In Schwaner sprangen sofort die alten Routinen an. Er dachte keine Sekunde an seinen Triumph, dass er doch mit allem richtiglag, dass sich seine Vermutungen bestätigten und er sehr wohl klar im Kopf war. Nur unbewusst breitete sich die Euphorie in ihm aus, kehrten sich die trüben Gedanken von eben ins Gegenteil um.

Schwaner schob Maria beiseite und betrat das Haus. Drinnen ging es nochmals zwei Stufen nach oben. Als Erstes fiel ihm die Wärme auf. Nicht nur, weil er von draußen kam und keine Jacke trug. Es war regelrecht heiß hier drin, bestimmt an die dreißig Grad. Das Zweite war der Geruch. Martin erkannte ihn sofort, es war der Geruch des Todes, dieser süßlich-schwere Dunst, den verwesendes Fleisch ausströmt.

Schwaner versuchte sich zu orientieren. Er stand in einem quadratischen Foyer von vielleicht drei mal drei Meter, dessen schwarz-weißer Bodenbelag als Schachbrett dienen konnte. Alle Türen reihum standen weit offen. Die beiden Zimmer rechts waren die zur Straße hin. Das linke ein Büro, mit wuchtigem Schreibtisch, auf dem drei Bildschirme standen. Das hintere war das Esszimmer: großer Tisch, acht Stühle, imposanter Leuchter darüber, an der hinteren Wand eine große Vitrine mit allerhand Geschirr und Gläsern darin. Ebenfalls rechts, leicht hinter ihm, ein kleiner, fensterloser Raum, in dem Licht brannte: die Garderobe. Ihm direkt gegenüber war die Küche, die Schränke und Schubladen matt-schwarz, davor ein umgehbarer Herd. Links, nach hinten raus wohl, das Wohnzimmer. Martin konnte nur einen dicken Teppich erkennen, der auf dem Parkett lag und an der Rückwand eine Art Anrichte. Ganz links von ihm führte eine Treppe in den ersten Stock empor oder in den Keller hinunter.

Schwaner folgte dem Geruch und ging langsam auf das Wohnzimmer zu. Panik stieg plötzlich in ihm auf. Seine Knie wurden weich, seine Beine wollten ihm nicht gehorchen. Eine innere Stimme warnte ihn: „Bleib weg!" Wie ein Bauer im Schachspiel schob er sich selbst immer weiter vor, Feld um Feld, Zug um Zug, bis er vor der Tür stand. Jetzt seitlich, wie der Turm oder der Springer, bis zum Türrahmen. Der Gestank im Raum war unerträglich.

Durch die breite Fensterfront war der Garten darunter zu sehen. Das Zimmer lag einen Stock höher, was von außen gar nicht auffiel. Martin sah den Brunnen mit der Figur des Merkur darauf. Vor ihm eine rechtwinklig angeordnete schwarze Ledergarnitur, die auf dem dicken Wollteppich stand. Auf der langen Seite, mit Blick nach draußen, saßen still und unbewegt zwei Personen. Hin und wieder war ein Summen zu hören. „Hallo?", sagte Martin schüchtern. „Frau de Vries?" Schwaner schob sich hinter dem Sofa vorbei zur Wand hin. Er blieb mit seinen Füßen auf dem Holzboden, der glänzte und dem Zimmer eine behagliche Atmosphäre verlieh. Neben ihm hing ein riesiger Flachbildschirm, in dem sich dunkel der gesamte Raum spiegelte. Martin drückte sich davor vorbei. Mit einer Hand tastete er nach der Wand hinter ihm, die ihn im

Zweifel halten könnte. Jetzt sah er Herr und Frau de Vries von der Seite. Ihre Augen waren geschlossen. Die Farbe ihrer Gesichter ein von feinen Strichen durchzogenes Weiß. Schwaner zog sich den Kragen seines Sweatshirts vor Mund und Nase. Auf einem niedrigen Tisch standen eine Flasche Wein und zwei Gläser, in den Gläsern ein vertrockneter Bodensatz. Die Flasche war noch halb voll. Martin zog sich mehr und mehr zum Fenster hin. Er blickte auf seine Füße, als stünde er an einem Abgrund und könne jeden Moment hinabstürzen. Als er vorne angekommen war, hob er langsam den Kopf.

Herr und Frau de Vries saßen, nein lagen fast, Schulter an Schulter, die Arme neben sich gelegt, die Beine sehr stark angewinkelt, auf dem Sofa. Ihre Köpfe waren leicht zurückgelehnt und wurden durch das weiche Polster gehalten. Sie waren beide tot, länger schon, kein Zweifel.

Martin konnte sich nicht rühren. Wie gefesselt stand er da und starrte die beiden Leichen an, die völlig unnatürlich, wie abgelegte Puppen, dort saßen. Er links, sie rechts. Beide waren unpassend und irgendwie unvollständig angezogen: De Vries mit dunkler Anzughose, weißem, weit offenem Hemd und barfuß. Die überteuerten Sneakers lagen weiter hinten auf dem Teppich. Frau de Vries trug kein Kleid, sondern einen seidenen Kimono, mit weitem Ausschnitt, in dem eine breite Goldkette lag. Auch sie trug keine Schuhe. Wo diese waren, war nicht zu sehen. Die Nylonstrümpfe waren über dem großen Zeh ihres linken Fußes gerissen. Eine Laufmasche schlängelte sich über den Fußrücken das Schienbein empor. Martin empfand diesen Makel als völlig unpassend, ja geradezu abstoßend. Er kannte Frau de Vries nicht wirklich, doch war er sich sicher, selbst in ihren eigenen vier Wänden hätte sie sich nicht so gehen lassen. Einige Fliegen umschwirrten die Köpfe der Toten.

Da war noch etwas: Frau de Vries war nicht, oder nur unvollständig geschminkt, was durch die kalkweise Farbe ihres Gesichts deutlich hervortrat. Das Make-up lag fleckig auf Wangen, Stirn und Kinn. Ihr bunter Hausmantel, die Kette, sogar ihr Haar, das wie frisch frisiert ihren Kopf umspielte, vermittelten den Eindruck, dass sie gerade ausgehen wollte oder eben von einem Treffen nach Hause gekommen war. Frau de Vries hätte niemals ungeschminkt das Haus verlassen.

Martins Blick wanderte wieder zum Fuß von Frau de Vries zurück, da sprang es ihm in die Augen. Vielleicht lag es auch daran, dass es draußen heller wurde, die Sonne hinter einigen Wolken hervortrat und dadurch der Wollteppich im Gegenlicht lag. „Schnee!", schoss es Schwaner durch den Kopf. Er ging in die Hocke, um noch genauer über die Fransen blicken zu können: Sie waren fein säuberlich in eine Richtung gekämmt, so, als wäre jemand mit einem Rechen, Besen oder Staubsauger darüber hinweggegangen.

Martin beugte sich noch tiefer hinab, studierte wie ein Golfspieler das Green, die Laufrichtung der Wollfäden. Plötzlich sprang ein Schatten neben Frau de Vries hervor. Schwaner schrak zusammen und fuhr in die Höhe. Mit einem lauten „Maauuu" sauste Romeo unter dem Tisch hindurch, um das kleinere Sofa links herum und aus dem Zimmer hinaus.

Martin musste tief durchatmen. „Verdammter Kater", fluchte er und erstarrte. Die linke Hand von Frau de Vries, zuvor von einem Kissen verdeckt, lag jetzt offen. Schwaner wurde übel und er taumelte ein, zwei Schritte zurück. Die Hand war bis auf Zeigefinger und Daumen fast vollständig abgenagt.

Martin stand hinter der Villa auf der Terrasse. Er wartete darauf, dass seine Aussage zu Protokoll genommen wurde. Gerade wurde Maria von einer Beamtin vernommen, als Nächstes wäre er dran. Im Haus drinnen herrschte ein geschäftiges Treiben. Schwaner wusste nur zu gut, was dort jetzt vor sich ging. Der Notarzt war schon wieder gefahren. Er hatte den Tod des Ehepaars de Vries festgestellt. Die Kollegin der KTU war nun zugange und untersuchte den Auffindeort. Dazwischen Sven mit…, ja, mit wem eigentlich? Martin wurde bewusst, dass er Beck gar nicht gefragt hatte, wer sein neuer Kollege oder seine neue Kollegin sei. „Wird sich zeigen", dachte Schwaner und schaute über den Rasen zum Brunnen hinüber.

Nach dem Schrecken mit der Katze war auch Martin aus dem Zimmer geeilt. Vor der Tür hatte er Maria eine Nummer diktiert, die sie anrufen solle. Sie müsse sagen, dass hier zwei Tote im Haus wären, und die genaue Adresse durchgeben. Schwaner hörte vor seiner eigenen Haustür, wie Maria stotternd die Fragen der Gegenseite beantwortete. Er selbst stürmte nach oben, schnappte sich sein Handy und war schon wieder auf dem Weg nach unten. Maria hatte soeben aufgelegt, als er zu ihr hintrat. „Sie dürfen niemanden hineinlassen, bis die Polizei da ist, haben Sie verstanden?" Maria nickte und

Schwaner verschwand im Haus. In Windeseile fotografierte er die Situation im Wohnzimmer. Besonderes Augenmerk widmete er dem Teppich, was sich als schwierig herausstellte. Er raste nach oben und wäre fast mit der Tischtennisplatte kollidiert, die dort mitten im Raum stand. Martin suchte das Badezimmer. Gleich links ging es ins Schlafzimmer. Es lag wie das Wohnzimmer nach hinten raus und war genauso groß. Das Bett war unberührt. Hinten gelangte man in einen begehbaren Kleiderschrank. Ein paar Schuhe, wahrscheinlich die von Frau de Vries, lagen mitten im Weg. Rechts das riesige Bad. Martin hatte noch nie ein so großes Badezimmer gesehen. Er lichtete alles ab. Hier war er gefangen, er musste umdrehen und durch das Schlafzimmer zurück. Erst jetzt nahm er den Schminktisch in der Ecke wahr. Darüber ein großer Spiegel, von Leuchten eingefasst. Im Mülleimer darunter lagen benutzte Wattepads. Es gab noch eine Art Bibliothek, direkt über dem Esszimmer. Dicke Clubsessel standen darin. An der einen Seite war eine Bar zwischen den Bücherregalen angebracht. Mehrere Kristallkaraffen mit bernsteinfarbenem Inhalt leuchteten und schimmerten im Tageslicht. Das Zimmer über dem Büro war eine Art Gästezimmer, muffig und unbenutzt. Es ging noch eine Etage höher, doch es waren schon die Sirenen zu hören. Martin nahm zwei Stufen auf einmal hinunter, lichtete dort noch alle anderen Zimmer ab und trat hinaus zu Maria, die ihn fragend anstarrte. „Psst", machte Schwaner und legte seinen Zeigefinger auf die Lippen. „Unser Geheimnis." In diesem Moment fiel ihm ein, dass er unbedingt in den Keller gemusst hätte, doch es war zu spät. Mit Blaulicht und Sirene stoppte ein Streifenwagen gegen die Fahrtrichtung vor dem Haus.

Zwei Uniformierte sprangen aus dem Wagen und eilten auf Maria und Martin zu. Einer von ihnen erkannte Schwaner und begrüßte ihn mit Handschlag. „Wieder im Dienst?", fragte er spontan. „Nein, leider nicht", antwortete Martin. „Im Wohnzimmer, immer der Nase nach."

Sven Beck kam um die Ecke, hinter ihm eine Frau, die fast ein wenig größer wirkte als er. Ihr Körperbau war nicht nur sportlich, sondern geradezu athletisch. Sie trug, trotz der kühlen Temperaturen, eine ärmellose Weste. Bizeps und Trizeps zeichneten sich unter dem enganliegenden Shirt ab. Sven stellte sie einander vor: „Das ist Jacqueline, meine neue ...", hier zögerte er einen Augenblick, „Kollegin. Jacqueline, das ist Ma'tin, mein, mein, ..."

„Ehemaliger Partner", ergänzte Schwaner frei raus und streckte Jacqueline seine Hand entgegen.

„Ich habe schon viel von dir gehört, wirklich, freut mich", antwortete Jacqueline mit tiefer Stimme, während sie Martins Finger zerquetschte.

„Ich hoffe nur Gutes von früher und nichts aus jüngster Vergangenheit?", scherzte Martin und zog seine Hand aus diesem Schraubstock. Er lächelte in tiefgrüne Augen und strahlend weiße Zähne. Selbst die Wangen schienen an Jacqueline trainiert zu sein, so spannte sich die Haut um die kräftige Nase. Martin hätte es nicht gewundert, wenn Jacqueline auf Kommando alle Haare an ihrem Kopf hätte aufstellen können.

„Du Ma'tin, hatt'n wir nich mal en Fall, wo auch so ne Figur, so en Merkur oder Hermes, ne Rolle spielte?" Beck schaute über den Garten hinweg.

„Ja, hatten wir. Ist schon lange her."

„Mmhh", antwortete Beck und drehte sich um. „Da haste doch recht gehabt, mit dein'm Verdacht, alte Spürnase. Genutzt hätt's aber nix. Der Doc meint, die beid'n sin' schon seit Donnerstag tot. Iss aber schwer zu sag'n, weg'n der Hitze da drin'n."

„Hast du dir angeschaut, wie die dasitzen? Das ist doch nicht normal, das ist doch arrangiert. Hast du dir den Teppich angesehen?"

„Langsam, langs'm. Was is mit `m Teppich?", fragte Beck überrascht.

„Wie mit dem Schnee. Komplett glattgezogen."

„Wie? Was? Schnee?", fragte Jacqueline. „Welcher Schnee?"

„Erklär ich dir später", antwortete Sven und dann zu Schwaner hin: „Als ich ankam, war'n da schon zig Leute durchgelatscht."

„Ich hab's aber gesehen, Sven." Dass er es auch fotografiert hatte, behielt Martin zunächst einmal für sich.

„Was heißt das jetzt? Schnee, Teppich, glattgezogen?", Jacqueline blickte von Sven zu Schwaner. Martin konnte sich nicht helfen, ihre Stimme war absolut unweiblich.

„Erzähl ich dir später", antwortete Beck, der von einer jungen Frau im weißen Schutzanzug gerufen wurde. „Ich muss. Gib einfach alles zu Protokoll. Wir telefonie'n. Ich ruf dich an." Sven schritt davon, Jacqueline wie sein Bodyguard hinterher.

Etwa eine Stunde später schloss Martin die Tür zu seiner Wohnung auf. Er war froh, hier endlich Ruhe zu finden. Seine Vernehmung hatte sich lange hingezogen, da Martin immer weitere Beobachtungen aus den Tagen zuvor ergänzte. Die Geschichte mit dem Hölzchen, Günthers Pfadfindertrick, behielt er für sich, da sie ihm albern und peinlich erschien. Er versuchte, nochmals ins Haus zu gelangen. Der an der Haustür postierte Beamte ließ ihn allerdings nicht vorbei. Maria wartete auf halbem Weg zur Gartenpforte, immer noch zitternd, obwohl sie inzwischen wieder ihre dicke Jacke trug. „Romeo ist rausgerannt", sagte sie bittend zu Martin, „ist im Garten verschwunden." Er werde aufpassen, dass er ihn sehe, beruhigte Schwaner Maria, die sich daraufhin auf den Heimweg machte. Martin sprang ihr nochmals nach: „Haben Sie Ihren Schlüssel noch?", fragte er flüsternd.

„Nein. Musste ich Polizei geben."

Auf der Straße warteten die Nachbarn, die Schwaner sofort mit Fragen überhäuften, als er hinaustrat. „Was ist denn passiert?", fragte Herr Krüg, den Martin vor einigen Wochen noch für Jack the Ripper gehalten hatte. Seine Frau war nicht bei ihm, obwohl sie sonst wie sein Schatten war. Peter Busch, der Architekt aus dem gleichen Haus, stand ebenfalls auf der Straße. Lutz Stadler hielt sich etwas abseits. Er trug noch immer seinen Golfdress. Selbst Herr Weber, ehemaliger Steuerberater, den man sonst nie zu Gesicht bekam, stand in der Menschentraube, die Schwaner empfing. Es waren noch weitere Personen anwesend, die Martin nur vom Sehen oder gelegentlichen Grüßen kannte, Anwohner von weiter oben.

Besonders Herr Fischer aus dem Haus Nummer zwei, der sich Martin einmal als Krimiautor vorgestellt hatte, bombardierte ihn mit Fragen: „Wie sahen sie aus? Gab es sichtbare Wunden? Konnten Sie die Verwesung schon wahrnehmen? Gibt es Einbruchsspuren?"

Schwaner antwortete nur mit „Nein" oder „Konnte ich nicht erkennen." Fischer bestürmte auch alle herauskommenden Beamten wie ein Reporter. Die Antworten diktierte er sich selbst in sein Telefon. Etwas abseits sagte er zu Martin: „Eine tolle Geschichte, eine tolle Geschichte. Und das gleich nebenan!"

Die Schüler der nahe gelegenen Max-Beckmann-Schule, die wohl gerade große Pause hatten, pulkten sich gegenüber zusammen und filmten die Szenerie mit ihren Handys. Zwei Leichenwagen fuhren vor. Die Polizei musste weiträumiger absperren und Martin nutzte das Gedränge, um nach oben zu verschwinden. Er schaute aus dem Küchenfenster hinunter, sah, wie die beiden Blechsärge hinein- und wieder hinausgetragen wurden. Sven Beck und Jacqueline traten aus der Villa, Sven winkte noch einmal hinauf, Jacqueline folgte seinem Gruß und winkte ebenfalls. Kurze Zeit später rückte die KTU ab, das Haus wurde vorschriftsmäßig versiegelt, wie Schwaner aus seinem Arbeitszimmer verfolgen konnte.

Martin setzte sich müde und erschöpft, gleichzeitig unruhig und von einer steigenden Nervosität befallen, an seinen Schreibtisch. Er suchte den Blick jedes einzelnen der acht Gesichter ihm gegenüber. Er musste Abstand zwischen sich und die Ereignisse bringen, so schwer es ihm auch fiel.

„So, meine Damen und Herren", begann er zögerlich mit seinen Schülern zu sprechen, „was haben wir hier für eine Situation?" Keine Antwort. „Beim letzten Mal haben wir etwas über den GGT, den größten gemeinsamen Teiler gelernt, schauen wir doch einmal, ob wir dieses Gelernte hier anwenden können." Martin griff nach Lineal und Bleistift. Seine Hände zitterten. „Wir hätten zum einen die Vermutung eines gemeinsamen Suizids, zumindest soll das die Polizei annehmen…", Martin konnte den Stift kaum halten. Nur mit Mühe zog er einen Strich auf das Blatt Papier vor ihm und kritzelte die Punkte A und B ein. „Zum anderen ein verdeckter Doppelmord – oder…", Schwaner musste sich zusammenreißen, „…Totschlag? Womöglich ein Unfall?" Mit größter Anstrengung zog er einen zweiten Strich, der fast so lang war wie der erste. „Diesen nennen wir CD", sprach er leise vor sich hin. Martin stockte und schaute auf das Blatt. Es war so gut wie kein Unterschied zwischen den beiden Linien zu erkennen. „Wir müssten uns nun überlegen, was können wir vielleicht bei dem einen anfügen und bei dem anderen eventuell wegnehmen?" Schwaner schaute in die Gesichter auf den Kartons: keine Reaktion, alle blieben stumm. Er war allein. Einsam saß er an seinem Schreibtisch, ein lächerliches Blatt Papier vor sich und acht leblose Fratzen ihm gegenüber.

„Was spräche für einen gemeinsamen Selbstmord gegenüber einer von außen verübten Gewalttat?", flehte Martin fast seine Klasse an und wartete verzweifelt auf eine Antwort. „Existenzangst?", glaubte er ganz leise von Lena gehört zu haben. „Existenzangst!

Jawohl! Prima!", munterte er seine Klasse auf.
„Vielleicht einer der Hauptgründe für den Freitod –
neben der verprellten Liebe. Bravo Lena, bravo. Also,
litten Herr und Frau de Vries unter Existenzängsten?"
„Bestimmt nicht!", antwortete Harry abfällig laut.
„Bei der Kohle, die die hatten, da müssten sich ja
vorher zigtausend andere umbringen." Fast alle in
der Klasse nickten zustimmend. „Sehr gut, sehr gut."
Martins Unruhe ließ nach. „Man kann Geld haben
und dennoch unglücklich sein", warf Mark ein. „Ja,
das stimmt!", sprang ihm Bill bei. „Aber das ist doch
keine Existenzangst, das ist eher… eher", Anna suchte
nach dem passenden Wort, „…Depression." „Ja,
genau!", kam es von allen Seiten. Martin glaubte,
dass sich schlagartig alle Augen auf ihn richteten.
Leise wiederholte er: „Depression, Depression" und
hielt eine Zeit lang inne.
„Also nehmen wir die Existenzangst bei AB heraus,
einverstanden?" Allgemeine Zustimmung, jetzt auch
von Bill. Einzig Mark enthielt sich. Schwaner setzte den
Punkt B ein gutes Stück nach links und verkürzte damit
die Linie um ein Viertel.
„Aber warum verkürzen Sie AB. Müssten Sie die Strecke
nicht eher verlängern? Depressionen sprechen doch
eher…"

Martin warf den Stift beiseite. So einfach war das
alles nicht. Zwei Striche auf ein Blatt Papier und
schon ist man der Lösung ein Stück näher. Nein,
nein, nein. Da musste viel mehr Realität hinein,
Tatsachen, Fakten. Bei aller Distanz, die Martin
herstellen wollte, er musste viel mehr über de Vries,

seine Frau, ihr Leben, ihr Umfeld erfahren. Er durfte sich nicht von dieser luxuriösen Fassade blenden lassen.

Was sprach weiter gegen einen Doppelselbstmord? Martin war wieder ganz ruhig geworden und dachte lange nach. Ihm fiel kein wirklich stichhaltiges Argument ein. Einzig die offenbar nicht vorhandenen Existenzsorgen standen auf seinem Zettel. Vielleicht waren auch sie eine Täuschung und das Leben im Luxus für seine Nachbarn zu Ende? Handelte es sich um einen erweiterten Selbstmord? Einer von beiden wollte die Beziehung beenden, was der andere nicht akzeptierte? Als Ausweg bringt er sich und den anderen um. Man müsste wissen, ob der Todeszeitpunkt bei beiden identisch ist oder ob hier eine Lücke existiert. Martin beschloss, Sandra anzurufen.

„Hallo, hast du es schon gehört?", fragte Martin sofort.

„Ja. Die beiden sind eben hier eingetroffen. Ich wollte dich auch gerade anrufen. Wie geht es dir? Du hast sie gefunden, habe ich gehört. Du hast mit allem recht gehabt." In Sandras Stimme war etwas wie Erleichterung zu hören. „Mein Gott, wenn wir wirklich früher nachgeschaut hätten ..."

„Sven sagte, der Notarzt meinte, sie seien schon seit Donnerstag tot. Am Samstag war es schon zu spät." Martin wollte auf keine Hätte-Diskussion einsteigen.

„Aha? Das sagte der Notarzt." Martin hörte, wie Sandra in Papieren blätterte. „Keine sichtbaren äußeren Verletzungen ... fortgeschrittene Verwesung ... Körpertemperatur ... rektal Austritt von ...", las sie vor sich hin. Einschränkend war die hohe

Raumtemperatur vermerkt. „Wir werden sehen", sagte sie abschließend, „der Todeszeitpunkt scheint tatsächlich weiter zurückzuliegen."

„Könntest du bitte darauf achten, ob sie zeitgleich verstorben sind?", fragte Martin wie früher, als er Teil des Kommissariats war.

„Möchtest du mir jetzt meinen Beruf erklären?", antwortete Frau Dr. Thielacker nach einer Pause gereizt.

„Nein, nein, nein. Es wäre nur äußerst wichtig. Schon kleine Unterschiede könnten bedeutsam..."

„Martin, du bist kein ermittelnder Kriminalbeamter mehr. Das hast du mir selbst erst gestern gesagt", unterbrach ihn Sandra.

„Ich weiß, ich weiß. Ich brauche es auch nur... für... für meine Vorlesung", stammelte Schwaner kleinlaut. „Ich möchte den Fall de Vries gerne als Fallbeispiel verwenden."

„Als Fallbeispiel?", Sandra klang wenig überzeugt. „Na, du hast Nerven. Es ist noch gar nichts ermittelt und du nimmst es schon als Beispiel."

„Genau darum geht es ja. Ich möchte einmal probieren, wie weit meine Theorie in der Praxis funktionieren könnte." Martin wurde selbstbewusster.

„Du weißt aber schon, dass ich dir eigentlich gar keine Auskünfte geben darf, mein Schatz."

Das stimmte. Nicht nur, dass er nicht im aktiven Dienst war, er war auch noch Zeuge. Das schloss ihn doppelt aus. Er musste sich irgendwie mit Beck arrangieren.

„Ich werde mit Sven sprechen. Bestimmt gibt er sein Okay. Ich habe ja schließlich alles ins Rollen gebracht. Da steht mir ein Bonus zu."

„Gut, wenn du meinst, sprich mit Sven." Sandra zögerte. „Und wenn du dir das zutraust?"

„Natürlich traue ich mir das zu, keine Sorge. Ich bin ja nicht direkt dabei. Ich laufe so mit, als stiller Beobachter, aus der zweiten Reihe sozusagen. Ich schaue, wie sich die MK in der Praxis bewährt. Ein Test, eine Probe aufs Exempel ..."

Sandra schwieg auf der anderen Seite. Martin fiel keine weitere Verstärkung für seine Absichten mehr ein.

„Übrigens, kennst du Jacqueline, Svens neue Partnerin?", versuchte er das Thema zu wechseln.

„Du meinst Hans?", fragte Sandra zurück.

„Nein, Jacqueline! Jacqueline Becker."

Sandra lachte los. „Man merkt, dass du nicht mehr auf der Dienststelle bist. Jacqueline hieß früher Hans, hat sich allerdings für ein anderes Geschlecht entschieden. Das gesamte Präsidium zerreißt sich seit Monaten das Maul darüber."

„Ach", sagte Martin und ließ sich die Geschichte erzählen.

7

Martin war müde und versuchte sich auf dem Sofa auszuruhen. Wirklichen Schlaf fand er nicht. Nach einer knappen halben Stunde schreckte er hoch, da er glaubte, die Stimme von Frau de Vries nebenan gehört zu haben, wie sie nach dem Kater rief: „Romeo! Romeo!" Er hatte Maria versprochen, sich um die Katze zu kümmern, war sein nächster Gedanke, der ihn aus dem Dämmer riss.

Müder als zuvor stand Martin auf, schlurfte in die Küche und stellte die Kaffeemaschine an. „Bitte warten, Bitte warten" blinkte im Display auf. Schwaner wartete. Er stellte sich ans Fenster und schaute zur Villa hinüber. Farblos und grau dämmerte sie dahin, als sei auch das Haus plötzlich wie tot. Martin starrte minutenlang auf die Fenster, die Haustür, den Garten, wie er es in den Tagen zuvor getan hatte. Allerdings erwartete er jetzt kein Lebenszeichen mehr und diese Gewissheit war ernüchternd.

„Bitte spülen", forderte die Maschine. Martin drückte die entsprechende Taste und der Automat lärmte los. Das Rattern, Pressen und Schalten polterte durch die Stille der Wohnung und hinten aus dem Wohnzimmer hinaus. Endlich konnte Schwaner sich einen Espresso wählen, noch einmal demonstrierte die Maschine lautstark ihr Können, mahlte und summte und entließ schließlich in zwei dünnen Rinnsalen die braune, schaumige Flüssigkeit in eine kleine Tasse. Schwaner kippte den Kaffee in einem Zug hinunter, zog sich noch einen und schleppte sich und den Espresso ins Arbeitszimmer.

„Wer bist du, de Vries?", sprach er zu sich selbst, als er den Computer startete. „Wer warst du?" Seine Schüler an der Wand beachtete er nicht weiter. „Jan de Vries" tippte er in die Suchmaschine ein und es erschienen etwa zwanzig Millionen Treffer. An erster Stelle ein verstorbener, niederländischer Philologe, an zweiter ein Mathematiker, den Martin sofort anklickte.

„Ha!", rief Martin aus, „Die Geometrie der Zahl." Er las den Eintrag über Jan de Vries; Mathematiker, verstorben 1909 in Groningen, der sich hauptsächlich mit analytischer und projektiver Geometrie beschäftigte. „Das kann doch kein Zufall sein", dachte Martin. Allerdings fand er keinen Hinweis darauf, dass sein Nachbar in irgendeiner Beziehung zu dem Mathematiker stand. Dieser hätte sein Großvater, vielleicht sogar Urgroßvater sein müssen.

Schwaner fand noch einen Leichtathleten, einen Historiker und einen Rennfahrer gleichen Namens. Alle längst verstorben. An aktuellen Zeitgenossen wurden auf den ersten Seiten ein Professor in Göttingen und ein Unternehmensberater in Düsseldorf aufgeführt. Danach folgten zahllose Einträge, ohne ersichtlichen Bezug zu seiner Suche. De Vries schien der niederländische Müller oder Schmidt zu sein.

Martin dachte an Anne, Anne Wiegand, seine ehemalige Assistentin. Sie war in solchen Nachforschungen äußerst beschlagen, konnte allerdings auch auf die persönlichen Meldedaten, Krankenversicherungen, Banken und so weiter zugreifen.

Anne war komplett aus seinem Leben verschwunden. Schon nach seinem ersten Zusammenbruch, damals, nach dem Gerichtsprozess, hatte sie jeden Kontakt zu ihm abgebrochen, sich niemals gemeldet, ihn nicht einmal besucht. Als Schwaner dann nochmals in den Dienst zurückkehrte, stand zwischen ihm und Anne eine Mauer, eine Wand des Schweigens. Sie hatten auch früher nicht viel über Privates gesprochen, doch gab es eine innige Verbundenheit von ihm zu ihr und umgekehrt. Mit keinem anderen Menschen hatte er in den Jahren zuvor mehr Zeit verbracht als mit Anne.

Sie aus dem Nichts anzurufen, war unmöglich. Abgesehen davon, dass sie sich ebenfalls auf ihre Schweigepflicht berufen würde, da war sich Martin sicher. Sven Beck musste zuerst sein Okay geben, doch dafür war es noch nicht der richtige Zeitpunkt. Die KTU würde wahrscheinlich erst morgen früh Ergebnisse präsentieren können, die Gerichtsmedizin ebenfalls. Bis dahin beschloss Martin mit seinem Anruf bei Beck zu warten.

Schwaner grenzte seine Suche nach de Vries mit einigen Zusätzen wie Frankfurt oder Georg-Speyer-Straße ein. Das verminderte die Trefferzahl auf rund eine Million. Erstaunlich war, dass sein de Vries nirgendwo auftauchte. Martin scrollte seitenlang Bilder nach unten. Auf keinem war sein Nachbar zu sehen. Wie hieß eigentlich Frau de Vries mit Vornamen? Martin wusste es nicht. Der Briefkasten außen wies nur die Initialen J. d. V. und E. d. V. aus. „Irgendein Name mit E", fragte Schwaner seine Klasse. „Elke, Esther, Emilia, Edeltraut, Elvira,

Estefania...", die imaginären Antworten wurden immer abstruser. Nein, er hatte den Vornamen nie gehört. Selbst Jan hätte er nicht gewusst, wenn Stadler, sein golfspielender Nachbar, nicht gewesen wäre.

„Du scheinst sehr viel Wert auf Anonymität gelegt zu haben", sprach Martin vor sich hin. Erst auf Seite sieben fand er einen unauffälligen Firmeneintrag: de Vries Investments, Westerbachstraße 47, 60489 Frankfurt. Es war eins dieser Firmenportale, dieser Gelben Seiten im Internet, die mehr Informationen einforderten als preisgaben: Füge eine Telefonnummer hinzu. Setze eine Internetadresse ein. Kennen Sie Ansprechpartner dieses Unternehmens? Schwaner suchte im parallel angebotenen Stadtplan die genaue Lage. Die Adresse war in Rödelheim, in dem an Bockenheim angrenzenden Stadtteil. War das sein de Vries? Ob die Anschrift noch existierte? Kurz entschlossen sprang Martin auf, zog sich an, lief die Treppe hinunter, schnappte sich sein Fahrrad hinterm Haus und fuhr los. Die Westerbachstraße war ihm dunkel als Gewerbestraße bekannt, mit allerhand großen und kleinen Firmen. Er war gespannt, ob es dort etwas zu entdecken gab. Sven Beck würde, so rechnete sich Schwaner aus, erst morgen dort aufkreuzen – wenn nicht übermorgen. Das berufliche Umfeld zu durchleuchten war einer der ersten Ermittlungsschritte in einem neuen Fall. Da konnte sich Martin ja schon mal umsehen. Ein kleiner Ausflug, nichts dabei.

Die frische Luft und die Bewegung taten ihm gut. Er war wirklich faul und träge geworden, gestand sich Martin ein. Er musste unbedingt etwas dagegen unternehmen. An seinem Bauch wölbte sich bereits eine kleine Kugel heraus, was Sandra niedlich fand und ihn als „ihren kleinen Waschbär" bezeichnete. Schwaner radelte über die Rödelheimer Landstraße bis zur Radilostraße, dort links ab in Richtung S-Bahnhof. Es ging unter den Gleisen hindurch und schon war er auf der Westerbachstraße. Handschuhe hätte er anziehen sollen, schimpfte Martin mit sich selbst. Obwohl es nicht wirklich eisig war, vielleicht vier, fünf Grad plus, froren seine Finger erheblich.

Die Hausnummer 47 war ein alter Firmenkomplex aus rotem Backstein mit leuchtend weißen, gerippten Industriefenstern darin. Zur Straße stand ein langes, abgestuftes Gebäude, das im rechten Winkel abknickte. Eine Schautafel vor dem Haus zeigte weitere Gebäude auf dem Areal dahinter. Unter dem Lageplan waren die ansässigen Firmen aufgeführt, manche groß und bunt, andere klein und dezent. Zu letzteren zählte das kleine, kupferne Schild von „de Vries". Es stand nur der Name darauf, in geraden, unauffälligen Lettern, ohne eine weitere Bezeichnung. Noch nicht einmal der Zusatz „Investments" war angegeben.

Am Hauseingang ein Block mit Briefkästen und Klingelknöpfen. Martin schloss sein Fahrrad an einem Laternenpfahl an, kam zurück und drückte den Knopf. Nichts geschah. Schwaner hob die Klappe des Briefkastens an, spähte hinein: Er war leer. Er klingelte nochmals, das Ergebnis blieb das gleiche. Martin ging durch das Tor an der rechten Seite in den Hinterhof. Dort waren Parkplätze mit

Namensschildern an den Wänden reserviert, zwei Stück für „de Vries". Auf einem stand ein schwarzes BMW-Cabriolet mit holländischem Kennzeichen. „Hier bin ich richtig", dachte Martin, als er das gelbe Nummernschild sah. Schwaner spazierte noch bis zur nächsten Ecke, um sich einen Überblick zu verschaffen. Die alten Gebäude schienen vollständig entkernt worden zu sein. In Erdgeschoss und erstem Stock erkannte er moderne, loftähnliche Büros, nur durch Stellwände unterteilt und mit viel Grün zwischen den Schreibtischen belebt.

Martin ging zurück zum Eingang. Er musste nicht lange warten, da kam ein Fahrradkurier herausgesprungen, der hinter sich die Tür offen ließ. Schwaner schlüpfte hinein. Im zweiten Stock musste sich de Vries befinden, wenn die Anordnung der Briefkästen einem logischen Muster folgte. Martin nahm die Treppe. Im zweiten Stock ging er nach links und hatte Glück. Schon die zweite Tür trug das gleiche Schild wie unten: de Vries. Martin klopfte.

Fast sofort war das Klackern von Absätzen im Inneren zu hören und schon kurz darauf stand eine Dame im Türrahmen, die Schwaner von Kopf bis Fuß zornig musterte.

„Ja? Sie wünschen?", fragte sie offensichtlich gestört und mit niederländischem Akzent. Sein Gegenüber war eine resolute Erscheinung, die Martin an Margret Thatcher erinnerte, nur mit deutlich mehr Körperfülle. Sven Beck hätte sie als Gefängniswärterin oder Toilettenfrau bezeichnet, die dich, wenn du nicht deine 50 Cent bezahlst, zu ewigem Harndrang verflucht. Nur das exklusive Kostüm, die teuren Schuhe, die mehrfach um den Hals gewundene Perlenkette, die auffällige Brille und die perfekte Frisur widersprachen dem ersten Eindruck.

„Ich habe einen Termin mit Herrn de Vries", behauptete Schwaner möglichst selbstsicher. Die Dame ließ ihren Blick nochmals von unten an ihm emporwandern und hielt auf Augenhöhe.

„Davon weiß ich nichts. Herr de Vries ist nicht im Haus." Es klang, als dürfe auch Herr de Vries nur mit ihrer Erlaubnis die Räume betreten.

„Ich bin ein Nachbar von ihm. Wir hatten uns spontan am Wochenende für heute hier verabredet." Jetzt würde sich zeigen, ob sie schon von de Vries Ableben wusste.

„Davon hat er mir nichts gesagt. Herr de Vries stimmt alle Termine mit mir ab. Er scheint sich hier vertan zu haben." Sie wusste von nichts, da war sich Schwaner nun sicher. Also konnte er mehr riskieren.

„Das wundert mich. Es war ihm sehr wichtig, dass wir uns sehr kurzfristig treffen. Er wollte mir etwas zeigen, etwas vorschlagen, mir vorstellen, das ..."

„Sie sind wer?", wurde Martin barsch unterbrochen. Die Dame bewegte sich keinen Millimeter von der Stelle.

„Stadler", log Martin, „Lutz Stadler". Es hatte auch seine Vorteile, nicht mehr im offiziellen Polizeidienst zu sein.

„Sie tun was?", fragte Miss Thatcher mit Eisesmine.

„Ich bin Filmproduzent. LS-Film, haben Sie vielleicht schon gehört? Gauner wider Willen? Unser größter Erfolg. Drei Millionen Zuschauer."

Die Zahl schien in der Dame etwas auszulösen. Vielleicht war es auch der Hinweis auf die Filmbranche? Da waren die merkwürdigsten Personen zu erwarten, auch welche in Jeans und Turnschuhen, die wohl sonst nicht über diese Schwelle gelassen wurden.

„Kommen Sie herein. Warten Sie bitte. Ich werde versuchen, Herrn de Vries zu erreichen." Sie trat beiseite, ließ Martin eintreten und verschwand ein Zimmer weiter. Das Büro war größer, als Schwaner erwartet hatte. Es schlossen sich mindestens zwei Zimmer an, wie er durch die offene Tür sehen konnte. Hier waren die Räume nicht hallenartig offen, wie unten, sondern klar voneinander getrennt. Er selbst stand in einer Art Wartezimmer, die Wand rechts neben der Tür war komplett mit einem Schrank verkleidet. Der Fensterfront gegenüber hing ein großformatiges Bild, sehr modern und abstrakt: „Spiess 73" konnte Martin als Signatur entziffern. An der Wand zum Büro von Miss Thatcher hing ebenfalls ein Spiess, nicht ganz so groß. Das Bild glich einem Mosaik.

„Jan? Ruf mich bitte einmal zurück. Hier ist ein Herr Stadler. Ich weiß von nichts." So weit verstand Schwaner Holländisch, dass er, was da im Neben-zimmer gesprochen wurde, übersetzen konnte. Er trat an die offene Tür und schaute fragend hinein. Ein Schreibtisch, ähnlich dem, wie er ihn heute Vormittag in der Villa gesehen hatte. Darauf standen ebenfalls drei Monitore im Halbkreis. An der vorderen Ecke ein silberner Aufsteller. „Wanda de Jong" las Martin schnell. „Warum heißen alle Holländer irgendwie mit de?", schoss es ihm durch den Kopf. Das Büro war äußerst ordentlich, geradezu clean. Hier drin schien nichts Nutzloses zu stehen. An den Wänden links und rechts zwei Bildschirme, auf denen stumm Nachrichtensender liefen. Am unteren Rand tickerten in einem fort Börsenkurse durch.

„Warten Sie bitte draußen. Ich habe Herrn de Vries noch nicht erreicht." Frau de Jong blickte streng über ihre Brille hinweg.

„Sehr gerne, Wanda", wollte Martin das Eis brechen und deutete auf ihr Namensschild.

„Frau de Jong, bitte", kam es brüsk zurück.

„Ich dachte, in Holland spricht man sich mit den Vornamen an?", wollte Martin nicht gleich aufgeben und damit indirekt andeuten, dass er Land und Leute kannte.

„Wir sind hier nicht in Holland", antwortete Frau de Jong knapp und wies Schwaner mit dem Kinn aus ihrem Büro hinaus. Es gab keine Stühle oder andere Sitzgelegenheiten in diesem Vorzimmer, auch keinen Tisch mit Zeitschriften oder Prospekten. Längere Wartezeiten waren bei de Vries offensichtlich nicht vorgesehen. Martin zog seine Jacke aus und wollte sie in den Schrank hängen. Die Türen waren verschlossen. Er stand am Fenster, die Jacke vor sich über die Arme gelegt, und blickte hinaus, auf die Parkfläche eines Discounters gegenüber. Dieser schien neu zu sein. Die Steine glänzten regelrecht und die Markierungen strahlten weiß wie eben aufgemalt. Der Markt schien gerade erst eröffnet zu haben. „Billi" leuchtete blaugelb das Transparent. Martin erinnerte die Szenerie an einen Fall etwas außerhalb von Frankfurt, damals, als er noch im Dienst war.

Frau de Jong tippte in die Tastatur. Schwaner hätte zu gerne mitgelesen. „Ob es Menschen gibt, die anhand des Klickens den Text entziffern können?", dachte er bei sich. Er hatte so etwas mal in einem Film, einem Spielfilm, gesehen. In Wirklichkeit funktionierte das wohl nicht.

Nach etwa fünf Minuten trat Frau de Jong in die Tür. „Herr Stadler, ich muss Sie bitten zu gehen. Ich erreiche Herrn de Vries nicht. Er meldet sich auch nicht zurück, was merkwürdig ist."

„Sie müssen keine Angst vor mir haben. Ich warte gerne noch eine Weile." Frau de Jong ließ sich nicht erweichen. An ihr wäre selbst die Titanic zerschellt.

„Wir arbeiten hier sehr vertraulich, das werden Sie sicher verstehen." Wanda schritt zur Tür und hatte die Klinke schon in der Hand.

„Sie haben nicht zufällig einen Prospekt oder so etwas, das Sie mir schon mal mitgeben können, damit ich mich vorbereiten kann?" Es war Schwaners letzter Versuch.

„Nein, so etwas haben wir nicht, Herr Stadler. Ich weiß nicht, was Ihnen Herr de Vries mitteilte. Sie müssen das Gespräch mit ihm fortführen." Frau de Jong öffnete die Tür. „Auf Wiedersehen, Herr Stadler."

„Wiedersehen", sagte Martin trotzig und schritt hinaus. Unten schloss er sein Fahrrad auf und blickte nochmals zum zweiten Stock empor. Er sah Frau de Jong am Fenster stehen, wie sie ihn beobachtete. Martin winkte frech und übertrieben, worauf Frau de Jong grußlos hinter den Scheiben verschwand.

Martin wollte sich für den Rückweg Zeit lassen und fuhr im Bogen über die Eschborner Landstraße zum Bahnhof Rödelheim zurück. Er war schon lange nicht mehr in dieser Gegend gewesen. Es wurde viel gebaut und es war schon viel gebaut worden. Martin erinnerte sich an einen Zeitungsartikel über die neuen Rechenzentren, die hier entstehen sollten. Vor einem riesigen grauen Kasten mit unzähligen Ventilatoren auf dem Dach hielt er kurz an. „Das musste so ein Ding sein", dachte er bei sich. „Dort unten, das war einmal eine Farbenfabrik, eine der größten der Welt, wenn er sich nicht täuschte. Weiter hinten lag Possmann, die älteste Kelterei Frankfurts. Und hier jetzt Rechenzentren. Schöne neue Welt."

Während er in Richtung Nidda und Solmspark radelte, fasste Martin seinen Besuch zusammen. Was hatte ihm das Treffen mit Frau de Jong gebracht? Zumindest so viel, dass sie ein großes Geheimnis aus dem machten, was sie bei de Vries taten. Gut, das war nicht strafbar. Man musste nicht jedem Dahergelaufenen alles auf die Nase binden. „Was kümmert es dich überhaupt? Du bist kein ermittelnder Polizist mehr." Martin hörte schon Sandras Stimme. Anne hätte längst herausgefunden, womit sich de Vries beschäftigte. Keine Stunde hätte sie dafür gebraucht.

Oskar fiel Schwaner plötzlich ein. Ein Bekannter aus dem Ruderverein, mit dem er früher hin und wieder im Zweier auf dem Main war. Martin stoppte, zog sein Handy heraus und suchte die Nummer. Ihr letzter Kontakt war auch schon eine Zeitlang her, aber ihn konnte er anrufen. Unter O stand er nicht. Willemer, war sein Nachname, jetzt fiel es ihm wieder ein: Oskar Willemer. Er arbeitete bei der Börsenzeitung. Er konnte ihm vielleicht helfen, denn offenbar hatte de Vries etwas mit Börse, Aktien oder Geldanlage zu tun. Das Telefonat dauerte nicht einmal eine Minute. Oskar schien furchtbar im Stress zu sein, sagte mehrmals etwas von Redaktionsschluss, notierte sich aber den Namen de Vries und versprach, sich zu melden. Es war das erste Mal seit Monaten, dass sich jemand nicht sofort nach seinem Gesundheitszustand erkundigte und Martin irgendwelche Plattitüden von sich geben musste. Froh gelaunt stieg er wieder auf und fuhr weiter.

Am Wasserhäuschen auf der Insel schwenkte Martin auf die Straße in Richtung Bockenheim ein. In der Kehre nach dem Brentanopark entdeckte er ein Hinweisschild am Straßenrand, das auf ein Restaurant mit dem Namen „Da Claudio" im Sportheim der FTG hinwies. „Da Claudio" war früher ihr Lieblingsitaliener gewesen, oben am Dornbusch, nicht weit vom Polizeipräsidium entfernt. Sandra und er hatten schöne Zeiten dort verbracht, gerade zu Beginn ihrer Beziehung. Irgendwann war Claudio weggezogen und der Kontakt abgerissen. Martin überzeugte sich, dass es tatsächlich ihr Claudio war. Ja, es stimmte. Im Schaukasten war der sympathische und immer lächelnde Namensgeber zu sehen, allerdings deutlich gealtert. Daneben Mimo, sein Partner seit ewigen Zeiten. Das musste er Sandra erzählen. Er hatte Claudio wiedergefunden und eigentlich ganz in ihrer Nähe. Das würde sie freuen. Das mussten sie mit einem Besuch feiern. Hochzufrieden, dass sein Ausflug nach Rödelheim doch zu einer Entdeckung führte, radelte Martin weiter.

Zu Hause angekommen, setzte sich Martin gut gelaunt ins Arbeitszimmer. Es war gerade erst fünf

Uhr. Sandra würde bestimmt nicht vor sieben oder acht von der Arbeit kommen. Sie hatte zwei Leichen zu obduzieren, das würde dauern.

Martin las nochmals den Artikel über den Mathematiker de Vries und die analytische Geometrie. Das war ein Thema, dass er sicherlich wunderbar für seine Mathematische Kriminalistik verwenden konnte:

Meine Damen, meine Herren, wir hatten in den letzten Unterrichtsstunden etwas über Punkt und Linie, die eindimensionale Geometrie, gelernt. Heute möchten wir uns in die nächsthöhere Dimension, die Fläche, begeben. Sie erinnern sich vielleicht noch an einen weiteren Satz von Euklid: Drei Punkte bilden eine Fläche. Hilbert nennt es eine Ebene. Also los, bitte setzen Sie drei beliebige Punkte auf Ihr Blatt Papier, am besten nicht zu nah beieinander, und verbinden diese miteinander. Voilà, ein Dreieck. Wir benennen nun die Ecken mit A, B und C, unten links beginnend. Die Seiten bezeichnen wir mit Kleinbuchstaben a, b, c, immer dem Eckpunkt gegenüber.

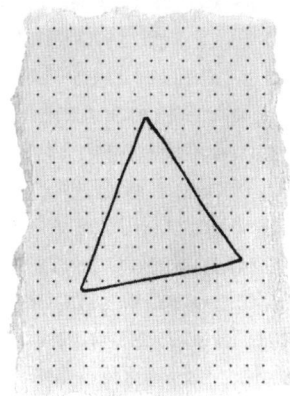

Schwaner schaute seinen Schülern über die Schulter. Das lief doch wunderbar. Bis auf Justin hatten es alle richtig gemacht. Das Dreieck ist sozusagen die einfachste geometrische Figur, dozierte Martin weiter, aber eine, die es in sich hat. Sie haben eben die Punkte frei gewählt und dennoch bestehen sogleich verschiedene Verbindungen und Beziehungen dieser Punkte zueinander. Daher ist das Dreieck auch kriminalistisch für uns sehr interessant, beschreibt es doch eine der häufigsten Tathintergründe, die Dreiecksbeziehung. Die Dreiecksbeziehung ist Grundlage einer Vielzahl von Verbrechen, nicht nur im zwischenmenschlichen Bereich, also Eifersucht, Rache, Trennung, Liebe, Stalking, und dergleichen, sie zeigt sich oft auch in Eigentums- und Wirtschaftsdelikten. Dazu später mehr.

Schauen wir uns erst einmal das Dreieck als geometrische Figur an. Als erste Übung nehmen wir den Zirkel und schlagen um jeden Punkt des Dreiecks einen Bogen im gleichen Radius. Mit demselben Radius zeichnen wir neben oder unter das Dreieck einen Kreis. Die verschiedenen Bögen schneiden die Schenkel des Dreiecks. Wir greifen mit dem Zirkel die jeweiligen Abstände ab, also wo der Bogen um A die Schenkel b und c schneidet. Diese Distanz zwischen b und c nennen wir a' und übertragen diesen auf den Kreis. Dazu wählen wir auf dem Umfang des Kreises einen beliebigen Punkt, von dem aus wir beginnen. Mit den Bögen um B und C verfahren wir genauso und setzen den Abstand im Kreis an. Dadurch erhalten wir im Kreis zwei Punkte: den, wo wir begonnen haben, und den, wo wir enden. Verbinden Sie diese beiden Punkte miteinander, so werden Sie feststellen, dass

Ihre Linie, sofern Sie sauber gearbeitet haben, genau durch den Mittelpunkt des Kreises führt. Wir haben damit bewiesen, dass sich die Winkel im Dreieck zu einem Halbkreis, also zu einer Winkelsumme von 180° addieren. Sie hatten das vielleicht schon einmal in der Schule gelernt, wir haben es soeben geometrisch bewiesen. Sie können völlig verschiedene Dreiecke zeichnen, die Winkel werden sich immer zu einem Halbkreis, zu einer Geraden, ergänzen. Sie stehen miteinander in Beziehung.

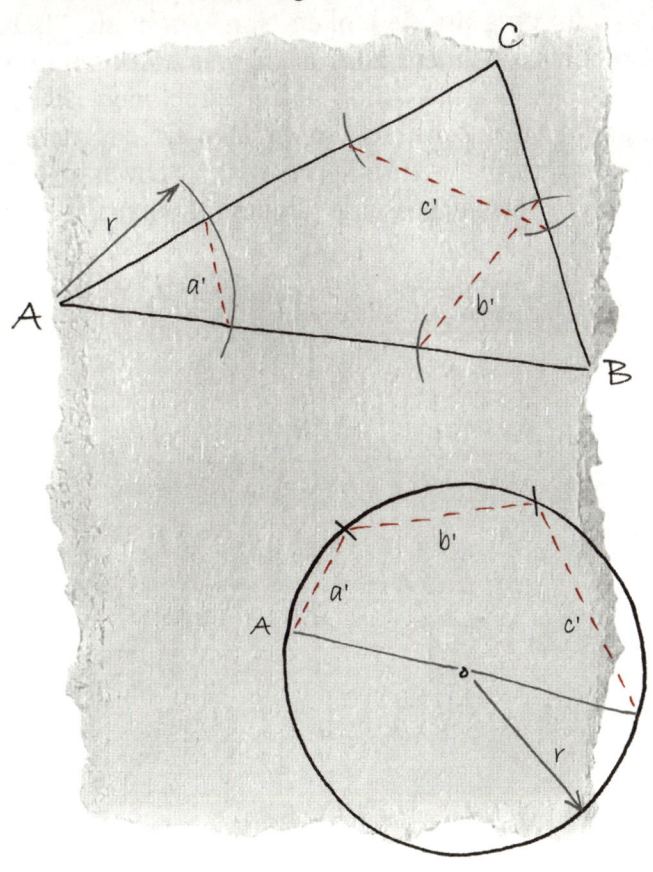

Aber weiter, was gibt es noch zu entdecken? Wir nehmen nochmals unsere Schnittpunkte der Bögen mit den Schenkeln und schlagen von dort mit dem Zirkel, diesmal in einem beliebigen Radius, wieder Bögen in das Innere des Dreiecks hinein. Von jedem Schnittpunkt einen, also vor jedem Eckpunkt zwei und bleiben Sie im Dreieck. Die jeweiligen Bögen schneiden sich irgendwo zwischen den Schenkeln, haben Sie's?

Martin ging in Gedanken von Tisch zu Tisch. Brooklyn zeichnete alles nach, was Mark vor ihm zu Papier brachte. Anna hatte durch wiederholtes Radieren ihre Zeichnung so verschmiert, dass darauf gar nichts mehr zu erkennen war. Schwaner half und gab Ratschläge, seine Schüler lächelten dankbar zurück.

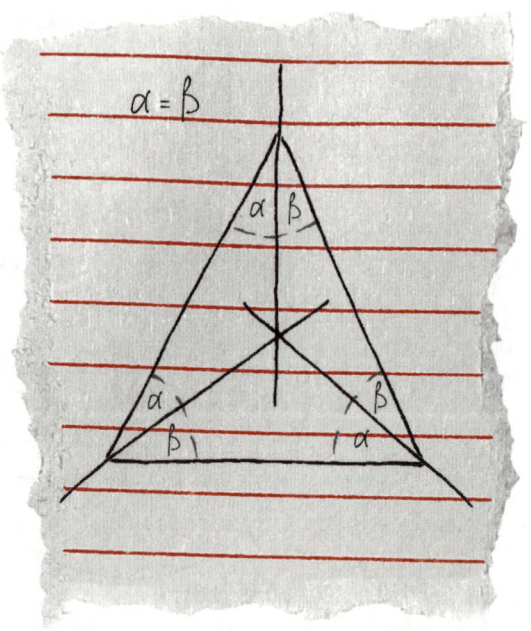

Wir verbinden nun den Punkt A mit dem Schnittpunkt vor ihm, B mit seinem, C ebenso. Alle diese Winkelhalbierenden, so heißen diese Linien, sollten sich in einem Punkt treffen? Martin wartete gespannt, die Ersten nickten. Dieser Punkt ist der Mittelpunkt des Inkreises. Versuchen Sie es, nehmen Sie von diesem Punkt mit dem Zirkel den Radius zu einer Seite des Dreiecks auf und schlagen Sie einen Kreis. Er sollte alle Seiten berühren und sich wunderbar ins Innere des Dreiecks einfügen.

Nun Aufgepasst! In der MK stellt der Inkreis das Motiv bei einem Verbrechen innerhalb einer Dreiecksbeziehung dar. Er ist das, was von allen beteiligten Punkten, in der Realität Personen, und ihren Beziehungen zueinander, das sind die Winkel und Seiten, erzeugt wird.

Als Übung möchte ich Ihnen mitgeben, zeichnen Sie bis zur nächsten Stunde unterschiedliche Dreiecke: flache, spitze, hohe gleichschenklige und andere. Konstruieren Sie in allen Dreiecken den Inkreis und vergleichen Sie dessen Größe und Lage miteinander. Über Ihre Ergebnisse werden wir uns beim nächsten Mal unterhalten.

Martin zeichnete und sprach in einem fort zu seiner Klasse. Er hörte Stühlerücken, Schlüsselgeklimper und andere Geräusche. Es waren allerdings nicht seine Schüler, sondern Sandra, die die Wohnung betrat. Erst als sie ihm eine Hand auf die Schulter legte, fuhr er herum.

„Ich habe Claudio wiedergefunden", berichtete er gleich voller Überschwang, als sei dies das wichtigste Ereignis des Tages gewesen.

„Oh, seine Pasta könnte ich jetzt gebrauchen, eine Riesenportion davon! Aber schau mal, wen ich gefunden habe", Sandra trat einen Schritt zur Seite. Hinter ihr schnupperte ein schwarzer Kater herein.

„Romeo!" Sogleich musste Martin an die angenagte Hand von Frau de Vries denken.

„Er saß unten hinterm Haus, bei den Fahrrädern. Er hat doch jetzt niemanden mehr."

8

„Vielleicht ist er jetzt auf den Geschmack gekommen und wird uns auch bei nächster Gelegenheit anknabbern?" Martin beäugte skeptisch den Kater, der sich auf Sandras Schoß streicheln ließ. „Jetzt schmeichelt er sich ein und nachts geht er uns an die Gurgel."

„Er hatte fünf Tage nichts zu fressen und war eingesperrt", verteidigte Sandra Romeo. „Sonst hätte er so etwas bestimmt nicht getan, stimmt's? Ein Wunder, dass du nicht verdurstet bist." Unter ihren Händen brummte und schnurrte es zustimmend. Als Martin eine Dose Thunfisch öffnete, verschoben sich die Sympathien sogleich. Der Kater sprang auf und strich ihm um die Beine.

„Ja, wen haben wir denn da, wen haben wir denn da?" Martin teilte großzügig und stellte Romeo eine Untertasse hin. Gleich darauf eine zweite, mit Wasser. „Ich habe uns das Leben gerettet!", verkündete er stolz, als Romeo sich gesättigt die Schnauze ableckte.

Kurze Zeit später servierte er sich und Sandra seine „Spaghetti spontana", wie er seine Kreation nannte, in einer Tomatensoße mit Zwiebeln, Knoblauch, Kapern und Thunfisch. „Wie bei Claudio ist es nicht", sagte Martin und füllte die Gläser.

„Mmmh, aber fast so gut!" Sandra hechelte Luft über die zu heißen Nudeln in ihrem Mund und löschte mit einem großen Schluck Chianti. „Gut, gut, gut, gut." Der Kater inspizierte derweil weiter die fremde Umgebung.

Keiner von beiden schnitt die Ereignisse des Vormittages an. Dabei war der schwarze Besucher, der durch die Wohnung pirschte, der lebende Beweis dafür, dass nebenan etwas Furchtbares geschehen war. Aber kein Wörtchen dazu. Sandra erzählte Katzengeschichten aus ihrer Kindheit, von Niklas, der das Ebenbild von Romeo und ihnen gleichfalls zugelaufen war. Martin hörte zu und wartete. Immer wieder suchten sie Romeo vom Tisch aus, der in Wohn-, Schlaf- und Arbeitszimmer herumstreifte.

Nachdem sie die Teller abgeräumt, den Parmesan in den Kühlschrank verstaut und Martin Wein nachgegossen hatte, fragte er wie nebenbei: „Und? Woran sind sie gestorben?"

„Hast du schon mit Sven telefoniert?", kam es sofort als Gegenfrage von Sandra zurück.

„Nein, noch nicht. Das wäre heute zu früh gewesen. Ich rufe ihn morgen an."

„So lange muss ich schweigen wie ein Grab." Sandra tat, als verschlösse sie ihre Lippen.

„Jetzt sei nicht heiliger als der Papst. Ich bin immer noch Polizeibeamter..." Martin setzte sich und ließ den Wein in seinem Glas rotieren. Einmal in die eine, einmal in die andere Richtung.

Sandra überlegte, ob sie ihn noch weiter auf die Folter spannen sollte. Richtig wohl war ihr nicht. Schließlich gab sie sich einen Ruck und berichtete. Das Ehepaar de Vries sei wohl an einem bisher noch nicht identifizierten Gift gestorben. Dieses Gift habe sich im Wein befunden, den beide getrunken hätten. Sandra hob ihr Glas und prostete Martin zu. Das sei einwandfrei bewiesen. Ferner hätten sich im Magen von Frau de Vries wie auch bei ihm Essensreste, wahrscheinlich italienisch, zumindest mediterran, befunden. Martin war froh, dass sie schon mit dem

Essen fertig waren. Er hatte nie verstanden, wie Sandra in einer Leiche eine Mahlzeit analysieren und wenig später in etwa das Gleiche im Restaurant bestellen konnte. Gerichtsmediziner waren ein Volk für sich.

„Der Todeszeitpunkt kann mit Donnerstag, gegen Mitternacht, relativ exakt eingegrenzt werden", schloss Frau Dr. Thielacker ihre Ausführungen.

„Und?", drängte Schwaner. „Sind sie...?" Er hob sein Glas an die Lippen und verharrte gespannt.

„Schwer zu sagen. Durch die hohe Raumtemperatur und die schon eingesetzte Verwesung ..." Sandra nahm einen kleinen Schluck.

„Jetzt mach es doch nicht so kompliziert. Sind sie zeitgleich verstorben oder nicht?"

„Ich würde sagen, dass sie nach ihm gestorben ist. Vielleicht ein, zwei Stunden später. Außerdem fand ich an ihrem Körper einige Druckstellen, ich möchte es nicht Hämatome nennen ..."

„Sie ist also nochmals bewegt worden?" Martin knallte sein Glas auf den Tisch.

„Es deutet einiges darauf hin. Sie kann auch gestürzt sein, kurz vor ihrem Tod", schränkte Sandra gleich wieder ein.

„Aber ist sie denn auf dem Sofa verstorben? Bei ihm?", Martin wurde ganz aufgeregt.

Sandra zögerte. Sie sei nicht vor Ort gewesen und überhaupt, ginge das Ganze jetzt zu weit. Martin ließ sich nicht beruhigen und bohrte weiter.

„Er ist mit sehr hoher Wahrscheinlichkeit im Wohnzimmer gestorben", gab Sandra schließlich klein bei. „Lediglich unter den Achseln befanden sich bei ihm einige, na ja, Flecken."

„Unter den Armen?" Martin überlegte. „Er wurde aufgerichtet?"

„Das könnte sein. Die Verfärbungen sind allerdings minimal", schränkte Sandra gleich wieder ein.

Schwaner sprang auf und lief wahllos umher. Er suchte sein Handy, fand es im Arbeitszimmer, schaltete ein und strich hektisch darüber.

„Sie ist oben gestorben, im Schlaf- oder Badezimmer", schloss er plötzlich.

„Wie kommst du gerade darauf?", fragte Sandra überrascht.

Martin zeigte Sandra das Bild mit den abgestreiften Schuhen aus dem ersten Stock. „Und hier! Schau dir den Teppich an! Siehst du das? Wie auf dem Rasen! Wie mit dem Schnee ..."

„Woher ...?" Sandras Augen verengten sich.

„Während ich, während Maria und ich, ach, ist doch egal ...", wehrte sich Martin gegen Sandras vorwurfsvollen Blick. „Irgendetwas stimmt da nicht. Es soll aussehen wie ein gemeinsamer Freitod, oder so etwas ... ist aber stümperhaft arrangiert ... Es sieht aus, wie sich jemand anderes einen Tod zu zweit vorstellt."

„Vielleicht hat ihnen nur jemand geholfen?", beschwichtigte Sandra.

„Du meinst Tod auf Verlangen?", Schwaner tigerte weiter in der Wohnung umher, grübelte. „Aber warum? Warum?"

„Das lässt sich von außen manchmal schwer beurteilen. Vielleicht haben sie sich finanziell übernommen? Krank waren sie jedenfalls nicht." Sandra biss sich auf die Lippen, aber Martin war so sehr mit seinen Gedanken beschäftigt, dass er diese weitere Information gar nicht wahrnahm.

„Seine Sekretärin oder Mitarbeiterin oder was auch immer, weiß noch gar nichts von seinem Tod", erzählte Martin wie nebenbei.

„Woher weißt, woher kennst du ...?" Sandra war nicht wirklich verwundert.

„Äh, mmja, ich war, ich dachte, ich schau mal, was de Vries so machte."

„Du bist zu seinem ...", Sandra stockte. Sie musste selbst überlegen, wie sie es nennen sollte. Sie hatte nie darüber nachgedacht, womit ihr stinkreicher Nachbar sein Geld verdiente. Für sie war er einer dieser „Geldsäcke", wie sie alle mit einem Millioneneinkommen pro Jahr nannte. „... seinem Büro gefahren?", beendete sie schließlich ihre Frage.

„Das hört sich aber nicht nach, wie sagtest du, Ermittlungen aus zweiter Reihe an." „Wo ist es?", wollte Sandra nach einer mahnenden Pause wissen.

„In Rödelheim, in der Westerbachstraße."

„Wie ist es?", Sandra war nun selbst neugierig.

„Och, sehr schick, soweit ich sehen konnte. Frau de Jong, ein echter Drachen, hat mich nicht weiter vorgelassen, mich sogar kurz darauf hinauskomplementiert. Sie machen ein richtiges Geheimnis daraus, was sie da machen."

Plötzlich schien Martin eine Idee zu haben. „Dein Vater", sagte er plötzlich und strahlte Sandra an. „Dein Vater müsste dort einmal anrufen. Er bekommt vielleicht mehr heraus. Ihn wird man nicht vor die Tür setzen. Der ..."

„Lass bitte meinen Vater aus dem Spiel", schnitt Sandra Schwaners Gedanken ab.

„Aber warum denn? Es ginge doch nur darum, dass er sich dort einmal meldet, als Herr Dr. Thielacker, als ..."

„Martin, nein, nein, nein und nochmals nein."

„Er würde das bestimmt gerne tun. Er müsste ja nicht selbst anrufen. Es könnte sich ja jemand aus seinem Büro dort melden."

„Natürlich würde er es gerne tun. Jeden Gefallen für mich oder dich tut er gerne." Sandra schien nicht mehr ganz so abgeneigt. Seinen Parallelversuch, mittels Oskar Willemer etwas über die Arbeit von de Vries in Erfahrung zu bringen, verschwieg Marin vorsichtshalber. Es ging noch einige Male hin und her. Schließlich willigte Sandra ein, morgen Vormittag, bis spätestens zehn, wie Martin insistierte, mit ihrem Vater zu sprechen. „Vielleicht kennt er de Vries sogar. Die Geldsäcke kennen sich doch alle untereinander."

Martin schreckte auf. Es war keiner seiner Albträume, die ihn auffahren ließen, sondern der Kater. Romeo war unten aufs Bett gesprungen und suchte sich zwischen Martins Beinen einen Schlafplatz. Mehrmals drehte er sich um sich selbst, bis er schließlich zwischen Schwaners Schienbeinen zusammengerollt liegen blieb. Martin rührte sich nicht. Zuerst hatten sie die Tür zum Schlafzimmer geschlossen, woraufhin Romeo ein klägliches Geheul davor anstimmte und ohne Unterlass am Holz kratzte. „Katzen gehören nicht ins Schlafzimmer", bestimmte Martin und versuchte, hart zu bleiben. „Er hat doch niemanden mehr", flehte Sandra und ließ ihn schließlich herein. „Er wird uns auffressen!", protestierte Martin, allerdings nur noch halbherzig, drehte sich um und schlief ein.

Martin starrte an die Decke. Wie spät mochte es sein? Er versuchte, irgendwie auf den Wecker auf Sandras

Seite zu spähen. Irgendetwas mit einer drei davor, konnte er erkennen. Er rutschte hin und her, ohne die Beine zu bewegen. Endlich lag er einigermaßen bequem, als auf dem Nachbargrundstück das Licht ansprang. In ihrem Schlafzimmer war das nur indirekt zu erkennen, doch immer noch deutlich genug. Schwaner wollte aufstehen und versuchte, seine Beine zu befreien. Der Kater war plötzlich tonnenschwer. Langsam und vorsichtig zog Martin seine Beine, eins nach dem anderen, erst zur Seite, dann heran und rollte seitlich aus dem Bett heraus. Romeo blieb unbeeindruckt liegen, während Schwaner auf Zehenspitzen in die Küche ans Fenster huschte.

Eine Person stand nebenan vor der Haustür. Sie stand gebeugt und leuchtete mit der Taschenlampe ihres Telefons das Siegel an, das quer über Türblatt und -rahmen aufgeklebt war. Die Person zögerte, als würde es ihr schwerfallen zu erkennen, was da als heller Streifen vor ihr schimmerte. Als sie sich aufrichtete, erkannte Martin sie sofort: Es war Frau de Jong, die Mitarbeiterin von de Vries. Sie schien zu überlegen, was das alles bedeutete und was sie als Nächstes tun sollte. Martin stellte sich vor, wie Frau de Jong nach seinem Besuch bei de Vries weiter auf einen Rückruf wartete, wie sie es wahrscheinlich selbst immer wieder versuchte, ihren Chef oder Geschäftspartner zu erreichen und wie sich das Ausbleiben eines Lebenszeichens zur unerträglichen Ungewissheit steigerte, die sie nicht schlafen ließ. Nun stand Frau de Jong vor der Haustür der Villa und wollte eine Antwort haben. Irgendetwas war geschehen, etwas Schwerwiegendes. Das Haus war versiegelt, vielleicht war eingebrochen worden?

Lag de Vries womöglich samt seiner Frau im Krankenhaus? Dass er Freitag und Montag nicht im Büro erschien, war nicht ungewöhnlich. Er gönnte sich öfter ein verlängertes Wochenende, an dem er im Homeoffice arbeitete.

Schwaner glaubte, die Gedanken von Frau de Jong dort unten lesen zu können. Er rechnete fest damit, dass sie jeden Moment das Gelände wieder verlassen würde. Wahrscheinlich rief sie aus ihrem Wagen heraus die Polizei an, um sich nach dem Grund des Siegels an der Tür der Georg-Speyer-Straße 6 zu erkundigen. Um diese Uhrzeit erhielte sie keine Antwort. Man würde ihr lediglich einen Rückruf versprechen, sobald die zuständigen Kollegen wieder im Dienst seien.

Frau de Jong drehte sich um, allerdings nicht zur Straße, sondern zum Garten hin. Martin eilte ihr durchs Wohnzimmer nach und postierte sich am Balkonfenster. Was tat sie? Frau de Jong ging nicht zur Terrasse und versuchte dort ihr Glück, irgendjemanden im Haus zu entdecken. Sie schritt schnurstracks über den Rasen zum Brunnen hin. Dort fasste sie ins Becken, zumindest sah es für Schwaner so aus, kehrte zum Haus zurück und war im nächsten Augenblick verschwunden. Martin raste ans Küchenfenster zurück. Er sah, wie hinter der Haustür, im Foyer, wie er jetzt wusste, das Licht anging. Martin sprang ins Arbeitszimmer. Wie er vermutete, brannte nebenan schon Licht in einem der Zimmer nach vorne raus, im Büro von de Vries. Es dauerte noch nicht einmal eine Minute, schon erlosch es wieder, wie auch das Licht im Foyer. Frau de Jong tauchte wieder hinten auf der Terrasse auf, ging wieder zum Brunnen, streckte ihren Arm wieder ins Becken hinein und verließ das Grundstück. Martin war ihr oben gefolgt, sah, wie sie in ihren Wagen einstieg und davonfuhr. Unter ihrem Arm glaubte er eine Mappe oder einen Ordner gesehen zu haben, den Frau de Jong auf dem Beifahrersitz ablegte.

Keine fünf Minuten später hätten die Nachbarn eine weitere Gestalt im Garten der Villa beobachten können. Es war die eines groß gewachsenen Mannes, der, im Bademantel, über den Rasen huschte und sich dort am Brunnen zu schaffen machte. Er fingerte an der Innenseite des Beckens entlang, bis er unter dem überbordenden Rand etwas erspürte, was dort mittels eines Magneten festgehalten wurde: ein Schlüssel!
Der Bademantel flatterte zur Terrasse zurück. Der Schlüssel passte in die kleine Tür zum Treppenhaus, eine Metalltür, an der das Siegel zerrissen war. Im Foyer blieb es dunkel, stattdessen ging im Keller der Villa das Licht an. Schwaner stand in einem großen Raum, der von Hauswand zu Hauswand reichte. Der Chlorgeruch war ihm schon an der Tür in die Nase gesprungen. Er sah links von sich einen mindestens zehn Meter langen Pool, davor zwei Liegen mit gelb gestreiften Polstern unter einer echten Zimmerpalme, die bis zur Decke reichte. Rechts von ihm waren allerlei Fitnessgeräte vor einer Spiegelwand aufgebaut. All das interessierte Martin nicht. Er suchte etwas Bestimmtes, einen Rechen oder Besen, etwas, womit der Rasen draußen Samstagnacht bearbeitet worden war. Er konnte nichts entdecken.

In der Mitte des Pools gelangte man durch eine Doppeltür ins Gartenzimmer, das direkt hinter der Terrasse lag. Es war vollgestellt mit Außenmöbeln und Olivenbäumen in riesigen Töpfen, die hier drin überwinterten. Martin erinnerte sich, wie diese im Sommer die Terrasse säumten. Ein Monstrum von Grill, verborgen unter einer schwarzen Plane, stand links an der Wand. Rechts war eine weitere Tür. Statt in dem erhofften Geräteraum oder Ähnlichem stand Schwaner in einer Sauna mit Viermannkabine, zwei Duschen und einem Wandregal voller Handtücher. Es roch nach Eukalyptus und Reinigungsmitteln. Rechts wieder eine Tür, die zum Pool zurückführte. Martin erschrak, als sich sein Spiegelbild hinten an der Wand bewegte. Auf dieser Seite stand ein breites Solarium mit zwei vergessenen Hausschuhen davor. Gegenüber ein kleines Bad mit Toilette, daneben die Waschküche, in der vier Bahnen Seil gezogen waren. Daran schloss sich der Heizungskeller und die Technik für den Pool an. Der letzte Raum war der Weinkeller. Ein Thermometer zeigte 12 °C an. Martin trat ein. Hinten stand ein breiter Flaschenkühlschrank mit Glastür. Er war bis oben hin gefüllt. An der Längsseite zog sich ein Weinregal hin. Immer sechs Plätze bildeten ein Element. Es reichte fast bis zur Decke. Hie und da fehlten Flaschen. Schwaner ärgerte sich, dass er wieder einmal sein Handy in der Wohnung vergessen hatte und so nicht nachsehen konnte, welchen Wein de Vries und seine Frau getrunken hatten. Andererseits hatte die KTU das bestimmt schon geprüft. Ein Fach war komplett leer geräumt. Zahlreiche ungeöffnete Kartons stapelten sich an der Wand neben der Tür empor.

Schwaner schloss die Tür des Weinkellers hinter sich. Er stand vor der Spiegelwand, neben sich eine Hantelbank. „Nichts", dachte er. Es musste einen anderen Ort für die Gartengeräte und dergleichen geben. Vielleicht hinter der Garage? Martin löschte das Licht, tastete sich zur Hintertür und trat ins Freie. Die Außenbeleuchtung flammte auf. Er schloss ab, ging über die Terrasse zur anderen Seite des Hauses und erspähte eine weitere Metalltür. „Das muss es sein." Der Schlüssel in seiner Hand war flach, mit Rillen und Senkungen in verschiedenen Größen darin. Er passte nicht in dieses Schloss, das ein gewöhnliches für einen Schlüssel mit Bart war. Martin brach seine Mission ab und schlich vom Grundstück. Den Schlüssel zum Haus steckte er ein. Oben, hinter der Tür, erwartete ihn Romeo, der ihn aus großen Augen fragend anblickte. Am Tisch saß Sandra, die nicht weniger neugierig schaute.

„Du musst mit Sven sprechen", schloss Sandra ihre Ermahnungen ab. „Du kannst nicht auf eigene Faust ermitteln und solch wichtige Beobachtungen für dich behalten." Martin berichtete zuvor, wie er, durch den Kater geweckt, zufällig Frau de Jong nebenan gesehen hatte. Er sei lediglich unten gewesen, um sich zu vergewissern, dass sie tatsächlich im Haus war. Vom Schlüssel in seinem Bademantel erzählte er nichts.

„Ja, natürlich, ich werde ihn später gleich anrufen. Was denkst du denn? Ich wollte nur nicht falschen Alarm schlagen."

Sandra verabschiedete sich. Sie lege sich wieder hin. Mit etwas Glück könne sie noch zwei Stunden schlafen. Martin blieb auf. Er sei jetzt wach, sagte er, während er Sandra einen Kuss gab. Er werde mit seiner Klasse die neuesten Ereignisse besprechen. Sandra lächelte, wünschte viel Spaß und entschwand. Romeo drehte seinen Kopf hin und her und entschied sich schließlich für Sandra, der er ins Schlafzimmer folgte.

Letzte Stunde haben wir etwas über den Inkreis gelernt. Ich sagte Ihnen, dass er das Motiv in einem Dreiecksfall darstellt – rein symbolisch selbstverständlich. Ich bat Sie, völlig unterschiedliche Dreiecke zu zeichnen und dazu den Inkreis zu konstruieren.

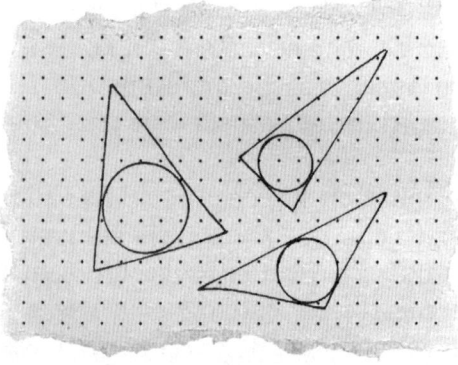

Martin stellte sich vor, wie er von vorne inspizierte, wer etwas auf seinem Blatt vorweisen konnte. Lediglich Mark, Lena und Sienna hatten ihre Aufgaben erledigt. Harry und Bill huschten schnell etwas dahin, alle anderen taten unbeteiligt.

Was können wir an diesen Dreiecken ablesen? Martin setzte seinen Unterricht unbeeindruckt fort.

„Die Kreise sind unterschiedlich groß", rief Bill etwas
vorlaut in die Klasse hinein. „Ihre Lage verändert
sich… je nach Dreieck", ergänzte Mark. Martin lobte
und fasste zusammen: Anhand der Dreiecke, der
unterschiedlichen Konstellation, sei zu erkennen, wie
sich das Motiv verlagerte. Von einer Person zu zwei
und schließlich zu drei Personen.
Ungläubige Gesichter vor ihm. Vielleicht sollte er es
mit etwas Einfacherem versuchen, überlegte Martin.
Für eine erste Annäherung sei die Höhe im Dreieck
ein guter Indikator, setzte er seinen Unterricht fort.
Die Höhe würde in der Regel auf der Grundseite des
Dreiecks errichtet und führe von dort in den Scheitel.

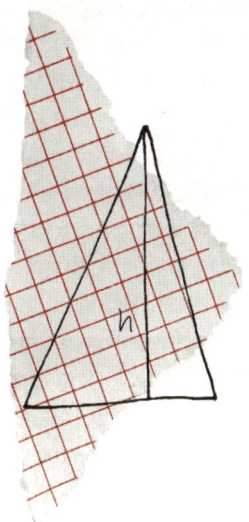

Sie stehe senkrecht auf c und ließe sich ebenfalls sehr
einfach mit Zirkel und Lineal konstruieren, versuchen
Sie es einmal … Die Höhe „h" kann ihnen als wichtiger
Indikator in der Dreiecksbeziehung dienen. Dazu

zerschneidet sie das zuvor beliebige Dreieck in zwei rechtwinklige Dreiecke und ist zur Flächenberechnung der Figur unerlässlich…

Harry schüttelte vehement den Kopf. Was dies denn schon wieder beweisen solle, wollte er wissen.

Beweisen könne dies gar nichts, antwortete Schwaner ruhig, es soll Ihnen nur etwas verdeutlichen. Übertragen wir es einmal in die Praxis.

Stellen wir uns vor, wir platzieren die Punkte nicht wahllos, sondern setzen sie einem möglichen Fall entsprechend.

Aufgabe: Das sind die Fakten: Ein begütertes Paar, seit zehn Jahren verheiratet, wird eines Morgens tot in seiner Villa aufgefunden, vergiftet. In der folgenden Nacht beobachten Zeugen, wie die Mitarbeiterin des Mannes – sie scheinen ein sehr vertrautes Verhältnis zueinander zu haben – ins Haus gelangt und daraus Papiere oder Unterlagen entwendet.

a) Setzen Sie für jede Person einen Punkt, der das Verhältnis untereinander darstellt.

b) Konstruieren Sie Dreieck und Inkreis.

c) Konstruieren Sie die Höhe.

Alle bis auf Mark zeichneten ein Dreieck, in welchem zwei Punkte dicht beieinander und auf einer Seite lagen. Mark zeichnete ein gleichseitiges Dreieck, da er mit den dargelegten Fakten keine Abwägung im Verhältnis der Personen zueinander treffen könne. Der Mann unterhalte eventuell zu beiden Frauen eine ähnliche Beziehung. Lena widersprach. Die Mitarbeiterin sei bestimmt seine Ex-Geliebte und habe das Paar ermordet. Dann stiehlt sie ihre alten Liebesbriefe, um nicht in Verdacht zu kommen. So ähnlich sehe er das auch, mischte sich Harry ein.

Allerdings stehle sie nicht ihre alten Briefe, die hätte der Mann längst vernichtet, sie nehme wichtige Unterlagen mit, vielleicht zu Konten im Ausland, auf denen ein Vermögen liege. Eifersucht, reine Eifersucht warf Bill ein. Nicht die Mitarbeiterin, die Ehefrau hätte sich und ihren Mann vergiftet, damit er einzig und allein ihr gehöre, bis in den Tod hinein. Zur Erinnerung an die gemeinsame Zeit habe die Mitarbeiterin einige Fotos mitgenommen. „Nein, nein, nein!", rief Mark dazwischen und schüttelte zu alledem energisch den Kopf. Wie sie alle nur auf solche Geschichten kämen, das sei doch alles aus der Luft gegriffen.

Martin unterbrach die Diskussion, mahnte zur Ruhe und beschwichtigte die erhitzten Gemüter: Schließlich dürfe es jeder zunächst einmal so sehen, wie er möchte. Sie seien nicht in der gelehrten Mathematik, in der es nur eine Lösung gebe. Sie versuchten doch lediglich, etwas mittels der Mathematik zu beschreiben, sich ein Bild zu machen.

Martin legte eine Pause ein, bis alle seine Schülerinnen und Schüler wieder halbwegs konzentriert arbeiteten. Er rückte ein Stück von seinem Schreibtisch und ließ einige Minuten verstreichen, in denen er still die über ihre Blätter gebeugten Köpfe anstarrte. Einer nach dem anderen seiner Schüler richtete sich vor ihm auf und blickte zurück. Als alle Augenpaare wieder auf ihn gerichtet waren, war der Moment gekommen, um im Stoff fortzufahren.

Ergänzen wir unser Dreieck um eine weitere Perspektive, den Umkreis. Jedes Dreieck besitzt neben dem Inkreis, der exakt ins Innere passt, auch einen Umkreis, der alle Punkte berührt. Den Mittelpunkt des

Umkreises ermitteln wir über die Seitenhalbierenden. Die Seitenhalbierende schneidet im rechten Winkel und jeweils in der Mitte eine der Seiten. Auch die Seitenhalbierende lässt sich elegant mit dem Zirkel konstruieren: Für die Seite a stechen wir mit dem Zirkel im Punkt B ein, stellen nach Augenmaß etwas mehr als die Hälfte der Seitenlänge ein und schlagen zwei Bögen. Dies wiederholen wir von Punkt C, mit dem unveränderten Maß, bis die Bögen sich schneiden. Die Schnittpunkte verbinden wir miteinander und erhalten die Seitenhalbierende. Dieses Prozedere wiederholen wir an den beiden anderen Seiten und stellen fest, dass sich auch die Seitenhalbierenden in einem Punkt treffen. Dies ist der Mittelpunkt für den Umkreis. Der Mittelpunkt des Umkreises kann innerhalb, aber auch außerhalb des Dreiecks liegen. Wir stechen mit dem Zirkel ein, greifen den Radius zu einem der Eckpunkte ab und schlagen den Kreis. Der Kreis wird alle Punkte (= Personen) berühren. Haben Sie das?

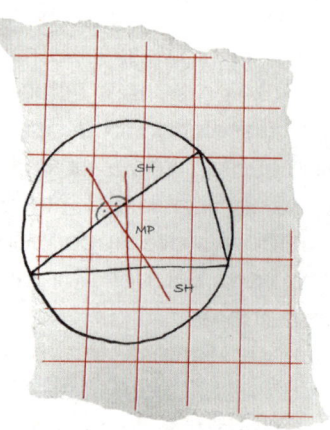

In der Mathematischen Kriminalistik stellt der Umkreis das nähere Umfeld eines Falles dar, da er alle beteiligten Personen (= Eckpunkte), ihre Beziehung zueinander (= Seitenlänge), ihre Verflechtung miteinander (= Winkelgröße) und das Motiv (= Inkreis) einschließt.

Voller Stolz betrachtete Martin sein Blatt. Es faszinierte ihn immer wieder aufs Neue, wie sich die willkürlich gesetzten Punkte zu Figuren ergänzten, sich die Linien in gemeinsamen Punkten trafen und sich die Kreise in und um das Dreieck schlossen. Was sagte die Nähe oder Entfernung der Kreismittelpunkte aus? Es gibt Dreiecke, da liegen sie übereinander. Bei anderen sind sie weit voneinander entfernt. Darüber musste er unbedingt weiter nachdenken.

Die Zeit war wie im Flug vergangen. Er hörte, wie Sandra in der Küche hantierte, wie sie mit dem Kater redete und ihm für später allerhand Leckereien versprach. Bevor sie ins Institut entschwand, erinnerte sie Martin nochmals daran, sich bei Sven Beck zu melden. Umgekehrt bat Martin, dass Sandra ihren Vater anrief.

„Das musst du aber auch Sven mitteilen, dass du einen Lockvogel bei de Vries einschleusen willst", versuchte sich Sandra nochmals aus ihrer Zusage zu winden.

„Jetzt übertreib mal nicht. Lockvogel! Ich möchte nur, dass dein Vater dort einmal anklopft, mehr nicht. Die reinen Geschäftszahlen und so weiter bekommt Sven von ganz alleine raus..."

„Sag es ihm einfach, Okay?" Sandra stand schon in Jacke und Fahrradhelm vor ihm.

„Ja, Okay, ich sag es ihm." Sie küssten sich und Sandra öffnete die Tür.

Romeo kam angeschossen und stürmte mit nach unten. „Wir müssen uns um ein Katzenklo kümmern", rief Sandra von der Treppe aus, „das geht sonst nicht mehr lange gut." Sie blickte nochmals zu Martin hinauf und lächelte. Kaum hatte sie die Haustür geöffnet, war der Kater irgendwo im Garten verschwunden.

9

Martin räumte das Geschirr in die Spülmaschine, wischte alle Arbeitsflächen, den Tisch, sogar den unbenutzten im Wohnzimmer, ab, zog den Staubsauger aus der Abstellkammer hervor und ging schließlich, mit Scheuermilch und Putzhandschuhen bewaffnet, im Badezimmer gegen die Kalkränder vor. Er brachte jede auffindbare Mülltüte nach unten, ordnete die Betten und ertappte sich dabei, wie er auf dem Balkon die angewehten, trocknen Blätter aufsammelte.

Schwaner wusste genau, was parallel im Polizeipräsidium, im K11, vor sich ging. Es war jetzt kurz nach acht Uhr, die morgendliche Besprechung wäre, wenn keine ungewöhnlichen Dinge auftraten, vor einigen Minuten zu Ende gegangen. Es wären noch nicht viele Fakten auf dem Tisch, einen Tag nach dem Auffinden der Leichen: Namen, Alter, Beruf, Todeszeitpunkt, Todesursache, erste Erkenntnisse der KTU. Zunächst würde es um die Frage Suizid oder Fremdverschulden gehen. Für Martin war es ganz klar, dass es sich um einen Anschlag, um Mord, handelte. Eine Dreiecksbeziehung höchstwahrscheinlich.

Vielleicht würde sich schon ein möglicher Tathintergrund zeigen: Einbruch, Diebstahl, Drohungen? Ansonsten dichter Nebel nach allen Seiten, ein riesiger Berg unbeantworteter Fragen und endlose Weiten dürrer Daten: Wo leben Verwandte, wie ist die wirtschaftliche Situation, das berufliche und das private Umfeld, und so weiter, und so weiter.

Es war so mühsam, das Leben fremder Menschen zu rekonstruieren, das wusste Schwaner nur zu gut. Über die Einstufung als Fall und die weiteren Ermittlungen würde am Ende die Staatsanwaltschaft entscheiden.

Martin gab sich einen Ruck und wählte Sven Becks Nummer. Normalerweise müsste er jetzt in seinem Büro sitzen und sich einen ersten Überblick verschaffen. Nach dem zweiten Klingeln nahm er ab.

„Martin? Gut'n Morg'n." Es klang, als würden sie täglich miteinander telefonieren.

„Heute Nacht war jemand nebenan im Haus." Schwaner war kein anderer Einstieg in das Gespräch eingefallen. So platzte er sofort mit der für ihn so bedeutenden Neuigkeit heraus.

„W'nn war jemand im Haus?"

„So gegen vier Uhr."

„Warum hast du nich ne Streife geruf'n?"

„Es war zu spät. Die Person verließ gerade das Grundstück.", log Martin.

„Konntest du jemand'n erkenn'n?" Beck hörte sich enttäuscht und gespannt zugleich an.

„Es war eine Frau. Es war ...", Schwaner stockte. Wenn er jetzt Frau de Jong nannte, musste er Sven erklären, woher er sie kannte. Dann käme sein Besuch dort heraus und er in größere Erklärungsnöte. „... auf alle Fälle eine Frau", ergänzte er. „Da bin ich mir absolut sicher."

„Aha! Kannst du sie näher beschreib'n?" Beck hatte die kleine Pause bemerkt. Er kannte seinen Ex-Partner einfach zu gut, als dass ihm nicht aufgefallen wäre, dass Martin etwas verschwieg.

„Also, sie war etwa einsfünfundsiebzig groß, kräftige Statur, nicht dick, kräftig, teure Kleidung, eine auffällige Frisur ..."

„Mmmhhh", brummte es auf der anderen Seite.

„Ach ja, fast hätte ich es vergessen, der Wagen, mit dem sie davonfuhr, hatte ein gelbes Nummernschild, ich denke, ein niederländisches Kennzeichen, wie bei de Vries." Mehr konnte Schwaner ihm jetzt nicht auf die Sprünge helfen.

„Gelbes Nummer'nschild", wiederholte Beck. Dann trat Schweigen ein. Beide schienen auf ein Wort des anderen zu warten.

„Was habt ihr?", fragte Schwaner.

„Nich' viel. Du kennst das ja. Wir steh'n noch ganz am Anfang." Beck wollte offensichtlich nicht auf diese Frage eingehen.

„Gibt es schon Hinweise?", blieb Martin hartnäckig.

„Welche Hinweise? Wir ermittel'n in alle Richtung'n."

„Vielleicht aus dem beruflichen Umfeld von de Vries. Habt ihr da schon mal nachgeschaut, was der so machte, woher das Geld kam ..."

„Martin", unterbrach ihn Beck, „wir tun unsere Arbeit. Das dauert, das weißt du. Wir ham' ja auch noch diese Messerstecherei."

„Ich kann helfen!", nutzte Martin die Gelegenheit und hörte sich an wie ein kleines Kind, dass bei den Erwachsenen mitspielen wollte.

„Du bist nich im Dienst ...", wehrte Beck sofort ab.

„Aber ich bin direkt vor Ort, ich habe alles entdeckt. Wenn ihr mir etwas früher geglaubt hättet ..." Martins Stimmlage änderte sich, wurde schrill und vorwurfsvoll.

„Martin, ich kann dich nich helf'n lass'n. Mal ganz abgeseh'n von all'n Vorschrift'n un Formalijen, Frau Doktor Thielacker würde mir en Kopf abreis'n."

„Sandra weiß Bescheid", übertrieb Martin spontan.

„Von was weiß Sandra Bescheid?" Jetzt hatte ihn Beck doch ertappt.

„Na von, von, von ... Dass ich die Frau gesehen habe ... Und was vorher so war ... Das habe ich ihr alles immer erzählt ... Was ich so denke.", verhedderte sich Schwaner immer mehr. „Ich könnte aus der zweiten Reihe ermitteln ...", versuchte Martin sich zu retten.

„Aus der zweit'n Reihe ermitt'ln", wiederholte Sven und lachte auf. „Warum hab' ich das Gefühl, dass du mehr weißt, als du sagst?"

„Ich? Nein! Wie kommst du darauf? Wurde im Haus etwas gestohlen?", lenkte Schwaner ab.

„Soweit wir feststell'n konnt'n, fehlt nichts. Der Schmuck der Frau lag ob'n in 'er Kommode, von ihm fünf sündhaft teure Uhr'n im Büro. In ner Kassette zudem mehrere Taus'nd Euro in bar. Alles da." Jetzt hatte ihm Beck doch ein paar Details verraten.

„Die Frau trug eine Mappe oder einen Ordner unterm Arm, als sie ging", revanchierte sich Martin.

„Das fällt dir aber früh ein!", Beck überlegte einen Augenblick. „Du musst deine Aussage zu Protokoll geb'n. Willst du herkomm'n?"

Schwaner war überrascht. Er hatte das Polizei-präsidium seit Monaten nicht betreten. Frau Dr. Heine hatte ihn auch einmal danach gefragt, ob er seine alten Kolleginnen und Kollegen manchmal besuche. „Nein!", war es aus ihm herausgeschossen. Damals war es für ihn unvorstellbar gewesen ...

„Den Weg kennste noch?", unterbrach Beck seine Erinnerungen.

„Ja gut, ich komme", sagte Martin zu und legte auf.

War ihm vor einigen Wochen der altbekannte Weg ins Präsidium wie voller Dornen und Hindernisse erschienen, das zahllose Grüßen der anderen ein Martyrium, die Gänge ein unaufhörliches Spießrutenlaufen und sein Büro eine Folterkammer, freute sich Martin heute auf den Besuch und das Wiedersehen. Die Einladung war so überraschend erfolgt, dass er gar keine Zeit für Bedenken hatte. Es mischte sich auch wirkliche Neugier darunter, während er sich rasierte, wusch, die Zähne putzte und etwas mehr Sorgfalt auf die Wahl seiner Kleidung legte. Schwaner betrachtete sich vorm Spiegel und war zufrieden. Vielleicht waren seine Ängste vor seinem alten Arbeitsplatz auch deshalb verschwunden, weil er hoffte, noch ein paar Informationen über de Vries aufschnappen zu können?

Martin eilte nach unten. Im Erdgeschoss, kurz vor der Haustür, traf er auf Miquel, der eben in sein Telefon schrie: „Yo brauche MITarbeiter, keine GEGENarbeiter, entiendes? Tú kannst immer nur GEGEN alles sein. Tú ..." Er wurde wohl von der Gegenseite unterbrochen und lauschte in den Apparat. „No, no, no! Tú sagst: Das geht nicht, das geht nicht und das geht nicht. Immer nur: geht nicht. Taparse los ojos", echauffierte sich Miquel weiter. Dabei grüßte er Martin mit der freien Hand und gab ihm ein Zeichen, kurz zu warten. Schwaner blieb stehen. Miquel verdrehte Kopf und Augen.

Das Gerede von der anderen Seite kommentierte er gegenüber Martin mit Grimassen, Scheibenwischer und mehrmaligem Vogelzeigen. „Yo hab alles gesagt. Estar hasta las narices. Tú brauchst nich mehr kommen. Ya está, adios." Miquel legte auf und strahlte Martin an.

„Hola Martin", Miquel hielt ihm die Faust hin, gegen die Schwaner seine eigene stupste. „Yo hab gehört, Nachbar ist tot?", fragte Miquel mit seinem spanischen Akzent, den er sehr pflegte. „Santa Maria, Santa Maria", er schlug ein Kreuz vor seiner Brust, „und tú hast gefunden?" Martin nickte nur. „Ist furchtbar so etwas, oder?" Martin nickte wieder und hob gleichzeitig die Schultern. Er wusste nicht, ob Miquel wusste, dass das Auffinden von Leichen einmal zu seinem Beruf gehörte. „Santa Maria", sagte Miquel nochmals. „Und, wie ist passiert? Hay gato escondido?", fragte er unvermittelt. „Wurden sie...?" Er führte den Satz nicht zu Ende, sondern deutete mit seiner rechten Hand einen Schnitt an der Kehle an.

„Nein, sie wurden nicht ermordet", antwortete Schwaner trocken. „Offensichtlich Selbstmord." „Beide", ergänzte er noch, als er in Miquels überraschtes Gesicht sah.

„Selbst...? Ambos?", Miquel staunte ihn an. „Yo kann gar nicht glauben. Quedarse de piedra. Sie waren letzte Woche noch bei mir im Lokal. Haben getrunken und gegessen, waren fröhlich und ..." Er brach ab und schüttelte den Kopf. „Martin, Yo hatte mit Juan gesprochen über mein Lokal, ob er Partner werden möchte. Yo hab Ideen, aber kein Geld, hab ihm gesagt. Juan war da, ein paar Mal, hat sich alles angeschaut, wir haben geredet, glaube, er wollte investieren. Yo bin sicher, er wollte das. Jetzt ist er ..."

„Um welche Summe ging es denn?", fragte Schwaner ohne Umschweife.

„Wir hatten noch nicht genau gesprochen. Etwa eine cuarto millón."

„Wau!", sagte Martin.

„Ja, sonar mucho, ist es aber nicht, nach dieser verrückten Zeit. Monatelang geschlossen, Masken, Trennwände und so weiter. Wir haben gut überstanden. Haben viele neue Gäste gewonnen über ‚para Ilevar', weißt du. Wir könnten vielleicht eröffnen eine zweites Lokal." Miquels Miene strahlte plötzlich. „Yo hab da was gefunden, wäre perfekt ..."

„Und de Vries wollte mit einsteigen?", Martin konnte sich de Vries nicht als Kompagnon eines Restaurants vorstellen, eher noch, dass er Miquel hinhielt und einige Besuche in dessen Lokal für umsonst mitnahm.

„Jaaa, war sehr interessiert", bestätigte Miquel inbrünstig.

„Und letzte Woche waren sie bei dir gewesen? Weißt du noch, an welchem Tag?" Schwaner wartete gespannt, während Miquel seine Finger zu Hilfe nahm.

„Das muss, das muss, das muss Donnerstag gewesen sein. Si, jueves! Abends spielte Barcelona und wir haben gehört in der Küche."

„Donnerstag? Bist du sicher?" Fast hätte Schwaner sein Gegenüber an den Schultern gepackt. „Wahrscheinlich sind sie in dieser Nacht gestorben."

„Was? An diese Abend? Nach Besuch bei uns?" Miquel schüttelte sich noch heftiger als eben, während seines Telefonats. „Niemals, Martin, nunca. Sie waren beide, wie soll sagen, sehr romantisch, an diesem Abend, verstehst du, was Yo will sagen. Juan sagte noch, er werden zu Hause eine schöne Flasche Wein aufmachen und dann..." Miquel zwinkerte Martin vulgär zu.

„Das hat er gesagt?", Martin konnte, Martin mochte es sich nicht vorstellen. „Und sie, war sie auch?"

„Und ob, Martin, und ob. Sie ist ihm um den Hals gefallen und hat gesagt, hat gesagt, er sei eine Schwere..., eine Schwere..."

„Schwerenöter?", Schwaners Bild von Frau de Vries zerbrach in tausend Einzelteile. Sie und dieser alte Mann! Das hatte er noch nie verstanden.

„Si, Schwerenöter. Eine alte Schwerenöter. Wir in Spanien sagen, sie hatte auch gefangen Feuer, prender fuego, sie wollte packen den Stier bei der Hörner." Miquel kam ein Stück näher. „Oder an dem Horn, hahaha." Er schlug Martin kumpelhaft gegen die Schulter.

Schwaner wurde es zu viel. Er redete sich mit einem dringenden Termin aus der Situation, versprach, demnächst mal wieder mit Sandra im „Tabla rasa" vorbeizuschauen und flüchtete ins Freie. Miquel folgte ihm auf dem Fuß, hatte aber schon wieder das Telefon am Ohr und bog zur Straße hinaus ab.

Martin schloss sein Fahrrad vor dem Polizeipräsidium an. Zum ersten Mal überlegte er dabei, wie dreist die Diebe sein mussten, die hier, vor den Augen der Polizei, Fahrräder stahlen. Aber das gab es und war schon mehr als einmal vorgekommen.

An der Pforte wurde Schwaner sofort erkannt und überschwänglich begrüßt.

„Nur zu Besuch, nur zu Besuch", wehrte Martin die zahlreichen Fragen ab. „Ich muss eine Aussage machen. Ich bin Gast, sozusagen."

„Na, dann geh mal nach oben, du kennst ja den Weg." Die Schranke vor ihm öffnete sich und Schwaner passierte. Jeder andere Besucher hätte vorne warten müssen, bis er von einer Beamtin oder einem Beamten abgeholt wurde. Martin durfte sich ohne Begleitung in den Gängen bewegen und ging nicht gleich nach oben, sondern nach hinten, zur KTU. Auf dem Weg hierher hatte er sich überlegt, es sei doch eine gute Gelegenheit, Frau Rudorf, der neuen Leiterin und Nachfolgerin von Günther, einen Besuch abzustatten. Er hatte Glück und traf sie in Messners altem Büro an. Nach einigen Floskeln lenkte Schwaner das Gespräch in eine andere Richtung.

„Ich bin nicht ganz privat hier. Ich bin Zeuge in einem Fall und soll eine Aussage machen", erklärte Martin naiv und wie ein Unschuldslamm, das noch nie mit Ermittlungen der Polizei zu tun hatte. „Mein erstes Mal", ergänzte er mit einem gestellten Lächeln.

„Es wird schon nicht so schlimm werden", beruhigte ihn Frau Rudorf. „Sie kennen das ja."

„Ich bin Martin, sag doch Du, unter Kollegen, wenn auch nicht ganz ..."

„Sonya, mit y", strahlte Sonya Martin an und beide gaben sich die Hand.

„Darf man das auch wieder?", scherzte Martin, als sich ihre Hände lösten.

„Meine sind von morgens bis abends desinfiziert oder in Handschuhen. Also, keine Angst", scherzte Sonya.

„Meine liegen den ganzen Tag im Schoß. Da kann auch nichts passieren." Beide lachten.

„Ich habe gehört, du wohnst neben der Villa und hast die Toten entdeckt."

„Ja, stimmt. So ein Zufall, nicht?"

„Und du hattest im Vorfeld schon etwas gesehen, habe ich im Protokoll gelesen."

„Ja, die berühmten Spuren im Schnee, die jemand beseitigte. Konntet ihr denn irgendein Gerät oder so etwas im Keller finden?"

„Nein, nichts. Also nichts Auffälliges. Die Gartengeräte befinden sich alle in einem extra Schuppen hinter der Garage. Sie scheinen seit Monaten unbenutzt zu sein."

„Ihr habt das geprüft?"

„Ja. Sven hatte uns extra darum gebeten."

Martin nahm diesen Satz teils überrascht, teils mit Wohlwollen zur Kenntnis. Auf seinen Ex-Partner konnte er zählen.

„Und habt ihr euch auch den Teppich angesehen? Der war auch bearbeitet worden."

„Also dazu war es zu spät. Als diese Information zu uns kam, waren die Streifenpolizisten, der Notarzt, wir selbst, die Kollegen vom K11, die Bestatter und wer weiß wer drübergerannt. Tut mir leid, da war nichts mehr zu erkennen." Sonya hob die Schultern.

„Ich habe ein Foto gemacht. Kann ich dir das einmal schicken?"

„Na klar. Schick rüber. Ich schau, was ich tun kann. Erhoff dir aber nicht zu viel, ein Foto ist eben nur ein Foto."

„Habt ihr vielleicht sonst noch etwas ...?"

„Warum überrascht es mich nich, dich hier zu treff'n? Protokolle wer'n ob'n aufgenomm'n. Das war schon immer so." Martin fühlte sich fast wie im Dienst, als Sven Beck plötzlich hinter ihm im Büro stand.

„Tag Sven, ich wollte nur der neuen Kollegin einmal Hallo sagen", entgegnete Martin abgebrüht. „Man muss sich ja mal kennenlernen, oder nicht?" Schwaner lächelte Sonya verschwörerisch an.

„Ja, genau. Hat mich sehr gefreut", sprang sie ihm gleich bei und lächelte zurück.

„So so, nur kenn'nlern'n, das kannst du deiner Großmutter erzähl'n", Beck wirkte gehetzt und angespannt. „Geh doch bitte hoch zu Anne. Sie wird alles aufnehm'n."

„Ist denn was passiert?", fragte Sonya nach.

„Es war jemand im Haus, heute Nacht. Ich habe sie gesehen", antwortete Martin vor Beck.

„Eine Sie?", horchte Frau Rudorf gleich auf. „Das passt ja!"

„Was passt da?", kam nun Beck Schwaner zuvor, dem die gleiche Frage auf der Zunge lag.

„Na, Gift und eine Frau. Gift ist nach wie vor die weibliche Art zu töten. Fast drei Viertel aller Giftmorde werden von Frauen verübt ..."

„Wer redet hier von Mord?", schnitt ihr Beck das Wort ab.

„Habt ihr denn schon etwas zum Gift?", hakte Schwaner gleich ein.

„Ja und nein. Es gibt ..." Wieder wurde Sonya von Beck unterbrochen.

„Stopp, stopp, stopp. Martin, du gehst jetzt bitte nach ob'n und machst deine Aussage. Du bist Zeuge, mehr nich. Wir müss'n uns schon an die Spielreg'ln halt'n. Du kennst das doch, oder? Das hier is erste Reihe, nich zweite. Als Zeuge haste hier nix verlor'n."

Beck schob Martin zur Tür hinaus. Schwaner blieb allerdings davor stehen und lauschte.

„Also, was ham wa zum Gift?", hörte er Beck drinnen fragen.

„Nichts Synthetisches, das kann ich schon mal sagen. Wahrscheinlich pflanzlich. Da ich noch keinen Obduktionsbericht habe und daher die Wirkung nicht kenne, müssen wir hier noch warten. Aber etwas anderes ist auffällig."

„Mmmh?", brummte Sven.

„Die Dosierung in den Gläsern ist völlig unterschiedlich. Im Glas, das vor ihm stand, war eine fast dreimal so hohe Menge Gift wie bei ihr. Oder umgekehrt, der Weinanteil entsprechend geringer."

„Ja und? Er wollte auf Nummer sicher geh'n", schloss Beck.

„Das wäre nachvollziehbar, wenn das Gift in die Gläser gegeben worden wäre. Für ihn eine stärkere Dosis, da er über die größere Physis verfügt. Für sie eine geringere Menge. Aber das Gift ist auch in der Flasche, verstehst du?"

Sven Beck brummte wieder etwas vor sich hin, ging ein paar Mal auf und ab, blieb an der Tür stehen und riss sie auf. Er tat einen Schritt nach draußen. Der Flur war leer. Vorne schloss sich gerade die Tür zum Treppenhaus.

Schwaner klopfte an die Tür und wurde hereingebeten. Anne sprang auf, flog ihm entgegen und umarmte ihn. Wie angewurzelt blieb Martin stehen. Mit solch einer Begrüßung hatte er nicht gerechnet. Er hatte eher erwartet, dass sich Anne distanziert gab, wie sie es in den letzten Wochen seines aktiven

Dienstes hier gewesen war. Jetzt stand sie vor ihm und musste sich sogar ein paar Tränen wegwischen. Schwaner brachte kein Wort heraus.

„Martin", sagte Anne nochmals, „ich bin so froh, dass du da bist. Ich hatte Sven gebeten, dass ich mich mit dir unterhalte."

„Sehr gern", antwortete Schwaner, der noch immer völlig überrumpelt war.

„Setz dich doch. Möchtest du etwas? Kaffee? Wasser?"

„Ein Glas Wasser wäre nett", antwortete Martin, zog seine Jacke aus und setzte sich. Er schaute sich um, während Anne kurz nach draußen verschwunden war. Das Büro erschien ihm noch steriler als in seiner Erinnerung. Anne Wiegand war schon immer eine Ordnungsfanatikerin gewesen, nach Dienstschluss ihr Schreibtisch immer picobello aufgeräumt. Früher standen noch ein, zwei persönliche Dinge neben dem Bildschirm, ein Maskottchen, ein Bilderrahmen. Alles weg. „Vielleicht ist das auch eine Methode, Abstand zu halten?", schoss es Schwaner durch den Kopf. Sein Büro war früher auch strukturiert und organisiert gewesen, aber bei Weitem nicht so clean wie dieses hier.

„Sorry, Jaqueline hat mich aufgehalten." Anne stellte die Gläser ab. „Schöne Grüße."

„Danke, zurück. Oder vielleicht kann ich ihm, pardon, ihr das später selbst sagen."

„Du kennst die Geschichte?" Anne schien wenig überrascht. „Eigentlich sollte das gar kein Thema sein, aber du kannst dir nicht vorstellen, was hier los war. Ich kann sehr gut nachvollziehen, dass Menschen, denen es so geht wie Jaqueline, dies als eine massive Diskriminierung empfinden. Dieses ständige Gerede, diese Blicke, diese peinlichen Witze hinter vorgehaltener Hand, manchmal auch nicht ..." Anne brach ab. „Jetzt tue ich genau das Gleiche."

„Anne hat sich verändert, sehr sogar", dachte Schwaner. Ein völlig anderer Mensch wäre übertrieben, doch ihr Auftreten, ihr Tonfall und die Souveränität, mit der sie das Gespräch führte, waren neu und beeindruckten Martin.

„Aber ich wollte gar nicht über Jaqueline sprechen, ich wollte über dich und mich sprechen." Anne legte eine Pause ein, bei der sie Martin direkt in die Augen sah. „Es tut mir sehr leid, dass ich mich nicht bei dir gemeldet habe. Auch dass ich damals so teilnahmslos schien." Martin wollte sie mit einer Geste unterbrechen, die sagte, es sei alles in Ordnung und sie müsse sich darüber keine Gedanken machen. „Nein, lass mich ausreden. Weißt du Martin, ich hatte zu der Zeit selbst viele Probleme. Du hast das nicht mitbekommen. Ich habe auch nicht darüber gesprochen, was ein Fehler war, wie ich heute weiß. Ich habe damals ein Kind verloren und darüber ist auch die Beziehung zu meinem damaligen Freund zerbrochen. Ich hatte so viel mit mir selbst zu tun, dass ich, als ich sah, wie es dir ging, mich nur noch abschotten konnte. Für mich war das einfach zu viel. Ich musste erst einmal selbst klarkommen. Und später, als du wiederkamst, da war ich immer noch nicht so weit. Ich habe mich geschämt, warum auch immer. Ihr hattet auf mich ja auch keine Rücksicht genommen, was ich dir nicht vorwerfe, bitte versteh mich nicht falsch. Du konntest das alles ja gar nicht wissen. Obwohl wir täglich hier fast den ganzen Tag zusammen waren, war ich irgendwie Luft für dich."

Martin fiel aus allen Wolken. Es war nicht der, trotz allem, unverblümte Vorwurf Annes, sondern sie hatte mit allem, was sie sagte, recht, das war ihm schlagartig klar. Sie war für ihn immer eine Art Kumpel gewesen, manchmal sogar weniger als das. Sie war jeden Tag im Büro, wie auch sein Stuhl, der Tisch und sein PC im Büro gewesen waren. Obwohl er mehr Stunden am Tag mit Anne verbrachte als mit Sandra, war Anne ihm immer fremd geblieben. Nicht fremd im Sinne gewisser Eigenheiten, wie zum Beispiel ihr Ordnungsfimmel, sondern fremd, weil er sich überhaupt nicht in sie hineinversetzte. Nicht einmal hatte er sich wirklich nach ihrem Wohlbefinden erkundigt, es sei denn, sie hustete, nieste oder zeigte andere, offensichtliche Merkmale einer Erkrankung.

„Das wusste ich nicht", antwortete Martin nach einer Weile, in der er die Perlen in seinem Wasserglas beobachtete. „Es tut mir sehr leid, dass ich das damals nicht wahrgenommen habe, dass ich mich nicht..." Jetzt war es Anne, die Martin unterbrechen wollte. „Nein, ich meine das im Ernst. Vieles sehe ich heute anders oder erkenne, wie ich mich, wie soll ich sagen, in diese Kapsel begeben habe, in der es nur noch mich gab, mich und und und..." Martin kämpfte wirklich mit dem Wort, „Aylan", kam es ihm endlich über die Lippen. „Ich war taub für alles andere und bin es heute manchmal noch. Es ist wie eine Glocke, die mich plötzlich umgibt, in der ich gefangen bin, aus der ich ..." Martin brach ab. „Jetzt rede ich schon wieder von mir", Schwaner schaute Anne in die Augen, „entschuldige bitte."

Anne schossen die Tränen in die Augen. Sie kam hinter dem Schreibtisch vor und auch Martin stand auf. Langsam schlossen sie sich in die Arme und blieben so eine gefühlte Unendlichkeit stehen. Anne schniefte und tupfte sich mit dem Handballen die Tränen ab, als sie wieder einen Schritt zurücktrat. Sie lächelte Martin an und er nickte mit glänzenden Augen zurück. Noch einmal umarmten sie sich kurz, ehe es „an die Arbeit" ging, wie Anne sagte. Sie nahm Schwaners Aussage auf, fragte hin und wieder nach, auch nach anderen Begebenheiten der Vortage, die nicht für das Protokoll bestimmt waren. Martin war nahe dran, Anne von dem Schlüssel zu erzählen, und kämpfte mit sich. Er hatte es eben so dargestellt, dass die nächtliche Besucherin den Schlüssel bei sich hatte und wieder mitnahm. Wenn er gestand, dass sich der Schlüssel in seinem Besitz befand, musste ihn Anne einfordern und er käme nicht mehr ins Haus. Nach ihrer Aussprache eben kam es Martin wie ein erster kleiner Verrat vor, es Anne nicht zu sagen.

„Weißt du, was seltsam ist", begann Schwaner, während er das Blatt mit seiner Aussage überflog, „seit das nebenan geschehen ist, oder sagen wir, seitdem ich mir Gedanken über de Vries, seine Frau und so weiter mache – ich möchte nicht sagen, dass ich ermittle – aber ich beschäftige mich damit, oder es beschäftigt mich, ganz wie du willst – seit diesem Tag habe ich keinen Albtraum mehr gehabt. Komisch, nicht?" Schwaner setzte seine Unterschrift auf das Papier. „Das, was mich krank machte, ist heute wie eine Medizin für mich."

Martin klopfte nochmals nebenan bei Beck an, ehe er das Präsidium wieder verließ. Der saß vor seinem PC und grübelte. Schwaner erkannte sein Schema auf dem Bildschirm und freute sich, dass Beck damit arbeitete. Sven sagte, dass es ihm helfe, seinen Kopf frei zu halten, und er gute Erfahrungen damit gemacht habe. Er fragte, ob Schwaner das seinen künftigen Studenten beibringen werde?
„Ich hab da was Neues, an dem ich arbeite. Kann ich noch nicht verraten. Befindet sich noch in der Testphase", tat Schwaner geheimnisvoll. „Wenn es so weit ist, zeig ich es dir einmal."
„Fast hätte ich es vergessen", Martin hatte sich bereits verabschiedet, drehte sich in der Tür nochmals zu Beck um, „du solltest dich einmal mit meinem Nachbarn, Miquel Gonzales, unterhalten. Er ist wahrscheinlich derjenige, der die Toten als Letzter lebend sah." Schwaner schlüpfte hinaus, hörte aber dennoch Beck, der ihm hinterherrief: „Du bist nur Zeuge, Martin, hörst du? Halt dich da raus!"

10

Martin wollte eben sein Fahrrad aufschließen, als sein Telefon klingelte. „Peter Thielacker" leuchtete im Display, Sandras Vater. Martin war einer der wenigen Menschen, die seine direkte Handynummer besaßen.

„Peter, hallo", nahm Schwaner das Gespräch an.

„Grüß dich, Martin, ich hoffe, es geht dir gut?" Das war eine rhetorische Frage, auf die Peter keine wirkliche Antwort erwartete.

„Geht schon, geht schon", sagte Schwaner.

„Sandra bat mich, dich anzurufen. Sie sagte mir, dass euer Nachbar, dieser de Vries, gestorben wäre und du wolltest etwas über ihn wissen?" Es war die typisch direkte Art von Sandras Vater.

„Ja, ich war in seinem Büro und wollte etwas über die Geschäfte von de Vries erfahren. Mir gab man allerdings keine Auskünfte. Ich wirkte wohl zu uninteressant für deren Investments. Da dachte ich..."

„Ich kann mich zufälligerweise an diesen Holländer erinnern, eigentlich nicht an ihn, sondern an seine Mitarbeiterin oder Geschäftspartnerin."

„Ach!", Martin ließ sein Fahrrad stehen und suchte nach einem ruhigeren Platz, abseits der vielbefahrenen Kreuzung.

„Ja, das muss letztes Jahr gewesen sein, um die Zeit, als die Banken mit ihren Negativzinsen anfingen. Die Dame war sehr hartnäckig und hat es schließlich geschafft, zu mir durchgestellt zu werden."

„Aha!" Schwaner war gespannt.

„Es ging um eine private Vermögensverwaltung, wenn ich mich richtig erinnere. Es war ein Modell in Form einer Genossenschaft, in das sich die Anleger, ich glaube mit mindestens zehn Millionen, einkaufen sollten. Damit wurdest du Mitglied. Du konntest auch mehr Anteile erwerben. Sitz der Genossenschaft war in den Niederlanden, Amsterdam, glaube ich. Ziel der Genossenschaft, das Vermögen der Mitglieder zu erhöhen, was die Dame mit unglaublichen acht bis zehn Prozent pro Jahr versprach ...“

„Acht bis zehn Prozent ...“, sprach Martin lapidar nach, bis ihm die tatsächliche Dimension dieser Aussage klar wurde. „Das heißt, man würde jedes Jahr eine Million dazubekommen?!“

„Ja! Und das zu einer Zeit, als der Markt mit Geld überflutet war und du nirgendwo auch nur ein Zehntelprozent Rendite bekamst, im Gegenteil. Ich wollte natürlich mehr darüber wissen, wie sie das Geld anlegen, wo und vor allem worin. Ich habe Sandra ja versprochen, aber das weißt du ja ...“

„Und? Was hat dir Frau de Jong geantwortet?“

„De Jong, genau, so hieß die Dame. Sie hat mir nicht geantwortet, zumindest nicht konkret. Erst wenn ich der Genossenschaft beigetreten wäre, könnte sie mir das offenlegen. Es seien alles nachhaltige und seriöse Anlagen, das könne sie mir versichern, mit garantiert hoher Rendite und außerhalb der Beobachtung durch die BaFin.“

„Ach? Wie das?“

„Das weiß ich nicht. Diesen Punkt hatte sie allerdings mehrfach betont, als sei das schon ein Grund, einzusteigen. Ich habe ihr erklärt, dass mir die Kontrolle durch die Finanzaufsicht wichtig wäre, um Sicherheit zu haben. Sie antwortete darauf, das weiß ich noch genau, dass sie Sicherheiten garantieren könnten, die weit über die der BaFin hinausgingen. Deren Versagen hätte sich ja gerade in jüngster Zeit gezeigt."

„Und? Hat sie dir Näheres dazu verraten?"

„Nein. Auch hier verwies sie auf den zunächst erforderlichen Beitritt zur Genossenschaft, dann könne und werde sie mir alles erläutern." Peter Thielacker wurde auf der anderen Seite unterbrochen und sprach wohl mit seiner Sekretärin. „Martin, bis du noch da?"

„Ja, ich bin noch da."

„Entschuldige bitte, ich bin etwas unter Zeitdruck. Wenn es dir hilft, kann ich dort gerne nochmals anrufen lassen? Ich glaube allerdings, dass die Dame damals eine Liste abarbeitete, auf der vermögende Menschen aufgeführt waren. Auf irgendeiner dieser Dinger tauche ich leider auch auf. Als ich ihr sagte, dass ich unter diesen Umständen kein Interesse hätte, legte sie, das weiß ich noch, mit einem „Dann eben nicht" auf. Sie schien genügend andere Namen zu haben oder wollte zumindest den Eindruck erwecken, dass dem so ist. Soll ich da nochmals etwas unternehmen?"

„Nein, danke Peter, nicht nötig. Du hast mir schon sehr geholfen Den Rest finde ich alleine raus."

„Gut. Ich muss auflegen. Ach so, bist du wieder im Dienst? Musst du mir bei Gelegenheit erzählen. Und wie das hier ausgegangen ist. Bis bald." Das Gespräch war beendet.

Martin beschloss, nicht direkt nach Hause zu fahren. Er brauchte etwas Zeit und eine andere Umgebung. Neben der Aussprache mit Anne beschäftigten ihn die verschiedenen Fakten, die er einsammeln und aufschnappen konnte. Er musste das alles erst einmal sortieren. Er rollte ziellos durch die Straßen des Nordends, ehe er am Friedberger Platz anhielt und sich vor ein kleines, offensichtlich neues Café dort setzte. „Zwischenraum" hieß es und das traf Martins augenblickliche Verfassung recht gut. Er fühlte sich zwischen allen Stühlen und Personen. Warum tat er das alles? Warum beschäftigten ihn die Ereignisse so sehr? De Vries konnte ihm doch gleichgültig sein. Sven, Anne, Jacqueline, Sonya Rudorf und alle anderen würden ihre Arbeit erledigen – und es war letztlich deren Aufgabe, die Sache aufzuklären. So oder so. War der Grund, was er Anne gegenüber behauptete, dass er sich gut fühlte und die Recherchen seine Ängste bannten? Eigentlich war ihm dieser Gedanke erst in diesem Moment, während seines Gesprächs mit Anne, gekommen. Aber es stimmte, er fühlte, dass es stimmte.

Ferner quälte Martin ein schlechtes Gewissen. Er baute mehr und mehr Geheimnisse um sich herum auf. Anne sagte er nichts vom Schlüssel, Sven belog er bezüglich Frau de Jong und Sandra gegenüber verbarg er seine fortlaufende Schnüffelei, seine angeblich mit Sven abgesprochenen Ermittlungen aus der zweiten Reihe, sein Pilotprojekt. Er verstrickte sich mehr und mehr in Lügen und Flunkereien. Wenigstens Sandra gegenüber musste er offen und ehrlich bleiben. Er musste ihr sagen, was er Anne gesagt hatte und was ihm ein gutes Gefühl bescherte: Seit er sich den Kopf über ihre Nachbarn zerbrach, ging es ihm besser. Sandra würde es vor allem auf die Nachbarin zurückführen.

Nur wenige Menschen saßen draußen vor dem „Zwischenraum". Es war ein grauer, nasskalter Tag. Gelegentlich traten ein paar Gäste vor die Tür, rauchten, bibberten und verschwanden schnellstmöglich wieder nach drinnen. Martin machte die Kälte, die Frische, wie er gesagt hätte, nichts aus. Er war tief in Gedanken versunken: „Zehn Millionen! Da hätte schon ein Anleger genügt. Wenn de Vries dessen Kapital veruntreut haben sollte, wäre ein Motiv vorhanden. Es wurden schon Menschen für deutlich weniger umgebracht. Andererseits würde ein geprellter Genosse alles versuchen, um wieder an sein Geld zu kommen. Es sind ja beachtliche Werte vorhanden: das Haus, die Luxuskarossen, Schmuck und was noch alles. Ein Geschäftsmann oder -frau würde eher den juristischen Weg beschreiten und hätte de Vries verklagt. Wenn Frau de Jong allerdings einmal den Falschen kontaktiert hatte? Jemanden, dessen seriöses Auftreten nur Fassade war? Irgendwelche russischen Oligarchen oder Mitglieder eines arabischen Clans?
Alles Spekulation. Ich muss mehr über de Vries in Erfahrung bringen. Anne könnte mir helfen. Wird sie es tun? Ich sehe sie schon wieder so, wie ich sie damals gesehen habe, als nützliche Informationsbeschafferin. Mein Gott, ein Kind verloren, und ich habe dies alles überhaupt nicht

mitbekommen. Wie blind muss ich gewesen sein? Dieser Beruf stumpft einen ab.

Was meinte Frau Rudorf damit, dass auch Gift in der Flasche war? Ach so! Wenn es erst in den Gläsern beigemischt wurde, was die unterschiedliche Dosierung erklären könnte, hätte in der Flasche reiner Wein sein müssen. Das sich auch darin Gift befand, bedeutet, dass das Gift in der Flasche zugegeben wurde. Dann hätte allerdings die Konzentration in den Gläsern gleich sein müssen?"

Martin zeichnete mit seinem Kaffeelöffel geometrische Figuren vor sich auf die Tischplatte. „Wie muss ich mir das überhaupt vorstellen? Herr und Frau de Vries kommen, nach einem lustigen und ausschweifenden Abend, wie es Miquel beschrieb, nach Hause und beschließen, ihrem Leben ein Ende zu setzen. Er holt den Wein aus dem Keller, das Gift ist auch sofort zur Hand, sie kippen es in die Flasche, schenken aus und leeren die Gläser. Anschließend setzen sie sich wie zwei schlaffe Marionetten nebeneinander und dämmern davon?

Das passte doch alles nicht zusammen. Wer hat die Spuren auf dem Teppich und im Schnee verwischt? Und vor allem: Das war erst am Samstag. Laut Obduktion waren de Vries und seine Frau schon am Donnerstag in der Nacht zum Freitag verstorben. Es kam also jemand ins Haus, als beide schon tot waren. Der oder die wollte nicht, dass seine oder ihre Anwesenheit erkannt wurde. Hat diese Person die Leichen bewegt? Die Druckstellen an den Körpern sprechen dafür. Wozu?"

Martin hatte plötzlich das Gefühl, dass seine Schüler neben ihm an den Tischen saßen. „Nehmen wir mal an, es war ganz anders. Die beiden kommen wohlgelaunt nach Hause, sind angetrunken, erregt und aufgekratzt. Er, der Schwerenöter, holt den Wein, sie die Gläser. Sie treffen sich im Wohnzimmer. Einer von beiden macht Musik an, sie prosten sich zu, küssen sich, reiben sich aneinander ..." „Oh nö, bitte nicht. Möchte ich mir gar nicht vorstellen", hörte er Justin in seinem Kopf sagen. „Müssen wir uns so etwas vorstellen?", fragte Mark. „Ich finde auch, das geht jetzt zu weit", meldete sich Lena.

Schwaner versuchte sich zu konzentrieren und verscheuchte die Stimmen.

„Möchten sie im Wohnzimmer bleiben? Sie sagt, sie gehe schon mal nach oben? Vielleicht nimmt sie ihr Glas mit? Im Schlafzimmer schleudert sie ihre Schuhe von den Füßen, sie bleiben vor der Tür zum Ankleidezimmer liegen. Sie trinkt nochmals, hört von unten ein merkwürdiges Geräusch. Sie denkt, er käme gleich. Eben wollte sie noch ihr Kleid ausziehen, sich nackt oder fast nackt aufs Bett legen, da wird ihr plötzlich ganz anders. Ihr schwindelt, sie hat Herzrasen, Atemnot und plötzlich panische Angst. Sie ruft nach ihm, aber von unten kommt keine Antwort. Sie bricht zusammen."

„Ist alles in Ordnung?", vor Martin stand die Bedienung, die ihm seine beiden Cappuccini und das Wasser gebracht hatte. „Sie haben sich so merkwürdig bewegt und gestöhnt. Ist alles Okay?"

„Ja, ja. Danke. Entschuldigung. Ich war in Gedanken. Ich habe da gerade etwas durchgespielt ..."

„Es sah aus, als würden Sie jeden Moment vom Stuhl kippen. Ist wirklich alles in Ordnung? Wir haben auch Decken, wenn Ihnen kalt ist." Die junge Frau schaute Martin besorgt an.

„Danke. Es passt schon alles. Ich würde gerne zahlen."

„Das macht dann elf Euro sechzig. Ich wollte Sie aber jetzt nicht vertreiben."

„Nein, nein. Ist schon gut. Ich muss los, ich habe völlig die Zeit vergessen." Martin reichte ihr fünfzehn Euro hin und sagte: „Stimmt so." Plötzlich hatte er es sehr eilig, nach Hause zu kommen. Immer mehr Fragen türmten sich in seinem Kopf auf. Wenn es so gewesen war, wie er es sich eben vorgestellt hatte, musste er eine Sache schnellstmöglich finden: den Korken der Weinflasche.

Ohne darauf zu achten, ob er gesehen wurde oder nicht, betrat Schwaner das Grundstück von de Vries, eilte zur Terrasse, schloss die Tür zum Treppenhaus auf und stand im nächsten Augenblick im Foyer. Er dachte einen Moment nach. De Vries hatte unten den Wein geholt, kam die Stufen herauf und ging, Martin setzte seine Schritte so, als sei er sein toter Nachbar, in die Küche. Schwaner schaute sich um. Wo war hier ein Korkenzieher zu finden und wo hätte de Vries den Korken entsorgt? Martin öffnete mehrere Schubladen, bis er in der dritten das Gesuchte fand. Schwaner stand vor der Anrichte, den Korkenzieher in der Hand. Hier hätte de Vries die Flasche geöffnet, den Korken wieder abgedreht und in den …

„Martin?"

Schwaner fuhr herum und sah sich Jaqueline gegenüber, die soeben ihre Hand vom Halfter zurückzog.

„Was machst du hier und wie kommst du hier rein?"
Jaquelines Stimme war wirklich sehr unweiblich.

„Hast du mich erschreckt! Ich, äh, ich, ja, ich suche etwas...", druckste Schwaner herum. „Ich habe es auch gerade gefunden." Martin zeigte den Korkenzieher her.

„Lässt du das bitte dort liegen", Jaquelines Hand bewegte sich wieder Richtung Halfter. „Noch mal. Wie kommst du hier herein und was machst du hier?" Jaquelines Blick wurde ebenfalls ganz unweiblich. Sie stand da wie eine Katze, die sich im nächsten Augenblick auf die Maus stürzen wird.

„Ich, ich, ich...", Martin überlegte krampfhaft, wie er sich aus dieser Situation winden könnte. „Hinten war offen ...", versuchte er es halbherzig, „und ich wollte das Katzenklo mitnehmen. Weißt du, der Kater, Romeo, er ist uns zugelaufen und wohnt jetzt bei uns. Bisher ging alles gut mit seinen Geschäften, aber wer weiß, wie lange noch... Und da wollte ich das Katzenklo... es wird ja hier nicht mehr..."

„So? Interessant. Ich bin aber gar nicht hinten hereingekommen.", antwortete Jaqueline unberührt. Ihre Blicke durchbohrten ihn und seine Wortkaskaden prallten wie Wattebäusche an ihr ab.

„Gut, ich habe einen Schlüssel", gab Martin schließlich auf.

„Du hast was?" Das Geständnis lockerte die Haltung von Jaqueline kein bisschen. Sie fixierte nach wie vor jede Bewegung von Schwaner.

Martin übergoss Jaqueline mit einem neuen Redeschwall, in dem er ihr haarklein darlegte, wie er Frau de Jong beobachtet und dadurch herausgefunden hatte, wo sich der Schlüssel befand, mit dem er, verbotenerweise, das wüsste er natürlich, hier hereingekommen wäre.

„Ich rufe jetzt Sven an", entschied Jaqueline und hatte ihr Telefon schon in der Hand. Schwaner wollte es noch irgendwie verhindern, aber es fiel ihm nichts wirklich Glaubwürdiges mehr ein, was er hätte vorbringen können.

„Ja, hallo, ich bin's. Ich bin in der Wohnung von de Vries und wollte den gemeldeten Einbruch prüfen. Dabei bin ich auf Martin getroffen." Daran schlossen sich noch einige „Mhhh" und „Ja" an, schließlich hielt Jaqueline Schwaner das Telefon hin. „Er will dich sprechen."

„Martin, was machst du? Bist du von all'n gut'n Geistern verlass'n? Wie kannst du so einfach das Haus betret'n? Ist dir klar, wie das aussieht?" Beck schollt ihn wie einen ungehorsamen Buben aus.

„Ja, okay, war blöd. Gebe ich zu. Ich habe etwas gesucht, ich wollte etwas überprüfen."

„Du hast dort nichts zu überprüf'n. Kapierst du das nicht? Nicht nur, dass du nicht im aktiv'n Dienst bist, behinderst du unsere Arbeit und bringst dich selbst in Verdacht."

„Was soll denn das jetzt heißen?", fragte Martin giftig.

„Das soll heiß'n, dass es allmählich ein paar Zufälle zu viel sind. Ausgerechnet in dein'm Nachbarhaus wer'n zwei Leich'n gefund'n, du hast vorher schon alle möglich'n Dinge beobachtet, siehst, wie jemand nachts das Haus betritt, und dann stehst du selbst da." Becks Tonfall war immer gereizter geworden.

„Was willst du damit sagen?"

„Ich will damit noch gar nichts sag'n. Aber ander'n kommt es allmählich merkwürdig vor, dass immer wieder dein Name auftaucht."

„Wie? Das meinst du jetzt nicht im Ernst. Wieso? Warum sollte ich...?"

„Warum zünd'n Feuerwehrleute Häuser an? Warum bring'n Krankenpfleger ihre Patienten um? Das kann auch auf ehemalige Ermittler zutreff'n."

Wut und Zorn explodierten in Martin. Nicht nur, dass ihn seine Ex-Kollegen nicht ernst nahmen, sie verdächtigten ihn sogar. Sie glaubten, er habe das alles inszeniert oder etwas in dieser Art. Sie mussten ihn ja für völlig verrückt halten. Schwaner brachte keinen Ton mehr heraus. Voller Abscheu hielt er Jaqueline, die alles mitangehört hatte, das Telefon hin.

„Nein, ich bin's, Jacki. Mhh, ja. Alles klar. Ja, verstehe."

Jaqueline legte auf und wandte sich an Schwaner. „Bitte gib mir den Schlüssel. Ferner muss ich dich hiermit auffordern, das Gelände augenblicklich zu verlassen und das Grundstück nicht mehr zu betreten."

Schwaner legte stumm den Schlüssel auf den Mittelblock der Küche und folgte der Armbewegung Jaquelines, die ihn in Richtung Foyer dirigierten. Kurz vor der Haustür blieb er stehen und drehte sich um. „Tu mir bitte einen Gefallen, such nach dem Korken für die Weinflasche , falls er nicht schon in der KTU ist."

„Mach ich", antwortete Jaqueline knapp.

„Und sprich mit Miquel, Miquel Gonzales. Er wohnt..."

„Steht auf meiner Liste. Jetzt geh bitte."

An der Haustür drehte sich Martin nochmals um.

„Und wenn du das Katzenklo findest ..."

„... bring ich es dir rüber."

Es war bereits später Nachmittag, draußen verdunkelte sich der ohnehin trübe Tag zur Nacht, als Martin sein Arbeitszimmer betrat und den PC anschaltete. Nach seiner unerfreulichen Begegnung mit Jaqueline und dem schockierenden Telefonat mit Sven Beck war er so aufgewühlt, dass er nicht wusste wohin. Er rannte durch den Niddapark, mit glühendem Kopf und einem brennenden Klumpen im Bauch und versuchte sich zu beruhigen. Erst als Sandra anrief, er sich auf eine Bank setzte und sie eine halbe Stunde miteinander sprachen, ließ die Anspannung nach.

„Nein, natürlich hast du nichts getan und du stehst auch nicht unter Verdacht. Das wissen du, ich, Sven, Anne und alle anderen. Es könnte aber sein, falls sich ein Verbrechen herausstellen sollte, dass ein anderer, ein Verteidiger zum Beispiel, deine Beteiligung konstruieren würde, darum geht es doch." Sandra sprach ruhig, doch eindringlich.

„Woher willst du wissen, was Sven denkt?" Es kochte noch immer in Martin.

„Weil ich mit ihm gesprochen habe. Das solltest du auch einmal versuchen, als immer nur Geheimnisse mir dir rumzuschleppen." Sandra musste mehrere Anläufe nehmen, bis Martin endlich den Zusammenhang einsah. „Du kennst doch das Spiel vor Gericht und hast es erlebt. Die unglaublichsten Dinge werden von diesen Rechtsanwälten erfunden." Nach einer kurzen Pause fügte sie noch an: „Sei doch froh, dass du mit alledem nichts mehr zu tun hast. Kümmere dich um deine Klasse, deine Schüler."

Liebe Pythagoreer…, begann Martin die Ansprache an sein Auditorium. Auf dem Weg nach Hause hatte er sich die nächsten Schritte überlegt. Nach dem Dreieck im Allgemeinen müsste nun das rechtwinklige Dreieck folgen. Wenn er aber in diesem Tempo weitermachte, würde er Jahre brauchen, bis er die Funktionsweise der Mathematischen Kriminalistik auch nur ansatzweise vermittelt hätte. Er entschloss sich zu einem größeren Bogen, der das rechtwinklige Dreieck vorrangig in der Trigonometrie behandeln sollte. Einen Hinweis auf Pythagoras durfte er dennoch nicht weglassen.

Sie alle kennen sicher noch den Satz des Pythagoras, dass in einem rechtwinkligen Dreieck die Flächen über den Katheten gleich sind mit der Fläche über der Hypotenuse, kurz gesagt: $a^2 + b^2 = c^2$. Kopfnicken und Kopfschütteln reihum.

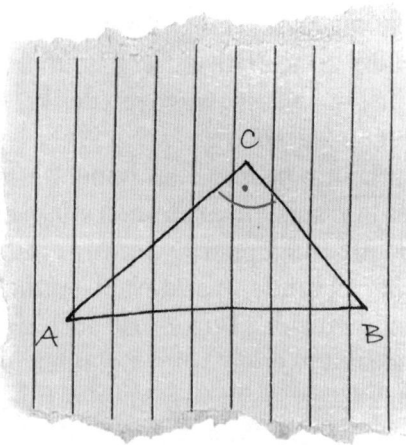

Dieser Satz ist richtig, stammt allerdings in Wirklichkeit gar nicht von dem berühmten Philosophen Pythagoras, sondern war bereits den Babyloniern, einige Hundert Jahre früher, bekannt. Wir wissen ferner, dass Pythagoras gar kein Mathematiker, sondern ein Mystiker war, der den geheimnisvollen Zauber der Zahlen verehrte, insbesondere den verwandter Zahlen. Martin schaute in die Runde. Was ist das, werden Sie sich fragen – oder auch nicht. Dabei blickte er in Brooklyns schläfrige Augen. Schon in der Frühzeit der Mathematik wurde entdeckt, dass bestimmte Zahlen engere Beziehungen zueinander haben als andere. Drei, vier, fünf zum Beispiel. Sie folgen nicht nur aufeinander, ihre Quadrate ergänzen sich: $3^2 + 4^2 = 5^2$.

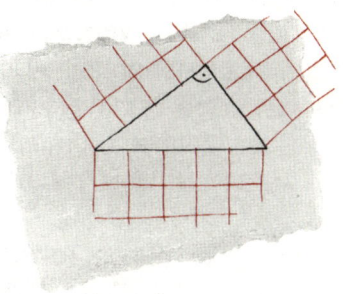

Oder nehmen wir die Eins. Die Eins war für die Pythagoreer das Grundelement schlechthin. Die Eins ordnete in ihren Augen das gesamte Universum und trennte gleichermaßen die Dinge voneinander. Dennoch brachte gerade die Eins die Pythagoreer in große Not. Warum? Schauen wir uns ein rechtwinkliges Dreieck an, dessen beide Katheten jeweils die Länge von Eins besitzen. Laut Pythagoras ist dann die Fläche über der Hypotenuse: $1^2 + 1^2 = 2$. Die Länge der Hypotenuse wäre damit die Wurzel aus 2. Für uns heute eine Selbstverständlichkeit, für die Pythagoreer ein Dilemma, da es in ihren Augen keine Zahl gab, die, mit sich selbst malgenommen, zwei ergibt. Sie akzeptierten dies einfach nicht, genauso wenig wie sie die Null akzeptierten. Es gab in ihrer Welt nur ganze Zahlen, durch die Eins geordnet, und es konnte nicht nichts geben.

Große Bedeutung bei den Pythagoreern besaß ebenfalls die Zahlenfolge 1, 2, 3, 4, die Tetraktys, die Vierheit, deren Quersumme gleich 10 ist. Nochmals vergewisserte sich Martin, ob ihm alle folgten. Die Zehn ist ein grundlegendes Element von jeher. Der Mensch besitzt zehn Finger, zehn Zehen, die in vielen Kulturen zum Rechnen, dem Fingerrechnen, verwendet wurden. Daher wurden viele Dinge in Mengen zu zehn Stück gehandelt. Aber aufgepasst! Das uns heute geläufige Dezimalsystem, mit seinen Positionen für Einer, Zehner, Hunderter, Tausender und so weiter, wurde erst viele Jahrhunderte später entwickelt.

Aber wir schweifen in die Welt der Zahlen ab, kommen wir zurück zu den rechtwinkligen Dreiecken. Diese Dreiecke besitzen, neben den Eigenschaften der allgemeinen Dreiecke, die wir bereits kennen, noch eine weitere Besonderheit: Ihre Seiten und Winkel stehen in einer noch engeren Beziehung zueinander, als dies bei den unbestimmten Dreiecken der Fall ist. Anders ausgedrückt, ist eine der Katheten sehr kurz, muss der ihr gegenüberliegende Winkel sehr spitz sein und umgekehrt. Ist sie sehr lang, öffnet sich der Winkel. Dies hat natürlich Auswirkungen auf die

Hypotenuse, sie verlängert oder verkürzt sich ebenfalls und wird somit durch den Winkel bestimmt. Zeichnen Sie es einmal auf, es ist offensichtlich.

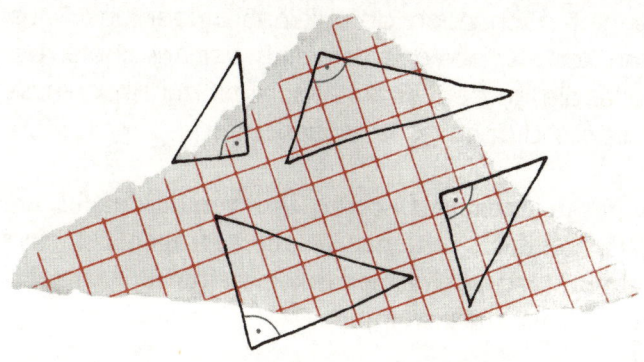

Martin ließ in seinen Gedanken den Schülern etwas Zeit, damit sie ihre Dreiecke zeichnen konnten. Anna wusste gar nicht, was von ihr erwartet wurde, und saß hilflos vor ihrem Blatt. „Einfach einige unterschiedliche, aber rechtwinklige Dreiecke zeichnen", zischte ihr Bill zu. Sie tat es, hatte aber den Sinn immer noch nicht verstanden.

Haben wir's? Sie sehen, wie sich Winkel und Hypotenuse verändern, wenn sich die Gegenkathete, die Seite, die dem Winkel gegenüberliegt, verändert. Je länger die Gegenkathete wird, desto kürzer wird die Hypotenuse, desto größer wird der Winkel. Diese Beziehung zueinander heißt, weiß es jemand? – selbst Mark schwieg, Martin wartete noch einen Moment – Sinus. Der Sinus eines Winkels ist das Verhältnis der Gegenkathete zur Hypotenuse. Wir können dies auch so ausdrücken:

$$Sinus = \frac{Gegenkathete}{Hypotenuse}$$

Es gibt auch noch den kleinen Bruder des Sinus, den Kosinus, der das Verhältnis der Ankathete, der Seite, die an den Winkel ANschließt, zur Hypotenuse darstellt. Ist doch ganz einfach, oder?

Acht Augenpaare blickten ihn verständnislos an. „Was soll das?" schienen sie alle zu fragen. Unbeirrt spann Martin seine Gedanken weiter. Er war jetzt völlig zur Ruhe gekommen.

Gut, so weit die Theorie. Versuchen wir, das in die Praxis umzusetzen. Die dargestellte Beziehung von Seiten und Winkel bedeutet umgekehrt, dass ich eine fehlende Größe sehr einfach bestimmen kann, sofern mir die anderen bekannt sind. Dies ist nun die Grundlage der Triangulation, oder nennen wir es einfach mal: der Landschaftsvermessung. Die größten Mathematiker ihrer Zeit haben durch die Landschaftsvermessung ihren Lebensunterhalt bestritten. Der berühmte Gauß verbrachte Jahre damit, die Größe des Königreichs Hannover zu bestimmen, die war nämlich selbst dem König unbekannt. Wie ging das? Gauß benötigte dazu jeweils markante Punkte und mindestens eine Entfernung zwischen ihnen. Danach konnte er die Winkel zu einem der Punkte messen und die fehlende Länge errechnen und so weiter und so weiter. Er überzog sozusagen das gesamte Königreich mit Dreiecken, die er addierte und damit die Fläche und die Entfernungen der Punkte exakt berechnete. Für die

Steuern, Grenzstreitigkeiten, aber auch das Reisen ein enormer Fortschritt, wodurch Gauß weiter gefördert wurde und er sich in Göttingen den wirklichen Problemen der Mathematik widmen konnte.

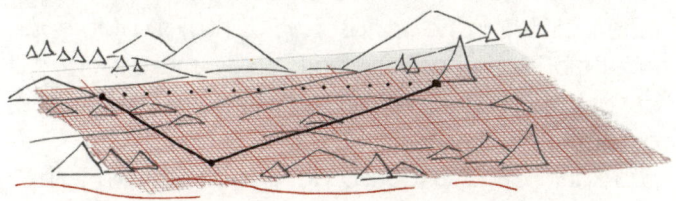

Was heißt das nun für uns Kriminalisten?

Stellen wir uns einen Fall mit mehreren, womöglich sogar vielen beteiligten Personen vor. Für uns Kriminalisten ist es oft schwierig, die genauen Verbindungen, Beziehungen, Verhältnisse der Beteiligten untereinander zu bestimmen. Wir betreten sozusagen unbekanntes Terrain. Noch schwieriger ist es, uns ein Bild – das meine ich jetzt wörtlich – von dem Beziehungsgeflecht zu erstellen. Wir sprachen bereits an anderer Stelle darüber.

Nun, wie gehen wir vor? Wir machen es wie Gauß und suchen uns die Personen aus, die in unseren Augen aus dem Geschehen herausragen, die Markantesten sozusagen. Im ersten Schritt versuchen wir, deren Beziehungen untereinander zu ermitteln, um uns daraus eine grobe Karte der Landschaft zu erstellen – genau wie Gauß das im Königreich Hannover betrieben hat, wir triangulieren. Es ist genau das, was uns in Kriminalfilmen an irgendwelchen Pinnwänden gezeigt wird, wobei dort die Personen oftmals in Reih und Glied angeordnet werden. Mein Vorschlag: Setzen Sie die Personen so, wie Ihnen das Terrain erscheint.

177

Einige ragen heraus, andere verschwinden im Tal, viele in der weiten Ebene. Stellen Sie die Beziehungen der Beteiligten untereinander durch Abstand und Winkel dar, betreiben Sie eine Aufstellung. Sie werden schnell feststellen, ob hier etwas nicht stimmt, wenn Ihnen eine falsche Landschaft, eine Fata Morgana oder ein Potemkinsches Dorf, vorgegaukelt wird. Mit etwas Übung brauchen Sie keine riesigen Trennwände, ein Blatt Papier genügt.

„Da kann ich ja genauso gut in den Sternen lesen", nörgelte Mark.

„Richtig!", griff Martin gleich den zynischen Zwischenruf auf. „Es ist wie in den Sternen lesen." Wissen Sie, wie die ersten Astronomen versuchten, den Lauf der Gestirne oder deren Entfernung untereinander zu bestimmen? Nein? Ja? Niemand reagierte. Sie taten genau das, was wir jetzt tun. Sie maßen die Winkel, wie sich Mars, Venus, Mond und Jupiter über den Himmel bewegten. Das taten sie so lange, bis der Kreis sich schloss, der Himmelskörper also wieder an seinem Ausgangspunkt angekommen war. Dadurch konnte man nun die Bahnen bestimmen – zunächst unter der Annahme, dass die Erde stillsteht. Und dadurch, dass man zwei oder mehrere Beobachtungspunkte auf der Erde wählte, deren Abstand zueinander bekannt waren, konnten Dreiecke konstruiert werden, die etwas über die Entfernung der Planeten verrieten. Natürlich war vieles anfänglich ungenau oder unter falschen Annahmen ermittelt. Aber das ist ja nicht schlimm. Mit der Zeit, durch mehr Wissen und genauere Beobachtung, näherte man sich der Wahrheit immer mehr an.

Es war still in Martins Kopf. Keiner sagte etwas. Schwaner wusste nicht, ob seine Schülerinnen und Schüler etwas begriffen hatten oder seine MK für völlig abwegig hielten.

„Zur Not gehen Sie zu einer Wahrsagerin, die wird Ihnen weiterhelfen", beendete Martin die Stunde, als sich partout niemand mehr meldete. Als letzten Satz, als alle schon hinausstürmten, rief er ihnen nach: „Das ist dann allerdings Astrologie und keine Astronomie mehr. Früher waren sie einmal eins. Nikolaus Kopernikus…" Sie hörten nicht mehr und waren verschwunden.

Trotz ihrem abrupten Ende war Martin mit seiner Unterrichtsstunde zufrieden. Sie waren ein gutes Stück vorangekommen. Ihm fiel noch ein, dass er die Ansprache seiner Klasse mit „Liebe Pythagoreer" nicht aufgelöst hatte. Er wollte eigentlich noch erklären, dass die Anhänger von Pythagoras mit einer Sekte vergleichbar waren, die an mehreren antiken Orten Schulen gründeten und ihre sehr strenge Lehre verbreiteten. Dabei waren, wie bereits erwähnt, die Zahlen, die Mathematik, nur Mittel zum Zweck, um das pythagoräische Weltbild zu erklären. Wenn er es sich genau überlegte, tat er nichts anderes.

Sandra rief an und wollte wissen, ob sie auf eine warme Mahlzeit hoffen dürfe. „Dazu bin ich jetzt gar nicht gekommen", entschuldigte sich Martin. „Was haben wir heute? Mittwoch? Lass uns zu Frau Müller in die Ginnheimer Höhe gehen. Oder zu …" Martin stockte.

„Wohin sonst?", fragte Sandra nach.

„Ich wollte eben Miquel sagen, ich habe ihn ..."

„Ja, gut. Treffen wir uns dort", unterbrach ihn Sandra. „Bis gleich!"

Martin hüpfte förmlich die Stufen hinunter. Woher die plötzliche Euphorie kam, konnte er sich selbst nicht erklären. War es sein Unterricht oder dass er sich sagte, sollen doch die im Präsidium schauen, wie sie zurechtkamen. Wenn sie seine Hilfe nicht wollten, dann eben nicht.

Als er aus dem Haus trat, stand das Katzenklo und ein angebrochener Beutel Streu vor der Tür. Martin lächelte und brachte alles nach oben. Das Katzenklo war leer und gereinigt. Wahrscheinlich hatte es Jacqueline untersucht, ob darin irgendetwas versteckt sein könnte. Martin musste erneut lächeln.

Kaum war er wieder unten, zeigte sich nebenan im Garten ein Schatten, der dort ums Haus schlich: Romeo. Augenblicklich hörte Martin die Stimme von Frau de Vries, wie sie Abend für Abend den Kater rief und ins Haus holte. Niemals hätte sie Romeo einfach zurückgelassen, das wurde Schwaner nochmals bewusst und zog ihn wieder in die Ereignisse hinein. „Wenn sie aus dem Leben hätte treten wollen, so hätte sie auf alle Fälle für den Kater gesorgt, ihn vielleicht sogar mitgenommen."

„Romeo! Romeo!", lockte Martin. Der kam mit lautem Mauzen durch den Zaun. „Na du Rumtreiber!" Schwaner kraulte den Kater hinter den Ohren und im Nacken, was mit einem tiefen Brummen akzeptiert wurde. Romeo warf sich sogar auf den Rücken und präsentierte seinen Bauch.

„Den Trick kenne ich", sagte Martin, der sich an Romeos Biss in seine Hand erinnerte, als der sich letztens so vor ihm gewunden hatte. Martin richtete sich auf und auch Romeo sprang auf die Pfoten. Schwaner brachte ihren neuen Mitbewohner nach oben, ließ ihn in die Wohnung und versprach, etwas Leckeres mitzubringen.

11

„Heute war Policia bei mir", begann Miquel, gleich nachdem er Sandra und Martin überschwänglich begrüßt hatte. „So eine komische, große Frau, größer als tú, mit dunkler Stimme." Miquel führte seine Nachbarn zu einem Tisch in der Ecke, seinem besten, wie er gleich sagte. „Siehst tú, hier haben sie gesessen, ser una y carne, noch letzte Woche, wie dir sagte ..." Sandra starrte Martin an und flüsterte ein „Also deshalb" vor sich hin. Miquel verschwand mit der Getränkebestellung und ehe Sandra noch etwas sagen konnte, kam ihr Martin zuvor: „Nein, deshalb wollte ich nicht hierher. Ich hatte nur daran gedacht, es kaum ausgesprochen, da sagtest du, wir treffen uns hier."

„Du hast es vorgeschlagen", blieb Sandra hart.

„Vorgeschlagen? Ich? Das stimmt nicht. Außerdem wusstest du ..."

„Was wusste ich?"

„Na, dass de Vries und seine Frau letzten Donnerstag hier waren. Du hast doch mit Sven gesprochen, oder nicht?"

„Martin, wir hatten über dich gesprochen, nicht über den Fall." Sandra legte eine Pause ein und starrte demonstrativ zur Decke. „Sind wir deshalb hierhergekommen? Hörst du immer noch nicht auf?" Und, nachdem sie von Miquel, der den Cava brachte, unterbrochen wurden: „Was muss denn noch passieren? Warum machst du es einem so schwer?"

Schwaner sah keine Schuld bei sich. Er habe nach ihrem Telefonat am Nachmittag tatsächlich beschlossen, die anderen machen zu lassen. „Ich schwöre, das ist die Wahrheit. Aber ..." Martin nahm Sandras Hand und erzählte von seinem Besuch im Präsidium und schließlich von seiner Begegnung mit Anne. Er wiederholte, was er ihr gesagt hatte, dass er sich in den letzten Tagen viel besser fühle, seine Ängste, wenn nicht verschwunden, so doch in den Hintergrund getreten seien. Schwaner erzählte auch, dass er schon mehrfach Abstand von allem habe nehmen wollen, wie ihn aber immer wieder Zufälle und plötzliche Situationen zurückholten.

„Zufälle? Zufälle sind das nicht. Du suchst doch danach", fiel ihm Sandra ins Wort und deutete mit der Hand auf ihren Tisch. „Hier hatten sie gesessen, Zufall?"

Martin packte beide Hände Sandras. „Ich bin mir sicher, hier liegt ein Mord vor, und irgendwie ist es meine Aufgabe, diesen aufzuklären, ob mit Sven oder eben alleine." Martins Augen beschworen Sandra, ihm zu glauben und zu vertrauen.

„Oder vielleicht mit mir gemeinsam?", warf Sandra plötzlich ein und überrumpelte Martin damit. Er hatte fest damit gerechnet, dass sie weiter versuchen würde, ihm alles auszureden, an seine Gesundheit und den Rat von Frau Dr. Heine erinnerte, sich von allem, was die alten Bilder heraufbeschwören könnte, fernzuhalten. „Wenn ich dich schon nicht davon abbringen kann, will ich wenigstens dabei sein." Sie prosteten sich zu.

Sie hatten Wein bestellt und warteten auf die ersten Tapas. Martin erzählte, was er vor der Tür von Frau Rudorf belauscht hatte. Sandra fügte an, dass dies mit den Ergebnissen der Obduktion übereinstimme.

Frau de Vries sei höchstwahrscheinlich nach ihrem Mann gestorben. Die Konzentration des Giftes, das einen Stillstand des Herzkreislaufes bewirkt hatte, sei bei ihr deutlich geringer gewesen.

„Sie hat wohl eine Stunde mit dem Tod gerungen", sagte Sandra in einem Ton, als sei Martin ein naher Verwandter von Frau de Vries. Der blieb völlig kühl.

„Ein Argument mehr, dass es kein gemeinsamer Freitod war. Wer würde denn so etwas machen?" Martin schaute auf die Weinflasche auf ihrem Tisch. „Wie kam das Gift in den Wein?", sprach er vor sich hin. Er habe Jacqueline gebeten, nach dem Korken zu suchen, erzählte er Sandra. Womöglich wäre an ihm etwas zu erkennen.

„Oder das Gift wurde in die bereits geöffnete Flasche gegeben?", versuchte Sandra eine Alternative.

„Aber wie soll das gehen?", fragte Martin etwas provokant zurück. „Sie machen zu Hause eine Flasche Wein auf, lassen diese dann stehen, kommen hierher zum Essen und in dieser Zeit..." Schwaner schüttelte den Kopf.

„Wusste nicht diese Mitarbeiterin, wo sich ein Schlüssel befindet?", blieb Sandra gelassen.

„Aber dazu hätte sie de Vries und seine Frau aus dem Haus locken müssen. Wie..." Martin rief nach Miquel. „Miquel, als letzte Woche de Vries hier war, waren sie da nur zu zweit oder war noch jemand am Tisch?"

„Oh, Santa Maria. Welch ein desgracia. No, waren nur die beiden, waren immer die beiden. Aber diese mal, sein Telefon hat immer wieder geläutet. Hatte Juan sonst nicht dabei. Sie war schon wütend auf Juan." Miquel nahm die leeren Sektgläser vom Tisch.

„Genau hier, hier haben sie gesessen", wiederholte er nochmals, faltete die Hände und legte einige Schweigesekunden ein. Auch Sandra gedachte der beiden Toten, während Martin Miquel von oben bis unten musterte. Dieses fortlaufende Gedenken und ewige Santa Maria wirkte auf ihn affektiert.

„Diese Frau will sich mit ihnen hier treffen, sagt später aber wieder ab. Damit kann sie ungestört ins Haus", kombinierte Sandra, kaum hatte sich Miquel, nicht ohne sich nochmals zu bekreuzigen, von ihrem Tisch entfernt.

„Mhhh", brummte Martin und drehte die Flasche auf dem Tisch. „Was wäre, wenn sie gar nicht zu Hause vergiftet wurden?", flüsterte Schwaner und blickte sich geheimnisvoll um.

„Du meinst ...? Hier? Du bist ja ...", erschrak Sandra und wusste nicht, ob er scherzte oder es ernst meinte.

„Warum nicht? Miquel erzählte mir, dass er de Vries wegen einer Viertelmillion angesprochen habe. Nehmen wir einmal an, de Vries hat Nein gesagt und Miquel war deshalb wütend auf ihn. Er will sie vielleicht gar nicht umbringen, sondern nur ... sagen wir ..., eine Übelkeit oder so etwas. Er vertut sich in der Menge. Sie sterben ... ja, vielleicht hier ..." Martin schwieg und lehnte sich zurück.

„Hör auf, du machst mir Angst" Sandra schob ihr Weinglas von sich fort. „Das ist ja gruselig." Nach einer Weile fragte sie: „Und wie sind die beiden wieder in ihr Haus gekommen?"

„Vielleicht hatte Miquel auch einmal beobachtet, wo ein Schlüssel versteckt ist?", ließ Schwaner nicht locker. „Er kann von seiner Wohnung ebenfalls in den Garten der Villa blicken."

„Und dann schleppt er sie alleine hier raus, in einen Wagen, welchen Wagen überhaupt? Seinen? Ihren? Die sind bestimmt nicht zu Fuß hierhergekommen. Und fährt sie nach Hause ...", Sandra brach ab.

„Vielleicht waren sie in diesem Moment noch nicht bewusstlos oder tot. Vielleicht begann das Gift gerade erst zu wirken. Beide können noch gehen. Miquel bietet seine Hilfe an, bringt sie, mit einem ihrer Wagen, in die Villa, wo de Vries oder seine Frau selbst aufschließen ... Das ist es! Da braucht Miquel gar keinen Schlüssel. Im Haus verschlimmert sich ihr Zustand, er stirbt unten, gleich nachdem sie das Haus betreten ..."

„Ach was. Miquel hätte den Notarzt gerufen. Da bin ich mir sicher ..."

„Hier im Lokal? Das wäre keine gute Werbung, wenn am Ende herauskommt, dass sich die beiden hier vergiftet haben ... Nein, nein, bestimmt nicht. Miquel ist in Panik. Er muss sie hier rausbringen, irgendwohin, wo sie unbeobachtet sind. Die Villa ist der ideale Platz. Vielleicht möchte dort Frau de Vries, die ja noch lebt, den Notarzt rufen, aber das verhindert er. Dann stirbt auch sie." Martins Gedanken überschlugen sich. „Er setzt sie irgendwie auf das Sofa, verwischt notdürftig seine Spuren, drapiert den Wein auf dem Tisch ..."

„Welchen Wein? Den von hier?", unterbrach ihn Sandra.

„Nein. Er nimmt sich in der Villa eine Flasche, öffnet sie, gießt etwas ab, schüttet in zwei Gläser das Gift, den Rest in die Flasche ..."

„Das scheint mir zu sehr durchdacht und geplant für eine spontane Situation nach einem Unfall, wie du es beschrieben hast". Sandra nahm etwas Brot.

Schwaner dachte einen kurzen Augenblick nach und strahlte plötzlich. „Nein, er arrangiert alles nachträglich am Samstag. Bis dahin hatte er Zeit, sich …"

„Wieso Samstag?", fragte Sandra.

„Samstagnacht oder Sonntagmorgen muss jemand im Haus gewesen sein. Günther und ich … Das ist jetzt unwichtig." Martin nahm einen kräftigen Schluck. Er war völlig euphorisch. „Bis Samstag konnte Miquel sich einen Plan ausdenken und umsetzen. Als er die Villa wieder verlässt, beseitigt er seine Spuren im Schnee. Er hat allen Grund dazu." Martin nickte zufrieden. Auch Sandra stimmte zu, wollte allerdings wissen, wie Miquel wieder ins Haus zurückkam. Als sie nebenan klingelte, war alles verschlossen. „Irgendwie muss Miquel dann doch einen Schlüssel …"

„Aber der steckte doch im Brunnen …"

„Einmal Calamares, einmal Cordero", trat Miquel lächelnd an den Tisch. „Ist alles in Ordnung?", fragte er, als er in die bangen Gesichter von Sandra und Martin schaute.

Martin und Sandra fuhren spät nach Hause. Sie hatten noch zwei Mal bestellt und in aller Ruhe die Flasche Rioja geleert. In der ganzen Zeit beobachteten sie Miquel, wie er durch das Lokal eilte, mit den Gästen scherzte, die offenbar neue Aushilfe hinter der Theke einwies und immer wieder an der Durchreiche zur Küche stehen blieb, seinen Kopf fast hindurchsteckte und etwas auf Spanisch hineinrief. Es war unter der Woche und nicht alle Tische besetzt. Die Gäste blieben allerdings lange, hielten sich nicht an ihrem Glas fest, sondern bestellten immer wieder neu, von Miquel ruhig und sachkundig beraten. Einige Besucher schienen Landsleute zu sein.

„Ich muss jetzt nach Hause", sagte Sandra und gähnte. Es war schon fast Mitternacht. Bis sie gezahlt, nochmals mit Miquel geplauscht, für Romeo einige Sardellen erbeten und das Restaurant verlassen hatten, war es zwanzig nach. „Vor zwei kommt er bestimmt nicht da raus", sagte Sandra, als sie ihr Fahrrad aufschloss. „Und während des Betriebs kann er unmöglich weg und jemanden nach Hause bringen. Nicht für fünf Minuten." Sandras Skepsis an Miquel als Täter war nach und nach gewachsen.

„Vielleicht waren sie seine letzten Gäste und Miquel hatte ihnen angeboten, sie mit nach Hause zu nehmen." Martin hatte sich völlig in seinen spontanen Einfall verbissen. Obwohl er einsah, dass sich vieles konstruiert und unwahrscheinlich anhörte, wollte er nicht von Miquel als möglichem Verdächtigen ablassen. „Oder de Vries hatte ihn auf ein letztes Glas bei sich eingeladen, einen Absacker. Dabei sagte er ihm, dass es nichts werde mit dem Geld. Und Miquel ..."

„... hat wie immer ein Fläschchen Gift in der Tasche, man weiß ja nie, ob man am Abend mal schnell jemanden um die Ecke bringen muss. Martin! Bitte!" Sandra schüttelte den Kopf, schwang sich aufs Rad und rief über die Schulter: „Komm! Romeo wartet." Martin blickte noch einmal ins Lokal hinein und resümierte für sich: „Irgendwie so könnte es gewesen sein. Ob hier oder bei de Vries zu Hause. Alles möglich." Er stieg auf und fuhr Sandra hinterher.

Am nächsten Morgen war Schwaner mit Sandra aufgestanden, so wie früher, als er ins Präsidium und sie ins Institut zur Arbeit gingen. Vom Kater war noch nichts zu sehen. In der Küche roch es nach Fisch. Eine halbe Sardelle lag noch im Schälchen, der kärgliche Rest des nächtlichen Festmahls. Martin war schon wieder am Spekulieren und lenkte, vor dem ersten Schluck Kaffee, das Gespräch auf ihre Theorie vom gestrigen Abend.

„Deine Theorie", verbesserte Sandra. „Für mich ist Miquel nicht verdächtig. Ich kann es mir auch nicht vorstellen", schloss sie über ihre Tasse hinweg. „Ich vermute den Grund für ihr Ableben eher in seinem beruflichen Umfeld. Wenn jemand zehn Millionen investieren muss, was sind da schon lächerliche zweihundertfünfzigtausend?"

„Warum dann aber sie? Was hatte seine Frau damit zu tun?", fragte Martin sofort zurück.

„Kollateralschaden", antwortete Sandra trocken und erschrak selbst über ihren mitleidlosen Ton. War sie insgeheim eifersüchtig? „Vielleicht wusste sie über die Geschäfte ihres Mannes aber auch mehr, als du ihr zutraust?", fügte sie fast entschuldigend hinzu.

„Ja, de Vries' Geschäfte. Darüber müsste man mehr erfahren." Als seien seine Wünsche erhört worden, klingelte Martins Telefon. „Oskar!", freute sich Schwaner und sprang auf. Für Willemer, wie immer gehetzt und nach seinem schweren Atmen zu urteilen, gerade mit dem Fahrrad auf dem Weg ins Büro, schien die frühmorgendliche Uhrzeit selbstverständlich für ein Telefonat. „Martin, hallo. Ich wollte mich nur kurz melden, wegen deiner Frage neulich. Da scheint ja allerhand dran zu sein."

„Konntest du schon etwas herausfinden?"

„Nein, noch nicht wirklich. Das Auffälligste an de Vries ist, wie unauffällig alles läuft. Das

Zweitauffälligste, das allgemeine Schweigen über ihn, das förmlich zum Himmel schreit."

„Wie meinst du das?" Martin lief vor dem Tisch auf und ab.

„Jeden, den ich gefragt habe – und ich habe mich wirklich umgehört –, hat es augenblicklich die Sprache verschlagen. Alle wissen etwas, aber keiner rückt mit etwas Konkretem raus. Das reizt mich natürlich umso mehr. Ich wollte dir nur sagen, ich bin dran und selbst gespannt, was da drinsteckt. Meine Nase sagt mir, dass hier etwas stinkt, und zwar gewaltig. Ich melde mich."

Oskar legte auf und Martin konnte zu Sandra hin nur den Kopf schütteln. Die brachte, offensichtlich verstimmt, ihre Tasse in die Küche und ging schweigend zur Garderobe.

„Was ist...?", fragte Martin verdutzt.

„Gibt es vielleicht sonst noch jemanden, den du in deine Ermittlungen aus der zweiten Reihe eingespannt hast?" Zornig griff sie ihre Jacke.

„Ich hatte Oskar wegen de Vries...", druckste Schwaner.

„Du kannst tun und lassen, was du willst. Nur deine Geheimniskrämerei geht mir auf die Nerven. Wenn du unbedingt alles alleine lösen möchtest, bitte."

Nur mit Mühe gelang es Martin, Sandra zu besänftigen. Es sei nie seine Absicht gewesen, etwas zu verheimlichen. Er hätte selbst gar nicht mehr an Oskar gedacht. Er habe ihn spontan vorgestern angerufen. Er hätte das nicht verschweigen wollen und weitere Ausflüchte ...

„Ich muss los", wand sich Sandra, nur halbwegs versöhnt, aus Martins Umarmung. Mit dem

Schlüsselklimpern schoss ein schwarzer Blitz aus dem Schlafzimmer und folgte ihr nach unten.

Martin tigerte in der Wohnung umher, schaute dabei immer wieder in den Garten nebenan, war ratlos und frustriert. Was hatten seine Spekulationen für einen Sinn, wenn es doch keinen interessierte. Sandra hatte ihn eben nochmals ermahnt, sich bei Sven zu melden und mit ihm zu reden. Aber was sollte er Beck sagen? „Habt ihr Miquel Gonzales schon überprüft?" Das würde sich anhören, als traue er seinem Ex-Partner die Ermittlungen nicht zu. Umgekehrt wusste Beck höchstwahrscheinlich nichts von der Viertelmillion. Das hatte Miquel ihm als Nachbarn und Freund erzählt, sicher nicht Jaqueline. Vielleicht wäre dies ein Angebot an Sven, dass er sich als Nachbar, privat sozusagen, umhören könnte.

Dennoch blieb Martin unentschlossen. In seiner Verzweiflung polierte er sogar das Ceranfeld des Herdes. Es nutzte alles nichts, er musste einen Spaziergang unternehmen, vorher war er zu keinem klaren Gedanken fähig. Er warf den Fischrest in den Biomüll. Dabei fiel ihm noch ein, dass er das Katzenklo inspizieren musste. Sie hatten es, nach einigem Hin und Her, neben der Tür zum Balkon platziert. Es war unbenutzt. Romeo schien es noch nicht akzeptiert zu haben.

Unten auf der Straße stieß Martin auf Gerd Fischer, den Krimiautor von nebenan.

„So ein Zufall! Sie wollte ich gerne treffen!", kam der freudestrahlend auf ihn zu. „Ich hätte noch ein paar Fragen, wegen der Leichen", dabei wies Fischer mit dem Kinn zur Villa hin, „und auch zu Ihnen, wenn Sie erlauben. Ich habe gelesen, dass Sie bei der Kriminalpolizei sind, Kommissar Schwaner."

„Waren", verbesserte Martin, „waren."

„Ach so? Ich hatte Ihren Namen in einigen Zeitungsartikeln gefunden. Das hörte sich so an, als seien Sie noch im Dienst."

„Das müssen alte Artikel gewesen sein." Martin erinnerte sich nur ungern an die Journalisten damals, wie sie ihm überall aufgelauert hatten, sogar seinen Müll durchsuchten und ihre Storys, wenn nicht erfanden, so doch mit eigenen Vermutungen aufbauschten.

„Glauben Sie wirklich, dass sich die beiden selbst umgebracht haben?", fragte Fischer direkt. „Das scheint mir doch sehr unwahrscheinlich."

„Wieso? Nur weil sie nach außen hin ein Leben im Luxus zur Schau stellten?" Martin konnte nicht anders. Fast automatisch nahm er die Gegenposition zu der Meinung des Krimiautors ein.

„Sie meinen, das war alles nur Fassade? De Vries hatte überhaupt kein Geld?" Fischers Augen leuchteten. Martin konnte ihm förmlich ansehen, wie diese Vorstellung in ihm arbeitete und zu neuen Überlegungen führte. „Dann war das alles nur auf Pump gekauft, vielleicht mit Geld aus dunklen Kanälen, de Vries nur ein Strohmann…"

„Davon weiß ich nichts. Ich habe keine Ahnung, womit er sein Geld verdiente", stellte sich Martin dumm.

„Uns gegenüber hat er jedenfalls so getan, als hätte er mehr als genug davon und als würde es ihm niemals ausgehen", konterte Fischer lax.

„Wer ist uns? Kannten Sie de Vries näher?" Nun war Martin doch interessiert.

„Ja und nein. Lutz...", dabei zeigte Fischer über die Schulter auf das Haus hinter ihm, „... also Lutz Stadler und ich, wir haben de Vries einmal getroffen, also ich meine, wir haben ihm unsere Idee vorgestellt."

„Welche Idee?"

„Lutz und ich, wir haben da so eine Filmidee, eigentlich schon mehr eine Serie, da kann ich jetzt gar nicht so viel dazu sagen, verstehen Sie?" Fischer gab sich übertrieben bescheiden.

Martin nickte verständnisvoll. „Und diese Idee...", Schwaner betonte das Wort und ließ eine kurze Pause davor und danach, „... hatten Sie de Vries vorgestellt – warum?"

„Warum wohl?", über Fischers Gesicht huschte ein Grinsen, „wegen Geld natürlich. Sie wissen wahrscheinlich nicht, wie schwierig es heutzutage ist, eine Filmproduktion auf die Beine zu stellen?"

Schwaner bestätigte, dass er davon überhaupt keine Ahnung hätte.

„Ich eigentlich auch nicht", gab Fischer zu. „Aber Lutz, der kennt sich da aus. Er sagt, bevor man an irgendwelche Filmförderungen herangehen könne, müsse man erst einmal eine Finanzierung vorlegen, in der man sich selbst engagiert und auch andere mit im Boot sind. Sie müssen sozusagen schon mal Geld vorzeigen, bevor Sie weiteres Geld bekommen."

„Und um wie viel Geld ging es dabei?", fragte Martin möglichst unbeteiligt.

„Eine Million, also, eigentlich hatten wir zwei Millionen angefragt. Lutz meinte aber, wenn er am

Ende eine gibt, dann geht es auch." Fischer gab sich jetzt wie ein gewiefter Geschäftsmann.

„Und Sie hatten auch Geld investiert?", fragte Martin.

„Ich? Ach woher. Da überschätzen Sie mich. Ich bin der Autor, ich habe für Lutz die Idee entwickelt, Exposés erstellt und soll später das Drehbuch schreiben – oder sollte, muss man wohl eher sagen. Wie es aussieht, können wir die Sache jetzt begraben." – „Entschuldigung", sagte Fischer, als er seine Worte begriff. „Das sollte jetzt nicht pietätlos klingen."

„Menschen mit Geld gibt es viele", warf Schwaner zum Trost ein.

„Ja, aber bei de Vries war sich Lutz sehr sicher. Irgendwie hatten die einen Draht zueinander. Die sind ja auch Golf spielen gegangen, die beiden."

Das habe er mitbekommen, stimmte Martin zu. Vorgestern habe er Lutz Stadler in seinem Golf-Outfit vor der Villa angetroffen. Der sei sehr überrascht gewesen, dass ihm nicht geöffnet wurde.

„Sehen Sie, ein Punkt mehr. De Vries verabredet sich zum Golf und dann bringt er sich um?" Gerd Fischer war jetzt wieder der Krimiautor, der Indizien für sein Buch sammelte.

„Glauben Sie, eine Verabredung zum Golf hält jemanden vom Selbstmord ab?", Schwaner musste schmunzeln.

„Nein, das nicht. Mir geht es mehr um das Psychologische dabei. Ich glaube, dass jemand, der sich mit Selbstmordgedanken trägt, überhaupt keine Verabredungen mehr trifft, verstehen Sie?"

Das sei ein interessanter Aspekt, musste Martin eingestehen. Er wollte allerdings nochmals auf Lutz Stadler zurückkommen.

„Haben Sie denn mit Herrn Stadler über die neue Situation gesprochen?"

„Nein", gab Fischer offen zu. „Der Lutz ist wie vom Erdboden verschluckt. Er geht auch nicht ans Telefon."

„Aber er ist zu Hause", sagte Schwaner und deutete zum Haus Nummer drei hin. „Da brennt Licht."

„Ach?!" Fischer drehte sich nur kurz um. „Dann will er wohl seine Ruhe haben. Nun, ich will Sie auch nicht länger aufhalten. Vielleicht könnten Sie mich hin und wieder auf dem Laufenden halten, wie es mit den Ermittlungen steht..."

„Wie gesagt, ich bin aktuell gar nicht im Dienst und auch nicht mit irgendwelchen Ermittlungen betraut."

„Na, Sie werden doch bestimmt etwas mitbekommen, wenn Sie möchten", gab sich Fischer plötzlich kumpelhaft. „Sie müssen mir ja nicht gleich alles verraten. Ich glaube, das ist ein guter Stoff."

Schwaner kürzte seinen Spaziergang ab. Schon nach einigen Hundert Metern, auf denen sein Gespräch mit Fischer in ihm nachklang, war ihm bewusst geworden, dass er wirklich etwas zur Lösung des Falles beitragen konnte. Fischer hätte nicht so mit ihm gesprochen, wenn er nicht sein Nachbar wäre. Es war das Gleiche wie bei Miquel, der völlig offen über seinen Kontakt mit de Vries berichtet hatte. Einem unbekannten, fremden Kriminalbeamten würden beide solche Dinge nicht sagen. Vielleicht verschwiegen sie es noch nicht einmal mit Absicht, es war einfach das Verhältnis zueinander. Martin war ihnen bekannt und in gewisser Weise vertraut.

Schwaner hätte Beck auch von unterwegs anrufen können. Aber aus irgendeinem Grund wollte er dieses Gespräch von zu Hause aus führen. Er warf seine Jacke über einen Stuhl am Esstisch und fischte sein Telefon heraus. Sven war fast sofort dran.

„Martin, was gibt's?"

„Erst einmal wollte ich mich für die dämliche Situation gestern entschuldigen ..."

Die beiden sprachen eine Zeit lang über das Wie und warum es dazu gekommen war, dass Martin ins Haus von de Vries eingedrungen war. Martin kam auch schnell auf den Punkt, was er von Miquel, von Fischer und indirekt über Stadler erfahren hatte.

„Lass mich euch helfen, Sven. Mit mir sprechen die Nachbarn." Es war kein Flehen und kein Bitten in Martins Stimme. Es war ein nüchterner, pragmatischer Vorschlag.

Schweigen auf der anderen Seite. „Wie kommst du d'nn jetzt d'rauf, dass es was mit 'en Nachbarn zu tun hat?"

„Weiß ich nicht, ist so ein Gefühl. Ich kann aber auch völlig falsch liegen. Machen wir es doch so, du kümmerst dich um das geschäftliche Umfeld, ich mich um das nähere, einverstanden?"

Wieder Schweigen. „Okay, einverst'nden. Ich werd's sowieso nich verhind'rn könn'n. Aber in der zweit'n Reihe. Und nur bei den Nachbarn, verstand'n?"

Wieder eine Pause. „Das muss ich hier aber offiziell mach'n. Das wird 'en Papierkram wer'n."

„Sandra hatte recht", dachte Martin, mit dem Telefon in der Hand an seinem Schreibtisch sitzend. Es war viel schöner, befreiender und motivierender, mit offenen Karten zu spielen. Er war jetzt wieder Teil des Teams, wenn auch nur als fünftes Rad am Wagen.

Zustimmend und aufmunternd lächelnd schauten ihn seine Schüler an. „Wie geht es weiter?", schienen sie ihn zu fragen. Martin setzte sich gerade hin.

„Wo waren wir stehen geblieben beim letzten Mal? Ach ja, beim Triangulieren und den rechtwinkligen Dreiecken. Sie haben gesehen, wie mithilfe dieses Verfahrens die Welt und das All vermessen wurde und wird, denn die Messungen mögen heute genauer sein, die Methode ist die gleiche geblieben. Aber wenden wir uns einer anderen geometrischen Form zu, von der viele sagen, sie sei das Ideal, Sinnbild der Harmonie und die Urform der Natur: dem Kreis. Wir hatten ja bereits den Inkreis und den Umkreis, nun möchten wir uns dem Kreis an sich widmen. Als Erstes die Frage: Was ist ein Kreis?

Martin blickte in die Runde, niemand meldete sich.

„Eine in sich geschlossene Linie", versuchte sich Mark.

„Sehr gut, aber da fehlt noch etwas. Ein Dreieck oder Quadrat ist auch eine in sich geschlossene Linie oder nicht?" Martin wartete nochmals einen Augenblick.

„Es muss rund sein", warf Lena ein, „rund wie ein Ring."

„Wir können nicht ein Objekt durch ein anderes definieren, so funktioniert es nicht." Martin sah, wie sich alle die Köpfe zerbrachen und half.

Der griechische Philosoph Platon wählte folgende Formulierung: Bei einem Kreis sind alle Punkte vom

Mittelpunkt gleich weit entfernt. Sie sehen, er spricht von Punkten, nicht von einer Linie. Eine Linie ist, Sie erinnern sich, am Ende nichts anderes als eine unaufhörliche Ansammlung von Punkten.

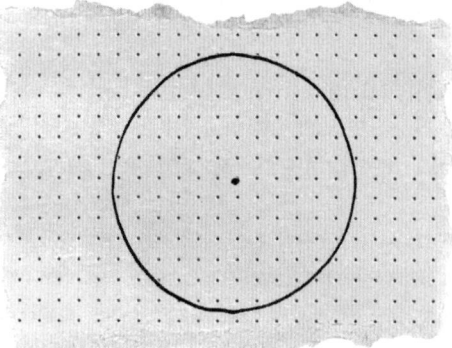

Was Sie eben sicherlich bemerkt haben, ist das Suchen nach einer klaren Definition, einer der Grundpfeiler der Mathematik. Es geht dabei nicht darum, wie groß oder klein, welche Form oder Gestalt ein Objekt besitzt. Sie müssen einen Schritt weiter gehen und das Grundlegende erkennen. Ein Kreis ist das, bei dem alle Punkte vom Mittelpunkt gleich weit entfernt sind. Ende. Klar und deutlich. Alles, was diese Bedingung nicht erfüllt, ist kein Kreis.

Martin dachte einen Moment nach und entschloss sich, an dieser Stelle noch etwas anderes, Theoretisches einzufügen.

Ihre Vorbemerkungen: geschlossene Linie, rund und so weiter, waren durchaus richtig. In der Mathematik ist es ebenso wie im wirklichen Leben – oder bei unserer Arbeit – Schritt für Schritt kommen wir der Wahrheit näher. Wenn wir uns die Frage stellen, ob ein Kreis eine in sich geschlossene Linie ist, so müssen wir das bejahen. Die Aussage ist also wahr. „Ein Kreis ist rund" ist ebenfalls eine wahre Aussage. In der Mathematik nennt man dies ein „Lemma", einen Hilfssatz, der zum endgültigen Beweis führt. Manchmal haben Sie mehrere solcher Hilfssätze vor sich, dann stecken Sie in einem „Dilemma" und müssen den richtigen wählen, der Sie zur Lösung bringt.

Diese Annäherung ist eine grundlegende Vorgehensweise der Mathematik, besonders der modernen Mathematik. Sie stellen eine Behauptung auf, zum Beispiel: Jede Gerade durch den Mittelpunkt teilt den Kreis in zwei gleiche Teile, und müssen die Wahrheit Ihrer Aussage anschließend beweisen. Sie können diesen Beweis oder Gegenbeweis auch anderen überlassen. Berühmte Mathematiker haben Behauptungen aufgestellt, an deren Beweis sich noch Generationen nach ihnen abgearbeitet haben.

Aber kehren wir zum Kreis und seinen Bestandteilen zurück. Wir haben den Radius, also den Abstand aller Punkte vom Mittelpunkt, wir haben den Durchmesser, die Linie, die den Kreis in zwei gleiche Hälften teilt und immer durch den Mittelpunkt geht, wir haben den Umfang und schließlich die Kreisfläche. Seit Jahrtausenden ist der Mensch vom Kreis fasziniert und wollte mehr über ihn herausfinden, begegnet er ihm doch jeden Tag, sobald sich die Sonne am Himmel zeigt. Es stellte sich aber heraus, dass der Kreis so seine Tücken hat. Eine Gerade war leicht zu messen, aber wie der Umfang eines Kreises? Findige Köpfe entdeckten bald, dass der Umfang in Beziehung zum Durchmesser stand. Sie maßen mit einem Seil und behaupteten, der Umfang sei dreimal der Durchmesser – den kleinen Rest verschwiegen sie. Die Ägypter wollten es genauer wissen und kamen auf eine Zahl von 3,16, was der Wahrheit schon sehr nahe kommt. Es dauerte nochmals viele Jahrhunderte, bis ein gewisser Archimedes, etwa dreihundert Jahre vor Christus, den Multiplikator des Durchmessers zwischen 3,1408 und 3,1428 eingrenzen konnte. Damit war er an die Zahl π, sprich Pi, bis auf 0,03 Prozent herangerückt. Wie hat er das gemacht und was ist diese Zahl Pi?

Zunächst einmal zu dem wie? Archimedes zeichnete einen Kreis und gab ihm den Durchmesser: 1. Um diesen Kreis zeichnete er ein Quadrat, dessen Seiten gerade so den Kreis berührten, sprich tangierten. Das Quadrat hatte folglich die Seitenlänge von 1 und einen Umfang von 4. Der Umfang des Quadrates ist offensichtlich viel größer als der des Kreises. Damit hatte Archimedes bewiesen, dass der Umfang des Kreises kleiner als 4 sein muss.

Als zweiten Schritt zeichnete er ein regelmäßiges Sechseck in den Kreis. Dieses Sechseck besitzt die Seitenlänge von der Hälfte des Durchmessers, dem Radius, also 6 x ½ = 3. Der Umfang des Sechsecks ist deutlich kleiner als der des Kreises. Damit muss der Umfang des Kreises mit dem Durchmesser 1 größer als 3 und kleiner als 4 sein.

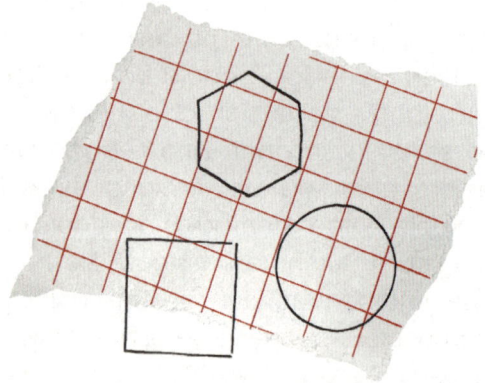

Leider gibt es zwischen 3 und 4 unendlich viele Zahlen, sodass Archimedes der Lösung zwar schon ein Stück näher gekommen war, aber sie nur grob eingrenzen konnte. Er konstruierte aus dem Sechseck ein Zwölfeck, dessen Seitenlänge er mithilfe des Pythagoras errechnete und somit auf einen Umfang von 3,11 kam. Aus zwölf Ecken wurden 24, später 48 und am Ende 96. Das Vieleck war vom Umfang des Kreises kaum noch zu unterscheiden.

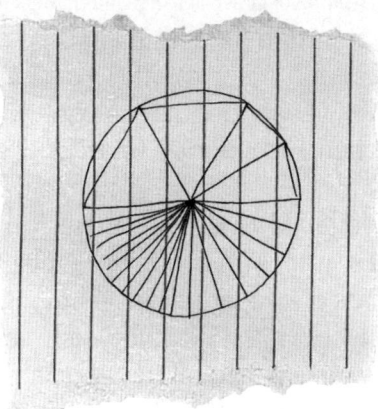

Damit gelangte Archimedes zu den genannten Zahlen 3,1408 und 3,1428. In einem Zeitalter, in dem es noch keine Taschenrechner gab – und das ist noch gar nicht so lange her –, wurde π der Einfachheit halber mit 3,14 in die Berechnungen eingefügt. In Wahrheit besitzt Pi unendlich viele Stellen nach dem Komma, Tausende hat man heute errechnet und es gibt kein Ende. Wir wissen aber jetzt: Der Umfang eines Kreises ist sein Durchmesser x π.

Kommen wir zu unserer zweiten Frage: Was ist π? Pi ist nichts Geringeres als eine universelle Konstante.

Archimedes hat die erste von der Natur gegebene Zahl entdeckt. Eins, zwei, drei … viele sind Erfindungen des Menschen, mit deren Hilfe wir uns die Welt erklären. Doch Pi ist gottgegeben und überall im Universum gültig. Der Umfang jedes Regentropfens, jedes Baumstammes, jedes Kraters ist sein Durchmesser mal Pi. Auf dem entferntesten Stern wird der Umfang Pi mal sein Durchmesser betragen. Wenn Sie also einmal mit einer fremden Spezies, Lebewesen aus einer fremden Galaxie in Kontakt treten möchten und eine Visitenkarte für den Stand unserer Zivilisation benötigen, sollten Sie π mit möglichst vielen Nachkommastellen verwenden. Diese Zahl würde auf alle Fälle erkannt und verstanden werden.

Martins Telefon klingelte und riss ihn aus seiner Euphorie. Es war Anne. Sie habe eben von Sven erfahren, dass er wieder mit im Team sei, wenn auch etwas eingeschränkt. Sie habe sich sehr darüber gefreut. Das sei ja wie in alten Tagen. Und vor allem, dass er das tue, was ihm helfe, das sei wichtig.
„Konntest du denn schon etwas über die Firma von de Vries in Erfahrung bringen?", fragte Schwaner, schon wieder ganz der Alte, zurück.
„Das ist sehr kompliziert. Die eigentliche Firma scheint in den Niederlanden gemeldet zu sein. Es existieren mehrere Konten, ebenfalls alle im Ausland. Nur eines hier in Deutschland. Darauf ist nichts Besonderes festzustellen. Es diente wohl dem Lebensunterhalt. Jeden Monat gingen darauf fünftausend Euro ein und wurden in Restaurants, Boutiquen, auf dem Golfplatz, an Tankstellen und so weiter verbraucht."

„Über die Firmenkonten hast du nichts?"

„Martin, wir wissen noch nicht einmal, wem de Vries eigentlich gehört. Offiziell ist es noch nicht einmal ein Fall, also zumindest bisher nicht. Deine Suche nach der Weinflasche, nein, nach dem Korken, hat allerdings Wirkung gezeigt. Nirgendwo ist dieser Korken zu finden."

12

Schwaner fühlte sich bestätigt. Er wusste zwar nicht genau worin, aber dass der Verschluss der Weinflasche fehlte, bestärkte ihn in seiner Annahme, dass es sich bei alledem um einen heimtückischen Anschlag auf de Vries handelte. Womöglich war gar nicht der Tod der Eheleute beabsichtigt, eher ein Denkzettel oder ein Scherz, der sich zu einer Katastrophe entwickelte.

Martin stand in der Küche und hielt eine kleine Flasche in der Hand. Darin befand sich Olivenöl und Balsamico. Diese Flasche gehörte seit Jahren schon in ihr Gewürzregal wie Pfeffer, Salz und Muskat. Sie hatten einmal Claudio gefragt, wie er es schaffe, seine Vorspeisen, Fenchel, Champignons, Paprika ..., immer mit der richtigen Mischung aus Essig und Öl zu beträufeln. Er hatte ihnen daraufhin eine Flasche gezeigt, in der er beides vorab mische. „Darfst du nicht zu viel Balsamico nehmen, nur wenig, vielleicht zehn Prozent. Öl ist das Wichtigste. Siehst du hier in der Flasche." Claudio hielt ihnen eine klare Flasche hin, in der unten ein dunkler Bodensatz waberte, darüber das goldfarbene Olivenöl. „Und musst nehmen echten Balsamico und sehr gutes Olivenöl. Nicht diese billigen Sachen aus dem Supermarkt." Versonnen blickte er auf die Flasche. „Und natürlich", fiel ihm plötzlich ein, „du musst schütteln, kräftig, bevor du es gibst auf die Tomaten." Dabei fuhr sein Arm mehrmals auf und ab und die Flasche rotierte in seiner Hand. Als Claudio sie danach Sandra und Martin zeigte, war die leuchtend helle Farbe darin verschwunden und einem dunklen, schmutzigen Gelb oder einem hellen Braun gewichen. „Jetzt musst du es ausgießen, sonst gleich wieder trennt sich das Öl vom Essig." Claudio ließ die Flasche am Tisch stehen und seine beiden Gäste sahen zu, wie sich deren Inhalt innerhalb von wenigen Minuten aufklarte und die sonnige Farbe des Olivenöls zurückkehrte.

Den gleichen Vorgang beobachtete Martin jetzt in seiner Küche. Es war die Lösung der Frage, warum sich in den Gläsern und der Weinflasche unterschiedliche Konzentrationen des Giftes befunden hatten. Die Weinflasche war nicht geschüttelt worden – im Gegenteil. Kein Mensch würde eine Weinflasche vor dem Öffnen schütteln. Die Flasche kam aus dem Weinkeller. Dort lag sie vielleicht seit Monaten fein säuberlich und vorschriftsmäßig im Regal. Sie konnte schon vor Wochen oder Monaten präpariert worden sein. Irgendjemand hatte, vermutlich durch den Korken, etwas Wein entnommen und das Gift eingespritzt. Das Gift war entweder leichter als der Wein, dann schwamm es obenauf, oder es war schwerer, dann setzte es sich ab.

Martin schaute nochmals auf die Flasche mit Öl und Balsamico vor ihm, die er ebenfalls geschüttelt hatte. Auch in ihr hatten sich die Farben schon wieder getrennt. Er kippte die Flasche ein, zwei Mal hin und her.

Die Weinflasche lag waagerecht neben den anderen. De Vries nahm sie heraus, trug sie nach oben – da hielt er sie sicherlich senkrecht. Er stellte die Flasche ab und öffnete sie. Diese wenigen Bewegungen reichten nicht aus, um die beiden Flüssigkeiten wirklich miteinander zu vermischen. Erst mit dem

Ausgießen in die Gläser, wenn Luftblasen durch den Flaschenhals hineinrollten, wurde der Inhalt verwirbelt. Das erste Glas bekommt einen hohen Anteil ab, das zweite einen geringeren, ein Rest verbleibt in der Flasche.

Schwaner rief Sonya Rudorf von der KTU an und erzählte ihr von seinem kleinen Experiment. Woher er von den unterschiedlichen Konzentrationen wusste, verschwieg er. „Er habe das so aufgeschnappt", erwiderte er auf Nachfrage. Sonya lachte. Sie habe sich auch so etwas Ähnliches gedacht. Das Gift sei leichter als der Wein und setze sich nach kurzer Zeit oben ab. Es könne so sein, wie es Martin beschrieben hatte. Die Flasche kam aus dem Keller, dort lag sie seit unbestimmter Zeit. Sie könnte aber auch bereits in der Küche gestanden haben und das Gift wurde unmittelbar vor dem Öffnen eingespritzt. Es wäre auch vorstellbar, dass das Gift erst nach dem Öffnen hineingegeben und nicht richtig vermischt wurde. „Alles ist möglich", schloss die Leiterin der KTU ihre Ausführungen. „Aus dem Vorhandensein des Giftes lässt sich noch keine Straftat ableiten. Und selbst wenn. Vielleicht galt der Anschlag gar nicht de Vries und seiner Frau, sondern dem Weingut, dem Weinhändler, der Supermarktkette, je nachdem, wo und wie die Flasche erstanden wurde."

„Das glaube ich nicht", entfuhr es Martin spontan. „De Vries und seine Frau unbeabsichtigte Opfer einer Erpressung? Das scheint mir zu weit hergeholt."

„Es kann sich auch um einen Betriebsunfall handeln und die giftige Flüssigkeit kam unbeabsichtigt beim Abfüllen in die Flasche und …"

„Betriebsunfall!", Schwaner lachte laut auf. „Gab es noch weitere Flaschen dieses Weins?"

„Ja, noch drei."

„Und? Waren diese auch ‚verunreinigt'?" Martin zeigte schon bei der Frage seine Einschätzung.

„Nein", gestand Sonya Rudorf. „Aber das ist ebenfalls kein Beweis für einen gezielten Anschlag. Beweise, Martin, brauchen wir, Beweise."

„Ich werde sehen, was ich machen kann", sagte Schwaner kurzerhand und legte auf.

Archimedes fiel Martin wieder ein. Dieser geniale Geist hatte nicht nur die Zahl Pi erstaunlich genau eingegrenzt, er hatte sich auch intensiv mit Flüssigkeiten auseinandergesetzt, den Auftrieb entdeckt, die archimedische Spirale erfunden, mit der sich Wasser bergauf bewegt und und und. Leider wurde er von einem römischen Soldaten bei der Eroberung von Syrakrus erstochen. Störe meine Kreise nicht, sollen seine letzten Worte gewesen sein.

„Wie im Kreis", dachte Martin bei sich. „Ich muss es wie Archimedes tun, den Kreis in immer kleinere Dreiecke aufteilen, bis ich dem tatsächlichen Umfang nahekomme." Der Umfang war für Schwaner in diesem Moment der Tathergang oder zumindest die Beantwortung der Frage, auf welche Art und Weise das Gift in die Flasche gelangte.

Eine unbeabsichtigte Vergiftung von de Vries, ganz gleich aufgrund welcher Ursache, ob Erpressung Dritter oder Unfall im Weingut, schloss Martin kategorisch aus. Warum sollte sonst jemand den Korken beseitigen und auch seine Spuren im Schnee und auf dem Teppich? Dennoch fügte er in seinem Geiste Felder für diese Möglichkeiten ein und füllte sie rot. Rot war in diesem Fall die Ausschlussfarbe. Er kehrte nochmals zu Miquel zurück und seinem Verdacht gegen ihn. Er wollte ihn noch nicht ganz ausschließen, weshalb er diesem Feld die Farbe Gelb gab. Am Morgen hatte ihm Fischer, der Autor von nebenan, etwas über ein geplantes Filmprojekt erzählt. War daraus ein Motiv abzuleiten? Wenn er Miquel Rache für eine Absage unterstellte, musste er es bei Fischer und Stadler ebenfalls in Betracht ziehen. Die beiden gingen de Vries um einen deutlich höheren Betrag an. Der sagt es ihnen was ab, Fischer und Stadler als persönliche Kränkung empfanden. „Also gut, auch diese beiden gelb."

Wenn es so war, wie er es sich vorstellte, und die vergiftete Flasche seit Wochen im Weinkeller lag, konnte der Täter gar nicht wissen, wann sein Anschlag erfolgen würde. Er musste warten und es dem Zufall überlassen. Irgendwann würde de Vries die Flasche nehmen, würde sich – und seiner Frau (gehörte sie wirklich mit dazu?) – einschenken und sterben (falls der Tod das Ziel war). Wie aber stellte der Täter fest, dass sein Plan aufgegangen war? Es hatte offensichtlich von Donnerstag bis Samstag gedauert, bis der oder die Täter den Erfolg wahrnahmen.

„Wanda de Jong", schoss es Martin durch den Kopf. Sie würde als Erste registrieren, dass mit de Vries irgendetwas nicht stimmte. Allerdings, so erinnerte sich Schwaner, passte dies nicht wirklich zu ihrem Verhalten im Büro. Sie wusste offensichtlich nichts über den Verbleib von de Vries und dass ihm etwas zugestoßen war. Und was war ihr Motiv? Eifersucht? Geld? Die Geschäftsübernahme? Frau de Jong entzog sich voll und ganz Schwaners Einschätzung. Von ihr konnte er sich kein wirkliches Bild machen. Wie an einem Stahlpanzer prallten seine Vermutungen an ihr ab. Sie war wie die Null in der Mathematik, ein Nichts und eine wichtige Größe zugleich.

Martin setzte Frau de Jong in ein grünes Feld, grün waren die Hauptverdächtigen. Davon hatte er jetzt gerade einmal eine und diese wollte nicht wirklich ins Bild passen. Warum sollte Frau de Jong nochmals in die Villa zurückkehren und etwas daraus mitnehmen? Wenn sie am Samstag schon einmal im Haus gewesen wäre, hätte sie dies wohl gleich an sich genommen. Martin fiel ein, dass er Sven noch nicht mitgeteilt hatte, wer die nächtliche Besucherin war. Er rief ihn an. Beck sagte ihm gleich, dass sie darauf von alleine gekommen wären. Ihre Versuche, mit dem Büro de Vries in Kontakt zu treten, blieben bislang allerdings erfolglos. Frau de Jong – Beck fragte nicht nach, woher Martin den Namen kannte – war nicht anzutreffen und Anrufer erhielten die Auskunft, dass das Büro bis auf Weiteres geschlossen ist.

„Der Vogel is wohl ausgeflog'n.", resümierte Beck. „Würd' mich wundern, wenn die noch in Deutschland wär." Natürlich würden sie die holländischen Kollegen um Amtshilfe bitten, aber das könne dauern. Vielleicht wäre Frau de Jong schon gar nicht mehr in Europa.

„Ein dürftiges, mageres Ergebnis", dachte Schwaner nach dem Telefonat. Eine Verdächtige, der er die Tat nicht zutraute und die verschwunden war. Sein grünes Dreieck verdorrte vor seinem inneren Auge. Martin tat in Gedanken nochmals einen Schritt zurück. „Wer konnte das Ableben von de Vries noch verfolgt haben?" Wie von selbst schoss ihm die Antwort in den Kopf: „Mittels einer versteckten Kamera eigentlich jeder." Solche Geräte gab es in allen Elektronikmärkten zu kaufen. Sie sendeten übers Internet ein Bild aufs Handy oder an andere Empfangsgeräte, die irgendwo auf der Welt sein konnten. Schwaner fiel auf, dass er gar nicht wusste, ob Sicherungsgeräte nebenan installiert waren. Ihm waren, bis auf den Bewegungsmelder, nie welche aufgefallen. Es gab keine Alarmanlage und keine Überwachungskameras. „Erstaunlich, eigentlich. Vielleicht sind die Holländer da anders", überlegte Martin. Aber wo hätte jemand, der de Vries beobachten wollte, eine Kamera angebracht? Im Haus? Außerhalb?

Schwaner zückte sein Handy und ging die Bilder durch, die er in der Villa aufgenommen hatte. Jedes Zimmer, bis auf die Bibliothek im ersten Stock, war sehr spartanisch eingerichtet. Es gab, soweit er das auf seinen Fotos sehen konnte, keine Stelle, an der eine Kamera versteckt werden konnte, selbst kleinste Modelle nicht. Nur vom Weinkeller selbst fehlte ihm eine Aufnahme. Dort wäre es vielleicht möglich gewesen. Hier hätte der Beobachter jedoch nur gesehen, wann de Vries die Flasche entnahm. Ob sie geöffnet und tatsächlich getrunken wurde, hätte er nicht erkannt.

Außerhalb des Hauses bot sich der Blick vom Garten aus an. Durch die große Fensterfront nach hinten waren Wohn- und Schlafzimmer voll einsehbar.

Mit etwas Glück waren auch Bad und Küche ein-
zusehen. Martin trat auf den Balkon hinaus und
schaute hinüber in den Garten. Die umlaufende
Hecke war niedrig und undicht. Eine Kamera am
Zaun wäre sofort aufgefallen. Der Brunnen war
eine Möglichkeit, allerdings riskant, wenn de Vries
diesen selbst als Versteck benutzte. Schwaner
suchte in größerer Höhe die Bäume ab: nichts
Auffälliges. Weiter hinten hingen zwei Nistkästen an
Baumstämmen. „Eigentlich ideal", dachte Schwaner.
Die würde er sich bei nächster Gelegenheit einmal
genauer ansehen. Aber er musste vorsichtig sein.
Wenn sich darin eine Kamera befand und diese
noch in Funktion wäre, durfte er den Nutzer nicht
aufschrecken. Das Signal konnte ihn direkt zum
Täter führen.

Schwaner überlegte sich einen Vorwand, um in
den kommenden Tagen die Nachbarn zu besuchen.
Vielleicht noch nicht einmal alle, stellte er bei
genauerer Prüfung fest. Selbst in ihrem Haus
kannte er nicht jeden. Über ihnen, in der linken
Maisonettewohnung, wohnte Charlotte d'Hourville,
eine Immobilienmaklerin, die ihren französischen
Akzent ebenso pflegte wie ihr modisches Erschei-
nungsbild. Sie telefonierte unentwegt, wobei sie
jeder Frage ein charmantes und keckes Lachen
hinterherschickte. „Wollen wir uns die Wohnung
einmal gemeinsam ansehen? Hahaha. Ja, ich bin
gleich da, hahaha, a bientôt." Mit ihr schwebte immer
eine blumige Parfumwolke die Stufen hinunter,
die noch Minuten nach ihren eiligen Schritten im
Treppenhaus verharrte. Neben Madame d'Hourville

lebte Milan Eisenbach, ein Banker, der täglich früh um sechs seine Wohnung verließ und stets als Letzter nach Hause kam. Er wollte auf Teufel komm raus Karriere machen, das sah man ihm auf hundert Meter an. Seine Anzüge, auf Maß geschneidert, seine englischen Schuhe zu tausend Euro das Paar, der Trenchcoat im New-York-Style, die stets gegelten Haare, alles an ihm war dem Typus des Wallstreet-Bankers nachempfunden und wirkte zugleich eine Nummer zu groß. Er mühte sich und war strebsam. Selbst am Wochenende eilte er im Anzug und der Aktentasche in der Hand ins Büro.

Frau Milz, ihre direkte Nachbarin auf dieser Etage, war eine liebenswerte, ältere Dame, die so zurückgezogen lebte, dass sie manchmal über Wochen verborgen blieb. Martin und Sandra sorgten sich mehr als einmal, ob ihr auch nichts zugestoßen wäre. Als hätte sie es geahnt, tauchte Frau Milz plötzlich wieder auf, grüßte rüstig und gut gelaunt wie immer und ging einkaufen. Sie verreise gerne und oft, erzählte sie einmal Sandra im Treppenhaus. Großartige Reisen, in die entlegensten Winkel der Erde. Da dies in den vergangenen Jahren unmöglich war, saß sie oft tagelang über Fotoalben, daneben ihr großer Weltatlas, und plante Neues. In die Sahara, da möchte sie unbedingt einmal hin.

Diese drei setzte Schwaner zwar auf seine Liste, strich sie gedanklich aber gleich wieder, da er sie in keinen Zusammenhang mit de Vries bringen konnte. Ebenso Herr und Frau Heith, die Eigentümer des Hauses, die das gesamte Stockwerk unter ihnen bewohnten. Sie hatten sich zwar damals, nach dem

Einzug von de Vries, den Protesten und Klagen gegen den neuen Nachbarn angeschlossen, aber erst nach längerem Zureden durch Herrn Waller, wie sich Martin erinnerte. Er sah den ehemaligen Rechtsanwalt mehrmals im intensiven Gespräch mit seinen Vermietern. Im Grunde wollten sich Herr und Frau Heith mit niemandem überwerfen, ihren Garten und ihr Haus pflegen, mit ihrer Tochter und den beiden Enkeln, die außerhalb lebten, gelegentlich ein schönes Wochenende verbringen und in Ruhe ihre letzten Jahre verleben.

Ähnliches galt auch für Herrn Schul und seine Familie im Erdgeschoss. Er war zwar deutlich jünger als die Heiths, lebte aber bereits in einer ähnlichen Weise. Unter der Woche war er als Regionalleiter von REWE oder EDEKA viel unterwegs. Das Wochenende gehörte ganz der Familie und durfte durch nichts, wirklich gar nichts, gestört werden. Selbst seine Begeisterung für Eintracht Frankfurt hatte er in das gemeinsame Leben integriert. Bei allen Heimspielen fuhren die Schuls zu dritt ins Waldstadion, selbst Frau Schul in schwarz-weißer Kluft und dickem Schal.

Aus ihrem Haus blieb einzig Miquel, der in einer engeren Beziehung zu de Vries stand, daraus allerdings keinen Hehl machte. In Nummer zwei, dem baugleichen Haus neben ihnen, kannte Martin nur Fischer, den Autor, und ein schwules Paar vom Sehen, die ihn, aus welchem Grund auch immer, bei jeder Begegnung, und sei sie noch so entfernt, überschwänglich grüßten, winkten, lachten. Bis auf Guten Tag oder Hallo hatte Schwaner noch kein Wort mit den beiden gesprochen. Was sollten sie, ebenso wie Schul, Eisenbach oder Madame d'Hourville mit dem Tod von de Vries zu tun haben?

Nummer eins in der Georg-Speyer-Straße war ebenfalls mehrstöckig. Wie Bollwerke zur viel befahrenen Franz-Rücker-Allee wirkten die ersten Gebäude, hinter denen sich anschließend die privaten Villen und Gärten reihten. Im Haus schräg gegenüber kannte Martin keine Menschenseele. „Es ist erschreckend, wie wenig man in der Stadt von seinen Nachbarn weiß", dachte er bei sich. „Ich kenne sie noch nicht einmal, beachte sie gar nicht."

Früher, zu seiner aktiven Zeit, wurde eine Befragung der Nachbarn durch Kolleginnen und Kollegen aus dem zugehörigen Polizeirevier erledigt. Zudem nur dann, wenn ein wirklicher Verdacht auf ein Drittverschulden vorlag. Jetzt saß Schwaner da, eine äußerst kurze Liste vor sich, und wusste nicht, wie er in Kontakt zu den Menschen um ihn herum treten sollte? Er hatte Beck wohl zu vollmundig etwas versprochen.

Zeitgleich mit Sandra kam Martin heim, tief frustriert und enttäuscht. Auf Sandras Frage, was ihm denn zugestoßen sei, erzählte er von seiner Idee für eine Sammlung, einer Sammlung für die Beerdigung von de Vries und seiner Frau. Die Nachbarn, die er bisher angesprochen hatte, hätten ihn behandelt wie einen Bettler. Keiner von ihnen habe gewusst, wovon er überhaupt sprach. Niemand hätte den Tod der Eheleute de Vries registriert. Man habe wohl die Polizeiwagen gesehen, dahinter aber schlicht einen Einbruch vermutet.

„Im Haus Nummer eins kannte keiner de Vries. Nur so ein Bodybuilder beschrieb ihn als ‚der Holländer mit dem schwarzen AMG‘.“ Martin saß völlig zerknirscht und niedergeschlagen am Tisch. „Weißt du, das Schlimmste ist, dass ihnen der Tod der beiden völlig gleichgültig war. Obwohl nur wenige Meter von ihnen entfernt Menschen auf mysteriöse Art und Weise ums Leben kamen, interessierte es sie nicht die Bohne. Du könntest tot auf der Straße liegen…“ Martin brach ab und sackte in sich zusammen. Erst ein kräftiger Schluck Wein, der ihm von Sandra mit einer tröstenden Geste gereicht worden war, baute ihn wieder etwas auf.

„Einzig der Fischer hat fünf Euro gegeben“, Schwaner zog einen verbeulten kleinen Schein aus seiner Hosentasche und legte ihn auf den Tisch. „Ernie und Bert“, so nannten Sandra und er das Schwulenpärchen von nebenan, „waren plötzlich gar nicht mehr so freundlich. Der hätte doch genug Geld gehabt, dieser arrogante Fatzke, sagten sie und erzählten mir, wie sie de Vries fast einmal überfahren hätte. Statt sich zu entschuldigen, hätte er sie noch beschimpft. Für den gäben sie keine zwei Groschen.“

Sandra hatte sich ihm gegenüber hingesetzt. „Aber warum hast du denn die Nachbarschaft abgeklappert? Wozu?“

Martin erzählte von seinem Telefonat mit Sven und dass er jetzt inoffiziell offiziell mit im Team wäre. Seine Aufgabe sei, sich vor Ort umzuhören und die Nachbarn zu befragen, das Übliche eben. Martin verschwieg, dass der Vorschlag von ihm gekommen war, und stellte es so dar, als seien ihm diese Aufgaben von Beck angetragen worden.

„Es ist ja gut so, dass ich das mache. Mit mir reden die Leute... wobei..." Schwaner trank nochmals, „... vielleicht auch nicht."

„Sieh's doch so, die aus Haus eins und drei kannst du schon mal von deiner Liste streichen." Sandra war wie immer pragmatisch. Gemeinsam gingen sie nochmals die Mitbewohner in ihrem Haus durch. Sandra spottete über die Madame von oben und diesen Geldknecht daneben. Die seien längst von der Gier infiziert und für die Welt verloren. Er sei der moderne Peter Munk und sie die Pechmarie, die nichts arbeiten, aber dennoch einen Berg von Geld verdienen möchten.

Auf Frau Milz ließ sie nichts kommen und Schul unten sei ein Spießer vor dem Herrn, aber sicherlich unschuldig. Die alten Heiths seien sowieso außen vor, wobei, wie Sandra wusste, Herr Heith eine genaue Liste mit Verstößen von de Vries führte. Die habe er ihr einmal gezeigt, als sie ihn hinterm Haus traf.

„Da hatte er mit dem Zollstock gemessen, wie weit die Zweige der Hecke von de Vries schon in sein Grundstück ragten – ich glaube, es waren fünf oder sechs Zentimeter."

„Aha", antwortete Schwaner und konnte sich die Situation gut vorstellen. „Wahrscheinlich aber kein Grund, jemanden zu vergiften."

Sandra stimmte zu, indem sie ihr Glas hob und Martin zuprostete. Der begann, nachdem er die Gläser nochmals gefüllt hatte, seine Überlegungen bezüglich des vergifteten Weins auszubreiten und endete mit: „Verstehst du, wenn der präparierte Wein im Keller deponiert war, musste der Täter die Villa auf irgendeine Weise beobachten. Entweder innen, was ich bezweifle, oder von außen, was wesentlich leichter wäre."

„Du meinst, der Täter wohnt gleich nebenan?", fragte Sandra mit einem Grausen in der Stimme.

„Möglich ist es. Allerdings kannst du Bilder einer Kamera auch am anderen Ende der Welt empfangen."

π, die Kreiszahl, setzte Martin am nächsten Morgen seinen imaginären Unterricht fort, wurde, wie Sie sich erinnern, erstmalig von Archimedes von Syrakus annähernd korrekt ermittelt. Von diesem Genie der Antike sind uns zahlreiche weitere Entdeckungen überliefert, so zum Beispiel seine Erkenntnisse über Verdrängung und den Auftrieb, oder die Spirale, die durch Drehung Wasser nach oben transportiert. Ein hervorragendes Beispiel dafür, wie sich Mathematik in der Realität als nützlich erweist.

Wir hätten von Archimedes sicherlich noch wesentlich mehr erwarten dürfen, wäre er nicht bei der Eroberung von Syrakus durch die Römer von einem Legionär erstochen worden. „Störe meine Kreise nicht" sollen die letzten Worte von Archimedes gewesen sein, was der tumbe Soldat als Beleidigung auffasste und die Flamme dieses brillanten Geistes aushauchte. Auch ein hervorragendes Beispiel, wie die Dummheit die Welt regiert.

Martin dachte einen Moment nach. Gehörte so etwas überhaupt hierher? Über Pythagoras und die Pythagoreer hatte er ebenfalls doziert, also warum nicht über Archimedes, der, wie Funde Anfang des 20. Jahrhunderts belegen, ein echter Mathematiker und Pionier war.

Kommen wir zum Kreis zurück. Sie haben gelernt, in welchem Zusammenhang der Durchmesser zum Umfang steht, und auch bei der Flächenberechnung des Kreises spielt Pi die entscheidende Rolle. Nur der Vollständigkeit halber:

$$F = r^2 \times Pi$$

Die Fläche über dem Radius passt exakt Pi-mal in den Kreis.

Wir wollen uns anderen Elementen des Kreises widmen: Tangente, Sekante und Passante. Was ist das? Kennt das noch jemand aus seiner Schulzeit? Lediglich Mark meldete sich wie üblich. Alle anderen untersuchten ihre Tischplatten oder die Decke des Klassenzimmers. „Ein wenig mehr Konzentration und Beteiligung, bitte", forderte Schwaner ein und gab Mark das Wort. „Eine Tangente berührt, eine Sekante schneidet und eine Passante geht am Kreis vorbei", sagte er stolz grinsend.

Schwaner pflichtete ihm bei und ergänzte: Mathematisch ausgedrückt heißt es, die Tangente besitzt genau einen Berührungspunkt mit dem Kreis, die Sekante zwei; nämlich da, wo sie in den Kreis eintritt, und dort, wo sie ihn wieder verlässt; und die Passante gar keinen. Was bedeutet dies für die Kriminalistik oder kann es bedeuten?

Dieses Mal wartete Martin auf keine Antwort.

Stellen wir uns ein mögliches Opfer als Kreis vor. Der Kreis umschließt alles, was diese Person ausmacht, ihr komplettes Leben, ihr Umfeld. Zu dieser Person stehen andere Personen in Beziehung. Beziehungen hatten wir ganz zu Anfang als Geraden, als Linien dargestellt. Wie verhalten sich diese Linien zum Kreis? Es wird Beziehungen geben, die die Person rein äußerlich betreffen, sie kaum tangieren, wie man so schön sagt. Andere werden ein Stück ihres Lebens sein und ganz, ganz wenige werden durch ihr Innerstes gehen. Daneben gibt es natürlich zahlreiche Linien, die den Kreis außerhalb passieren, aber auch hier, aufgepasst, ist der Abstand wichtig und sollte nicht unbeachtet bleiben. Ich schlage einmal Folgendes vor: Jeder von Ihnen zeichnet seinen persönlichen Lebenskreis und darin die dazugehörigen Tangenten, Sekanten und Passanten ein. Seine Schüler kramten ihre Arbeitsmittel hervor.

Martin streifte in Gedanken zwischen den Tischen hindurch. Mark, gleich vorne, hatte auf seinem Blatt einen nahezu leeren Kreis, durch dessen Mitte eine Linie ging, an der ‚Eltern‘ stand. Eine zweite, mit ‚L‘ gekennzeichnet, stand dazu in einem spitzen Winkel und teilte ein gutes Drittel seines Lebenskreises ab. Drumherum hatte er zahlreiche Tangenten gezeichnet, alle mit Buchstaben benannt, die sein Leben in ein Vieleck verwandelten. Passanten waren keine zu sehen.

Lenas Kreis, gleich daneben, besaß keine Mittelachse, dafür sieben Sekanten, welche mehr oder minder parallel liefen und nüchtern nummeriert waren. Eine Legende, welche Nummer was bedeutete, stand nicht dabei. Auf Martin wirkte es wie ein in Scheiben geschnittener Käse, der, einzeln abgepackt, in Portionen verkauft wurde.

Harrys Kreis wieß eine Tangente auf, die oben, fast mittig, ihren Berührungspunkt hatte und dann über die Weite des Blattes davonlief. Daneben mehrere Passanten, von denen eine die Tangente links neben dem Kreis schnitt, zwei andere, die auffällig gleich verliefen, rechts.

In Justins Kreis gingen alle Linien durch den Mittelpunkt, wodurch sein Leben, ob aus Spaß oder ernst gemeint, aussah wie eine zerteilte Torte oder ein Wagenrad mit Speichen. Er lachte Martin frech an, als dieser auf sein Blatt schaute.

Bill und Anna, die seit Kurzem nebeneinandersaßen, führten offensichtlich ein identisches und doch auch entgegengesetztes Leben. Beide hatten ein offenes Dreieck über ihre Kreise gezeichnet. Bei Bill zeigte die Spitze nach rechts, bei Anna nach links. Die obere Linie trug bei Anna den Namen Bill, bei Bill stand Anna. Es fehlte nicht viel und sie hätten noch Herzchen dazu gemalt. Martin forderte sie leise flüsternd zu mehr Konzentration auf die Sache auf, was völlig vergeblich war.

Sienna und Brooklyn saßen vor fast leeren Seiten. Siennas Blatt war durch unentwegtes Radieren und neu Zeichnen schon ganz zerknittert. Sie sagte, sie könne sich einfach nicht entscheiden, wer, wie und an welcher Stelle in ihrem Leben stehe. Brooklyn war offensichtlich völlig überfordert und brachte rein gar nichts aufs Papier.

In der Küche schepperte der leere Napf Romeos. Martin stand auf und ging nachsehen. Der Kater hockte, demonstrativ sein Maul leckend, in der Ecke. Vor ihm, auf einem Tuch, standen seine beiden

Schalen, eine für Wasser, die andere fürs Fressen. Letztere hatte Romeo umgeworfen und schaute auffordernd zu Martin empor.

Gestern Abend, als Sandra und er die Flasche Wein und noch etwas mehr ausgetrunken hatten, waren sie zu zweit nach unten gegangen und hatten gemeinsam den Kater gerufen. Noch vor einer Woche hätte sich das Schwaner nicht vorstellen können. Die Nachbarn mussten sie für völlig verrückt halten.

„Na, bis du hungrig, du alter Rumtreiber", sprach Martin mit dem Kater und streichelte sein schwarzes, glänzendes Fell. Der ließ es sich gefallen, schnurrte brav, bewegte sich allerdings keinen Schritt von der Tür weg, hinter der, woher auch immer er das wusste, die Dosen mit dem neu erworbenen Katzenfutter standen. Sandra hatte heute früh ein Sortiment Sheba, oder was sich Katzen sonst kaufen würden, aus ihrem Rucksack gezaubert.

Martin gehorchte endlich, öffnete die Tür und nahm eine Packung heraus. Wie es sich gehörte, spülte er die Schale aus, um keinen Nachgeruch der letzten Mahlzeit zu hinterlassen. Schließlich füllte er „Hühnchen" hinein. Zur Eile mahnend strich ihm Romeo in einem fort zwischen den Beinen herum und brummte dabei wie eine Diesellok. So ganz war er mit Martins Arbeit nicht zufrieden. Deutlich enttäuscht blickte er nach oben, als er den Inhalt der Schale erschnupperte, die Schwaner ihm hinstellte.

„Es kann nicht jeden Tag Thunfisch oder Sardellen geben", antwortete Schwaner. „Hier steht, dass dies ein „Luxus für den Katzengaumen" ist. Martin stockte. „Jetzt rede ich schon mit Katzen!"

Während Romeo schließlich doch alles herunterschlang, zog sich Martin an. Es nützte nichts, er musste seine Tour durch die Nachbarschaft fortsetzen, auch wenn ihm davor grauste wie vor einem Zahnarzttermin. „Ich bin gespannt, was mich heute erwartet", hatte er am Morgen zu Sandra gesagt. Heute werde er mit Stadler sprechen und, wenn er danach noch Energie und Nerven habe, mit den Buschs, dem Architekten in Nummer fünf. Wenn es wirklich gut laufen sollte, nahm sich Schwaner vor, werde er ebenfalls Pfarrer Kohl und seine Frau, die sich das Haus mit den Buschs teilten, besuchen.

Romeo huschte mit Martin hinaus und eilte die Treppe hinunter. Unten wartete er ungeduldig, dass ihm endlich die Tür geöffnet wurde, und sprang sogleich hinaus, nur um nach einigen Metern wieder sitzen zu bleiben. Der Kater schaute Schwaner hinterher, als wünsche er ihm Glück, leckte sich dann ausgiebig das Fell und beschloss, ebenfalls die Nachbarschaft zu inspizieren.

13

„LS-Film" stand am Briefkasten und auch neben dem obersten Klingelknopf. Der darunter war mit den Initialen L. S. benannt und gehörte, wie Schwaner vermutete, zur Wohnung. Er wusste nicht, dass beide Knöpfe eins waren, da im Haus gar keine Trennung zwischen Firma und privatem Lebensbereich existierte und der Briefkasten nur einem Steuersparmodell diente, womit Stadler die Hälfte seines Hauses an sich selbst vermietete. Für die Finanzbehörden waren Keller- und Erdgeschoss Räume, die durch die Filmproduktion genutzt wurden. Überhaupt, das fiel Martin jetzt wieder auf, war Stadlers Haus weitgehend baugleich zu der Villa von de Vries, nur in ihrem ursprünglichen Zustand. Bei de Vries war der oberste Stock erhöht und jetzt eine volle Etage geworden. Darüber hinaus war alles neu. Dach, Fassade, Fenster und die komplette Außenanlage strahlten förmlich. Stadlers Haus dagegen zeigte deutlich die Spuren der Jahrzehnte, die an ihm genagt hatten. Die Farbe war ein schmutziges Grau, an zahlreichen Stellen bröckelte der Putz, das Dach war moosbewachsen und das Gartentor von Rost zerfressen. Der Bentley, Stadlers ganzer Stolz und von ihm von Hand gepflegt, wie Martin mehr als einmal beobachtet hatte, stand nicht wie üblich neben dem Haus.

Frau Stadler erschien an der Haustür und schaute zu Schwaner, der auf dem Bürgersteig wartete. Sie winkte ihn herein, das Tor sei nicht verschlossen. Martin kam lächelnd näher und entschuldigte sich für die Störung. Er wohne gegenüber und sammle in der Nachbarschaft für einen Kranz. Sie wüsste sicherlich von den tragischen Ereignissen im Hause de Vries.

Frau Stadler sagte, dass sie Schwaner kenne und über alles informiert sei. Ihr Mann sei ja mit Herrn de Vries verabredet gewesen. „Wer hätte da gedacht, dass er tot in seinem Haus liegt."

„Sie kannten sich näher?", fragte Schwaner mitfühlend.

„Nicht direkt. Kennen ist vielleicht zu viel gesagt. Mein Mann und Herr de Vries spielten gelegentlich Golf miteinander. Genaugenommen nur ein Mal."

„Ach so, ich dachte, sie besuchten sich ...?"

„Nein, nein. Mein Mann hatte ... erst kürzlich ... Herrn de Vries kennengelernt. Mehr geschäftlich, wissen Sie? So lange wohnten sie ja auch noch nicht gegenüber, dass man näher bekannt oder gar befreundet wäre. "

„Ja, Herr Fischer", Martin zeigte zum Haus in seinem Rücken, „sagte mir, dass es ein gemeinsames Projekt gab, irgendeine Serie oder ..."

„Da müssen Sie meinen Mann fragen, ich bin da nicht so involviert. Es gibt immer viele Projekte. Irgendeines wird dann etwas." Frau Stadler lachte auf, verbiss es sich aber sogleich wieder. „Sie haben die beiden doch gefunden, oder nicht?", fragte sie, offensichtlich, um abzulenken.

„Ja, äh, nein. Eigentlich die Putzfrau. Ich war nur zufällig ... Ist Ihr Mann zu Hause?"

„Nein. Er musste nach Köln – wieder ein Projekt, sehen Sie. Er kommt wahrscheinlich erst spät zurück."

224

‚Könnten Sie mir bitte die genaue Anschrift in Köln nennen?' Diese Frage lag Schwaner schon auf den Lippen. „Köln…", sagte er stattdessen, „eine schöne Stadt… und so nah. Fahren Sie denn manchmal mit?"

„Nein. Es muss ja jemand im Büro sein." Für Schwaner klang die Antwort etwas wehmütig. Er nickte Frau Stadler aufmunternd zu. Erst jetzt fiel ihm auf, dass sie über der linken Hand einen knallgelben Putzhandschuh trug und darin einen weiteren hielt. „Oh, ich habe Sie gestört… entschuldigen Sie… bin einfach so reingeplatzt."

„Nur die Hausarbeit, da ist jede Unterbrechung willkommen", wieder lächelte sie, diesmal ehrlicher. „Wir haben leider keine Putzfrau." Ihr Kopf nickte und ihr Blick ging dabei zur Villa gegenüber, der ihre Aussage ungewollt ergänzte.

„Dann will ich Sie gar nicht länger stören", wollte Martin sich verabschieden.

„Moment!" Frau Stadler verschwand im Haus. Kurze Zeit später erschien sie mit einem Zwanzigeuroschein in der Hand wieder. „Hier, für den Kranz. Ich finde gut,", sie strich sich über die Stirn, „dass jemand, dass Sie sich darum kümmern." Frau Stadler hielt Martin den Schein hin. „Vielen ist es wahrscheinlich gleichgültig. Sie machen einfach weiter."

„Ja", pflichtete ihr Schwaner bei, „leider." Dabei hob er die Schultern und nahm das Geld. „Danke. Auf Wiedersehen."

„Auf Wiedersehen." Frau Stadler blieb vor der Tür stehen, bis Martin wieder das Gartentor schloss. Sie winkten sich nochmals zu.

Peter Busch, ein groß gewachsener Mann, breite Schultern, Spitzbauch, dicke Hornbrille auf dem kahlen Kopf, musterte Martin kritisch von oben bis unten.

„Was möchten Sie?", fragte er zum dritten Mal.

Schließlich bat er Schwaner herein und führte ihn ins Wohnzimmer. Er habe sein Hörgerät nicht an und auch keine Ahnung, wo es liegen könne. Frau Busch erschien kurz darauf, reichte ihrem Mann das Gesuchte und bot Kaffee an. Die älteren Herrschaften schienen sich über Besuch zu freuen. Frau Busch verschwand sogleich in die Küche, wie sie selbst sagte, und ließ die Herren alleine. Herr Busch trat ans Fenster und zeigte zur anderen Straßenseite.

„Da schaut man täglich hinüber und bekommt doch nichts mit."

Martin bemühte ebenfalls einige Floskeln des anonymen Großstadtlebens, bis beide sich setzten und einige Augenblicke schwiegen. Martin blickte sich um. Das Zimmer war ähnlich wie das Wohnzimmer von de Vries eingerichtet: schnörkellos, minimalistisch, wie einem Architektur-Magazin entsprungen. Die Einrichtung war nur wesentlich älter. Er und Peter Busch saßen auf zwei schwarzen Ledersofas mit Stahlrahmen, die über Eck einen kleinen quadratischen Tisch einrahmten. Die Sitzhöhe war so niedrig, dass Martins Knie ihm fast bis zu seiner Brust reichten. Es wurde bequemer, wenn man sich ganz zurücklehnte und dabei die Arme auf das Rückenteil legte. Vor dem Fernseher von Bang & Olufsen stand ein Charles-Eames-Sessel samt Ottomane. Die futuristisch aussehende Stereoanlage auf dem Sideboard war ebenfalls von

B&O. Die Wände schmückten zwei Bilder aus dem Bauhaus-Kreis, Originale, wie Martin annahm.

Ob er de Vries näher gekannt habe, versuchte Schwaner ein Gespräch zu beginnen, was Busch sehr ausschweifend beantwortete. Er sei ihm ein, zwei Mal begegnet, zu Anfang, als das Haus gegenüber umgebaut wurde. Ein Umbau, mit dem er überhaupt nicht einverstanden wäre. Die Architektur des Gebäudes sei ein Klassiker und beispielhaft für die Zeit. An Stadlers Haus erkenne man dies noch sehr gut. Es folgten einige Details, was nebenan erhalten wäre, de Vries jedoch mir nichts, dir nichts verändert habe. Busch schloss mit dem Satz: „Manchmal ist es gut, wenn kein Geld da ist."

Frau Busch brachte den Kaffee. Sie trug ein Metalltablett mit schwarzen Griffen. Darauf ein weißes Kaffeeservice in geometrisch strenger Form, das lediglich ein dünner schwarzer Rand verzierte. Tassen, Untertassen, Kännchen und Kanne waren wie neu.

„Ja, das sind, Entschuldigung, das waren Banausen", warf Frau Busch ein, die die letzten Ausführungen ihres Mannes aufgeschnappt hatte. „Alles musste immer größer und moderner werden..." Ihr Mann schnitt ihr mit einer kurzen Handbewegung das Wort ab.

„Und da sind Sie Herrn de Vries auf der Baustelle begegnet?", versuchte Martin die Unterhaltung zum Anfang zurückzuführen.

„Er hat meinen Mann hinausgeworfen.", antwortete Frau Busch entrüstet und wurde von diesem sofort wieder zum Schweigen gebracht. Martin wollte dies genauer wissen und Busch rückte widerwillig mit der Sprache raus, wie er und de Vries in, man kann es schon so sagen, Streit geraten seien. Er habe sich die Baumaßnahmen angesehen, vor allem den Pool unten. Ob er das wüsste, dass im Keller nachträglich ein Pool eingebaut wurde? Martin antwortete nicht und ließ Busch reden. Das sei eine Vergewaltigung der gesamten architektonischen Idee des Hauses. Es handle sich um eine, er möchte einmal sagen, klassizistische Villa, die sicherlich repräsentieren, aber niemals protzig werden sollte. Er habe das Haus ja einmal begutachtet, kurz nachdem Frau Heinrich, die alte Eigentümerin, verstorben sei. Vieles sei im originalen Zustand gewesen, die Fenster, Türen, Böden, Handläufe. Alles gepflegt und sehr gut erhalten. Ohne Not und Sachverstand seien wahre Schätze herausgerissen und zerstört worden.

Martin fragte nach dem Denkmalschutz, der doch für die Erhaltung solcher Häuser verantwortlich sei, worauf Busch nur verächtlich schnaufte und Frau Busch kopfschüttelnd in die Küche entschwand. Er habe dies natürlich versucht, aber diese Behörde sei so schwerfällig, dass, bis von dort eine Reaktion erfolgte, gegenüber schon alles ruiniert war. Darüber hinaus hätte der Denkmalschutz wohl nur bei einem Verkauf eingreifen können.

Schwaner merkte auf. „Hat denn de Vries die Villa nicht gekauft?"

„Nein, wovon denn? Seine Frau hatte alles geerbt. Sie ist, pardon, war, eine Nichte, genauer, die einzige Nichte von Frau Heinrich. Ihr ist alles zugefallen."

Busch schaute nachdenklich aus dem Fenster, Martin in die Mattscheibe des Fernsehers, in der sich schemenhaft der Raum spiegelte.

„Es ist schade, dass aus der Stiftung nichts wurde", fügte Busch nach einer Weile an und wandte sich wieder Martin zu.

„Stiftung? Welche Stiftung?", fragte dieser noch immer überrascht.

„Es sollte damals eine Stiftung aus dem Vermögen von Frau Heinrich gegründet werden. Sitz der Stiftung sollte, so nehme ich an, ihr Haus werden, das zu diesem Zweck im ursprünglichen Zustand erhalten geblieben wäre. Um den Wert dieser Immobilie zu taxieren, habe ich doch die Begutachtung durchgeführt." Busch schaute Schwaner an, als habe der ihm die ganze Zeit nicht zugehört.

„Ja, äh, ... und was war der Wert?", fragte Martin und nippte verlegen an seiner Tasse.

„Im damaligen Zustand", Buschs Stimme wurde plötzlich sehr sachverständig, „etwa dreieinhalb Millionen Euro. Mittels einer sorgfältigen und authentischen Renovierung, die Kosten dafür schätzte ich auf etwa achthunderttausend Euro, hätte sich der Wert nahezu verdoppelt. Es wäre eine Perle geworden", schloss er schwärmend, und seine Frau, die eben wieder hereinkam und nachschenkte, wiederholte: „Eine Perle, eine wirkliche Perle."

„Und jetzt?", fragte Schwaner an seiner Tasse nippend.

„Jetzt? Sie meinen, was dieses...", Busch überlegte einen Augenblick und fügte wütend „Haus" an, „... was dieses... Haus jetzt wert ist? Für mich ist es wertlos. Es ist ein Gebäude, dem man die Seele entrissen hat. Eine Hülle, wie tausend andere, in der Menschen... ich möchte nicht sagen leben, eher wohnen, existieren oder meinetwegen auch vegetieren." Busch trank seinen Kaffee in einem Zug aus und stellte die Tasse so heftig aufs Tablett, dass seiner Frau ein kleiner Schrei entwich.

„Aber," setzte Martin vorsichtig an, „das Haus ist ja noch da. Es kann doch nicht nichts wert sein?"

Der Architekt musterte ihn, als habe er Martin bisher gar nicht wirklich wahrgenommen oder umgekehrt, schaute schließlich wieder aus dem Fenster. „Natürlich gibt es Menschen, in der heutigen verrückten Welt sowieso, die zahlen für solch eine verschandelte Bude sieben, acht Millionen. Es ist ja jetzt ein Pool darin enthalten und anderer Schnickschnack, den niemand wirklich braucht." Angewidert blickte er Schwaner in die Augen. „Eine Sauna! Stellen Sie sich das einmal vor!", er schüttelte den Kopf, „architektonisch gesehen, dabei bleibe ich, ist es wertlos, eine Schande" und schloss: „Bei Frau Heinrich hätte es so etwas nicht gegeben."

Schwaner spürte deutlich die Aggressionen in seinem Gegenüber und auch Frau Busch nickte eifrig zustimmend. Martin pflichtete ebenfalls bei und wackelte mit dem Kopf, was die Buschs wohlwollend registrierten.

„Aber", fragte Schwaner nach einigen Sekunden der gegenseitigen Bestätigung, „warum wurde nichts aus der Stiftung?"

„Das kann ich Ihnen nicht sagen, da müssten Sie mal Herrn Waller fragen. Er hatte mich damals mit dem Gutachten beauftragt. Er weiß da vielleicht mehr. Oder Herrn Weber, in Nummer sieben. Er war früher der Steuerberater von Frau Heinrich und, so vermute ich, ebenfalls in die Stiftungspläne involviert."

„Und Frau de Vries war die Nichte von Frau Heinrich?", Martins Stimme klang ungläubig und begeistert zugleich. „Ist sie denn auch hier aufgewachsen?"
„Da müssten Sie wiederum den ehemaligen Pfarrer Krüg, gleich nebenan, fragen. Er wohnt schon immer hier, wir erst seit fünfzehn Jahren."
„Der Pfarrer Krüg weiß alles", stimmte Frau Busch zu.

Schwaner saß vor seinem Rechner. Er hatte sich eben von den Buschs verabschiedet und musste erst einmal die neuen Informationen sacken lassen. Martin hatte völlig den vorgeschobenen Anlass seines Besuches vergessen. Frau Busch war ihm nachgelaufen und drückte ihm zehn Euro in die Hand. Dabei flüsterte sie: „Sagen Sie es aber nicht meinem Mann. Er würde für die beiden keinen Cent geben." Und mit einem milden Lächeln: „Man muss auch verzeihen können."
Hätte Schwaner am Morgen wie seine Schüler Kreise für die beiden Opfer gezeichnet, so wäre der von Herrn de Vries sehr groß ausgefallen. Der von Frau de Vries hätte es maximal auf die Hälfte gebracht und sich fast vollständig in dem von Herrn de Vries bewegt – vielleicht mit einer kleinen Sichel Unabhängigkeit. Martin musste sich eingestehen, dass nicht nur Sandra, sondern auch er, Frau de Vries bislang nur als das Schmuckstück ihres Mannes angesehen hatte.
Mit den eben erfahrenen Neuigkeiten drehte sich das Bild um. Nicht de Vries war die begüterte Person, sondern offensichtlich seine Frau. Martins Bild

des anhängenden Püppchens löste sich in Luft auf. Sie war die Eigentümerin des Hauses, die Erbin eines Vermögens! Schwaner versuchte sich zu erinnern. Er hatte während der Umbauarbeiten, wenn überhaupt, nur Herrn de Vries auf der Baustelle gesehen. Frau de Vries sah er zum ersten Mal, als alles fertig war. Die beiden Lkw des Umzugsunternehmens waren schon vor einer Woche wieder verschwunden. Eine junge Dame, mit Klemmbrett unterm Arm und Telefon in der Hand, hatte den Einzug dirigiert. Frau de Vries war lediglich mit einem Koffer angekommen und nahm den Schlüssel entgegen, als handele es sich um ein Hotelzimmer. Anschließend verschwanden beide im Haus, tauchten kurz einmal im Garten auf, um gleich wieder nach drinnen zu gehen. Nach einer Dreiviertelstunde rauschte Miss Klemmbrett ab, das Telefon sogleich am Ohr, in das sie Punkte ihrer Notizen hineinblaffte.

Martin rief Anne Wiegand im Präsidium an und fragte, was sie über Frau de Vries in Erfahrung bringen konnte. Anne spulte ab:
„Emma de Vries, Mädchenname Schaller, später Heinrich...“
„Wieso zwei Mädchennamen?“, unterbrach Schwaner.
„Sie wurde 1988, im Alter von zehn Jahren, von Georg und Maria Heinrich, wohnhaft Georg-Speyer-Straße 4, Frankfurt am Main, adoptiert. Ihre leiblichen Eltern waren bei einem Verkehrsunfall im Jahr davor gestorben.“
„Zehn Jahre“, wiederholte Martin, „also ist sie 1978 geboren.“

„Du bist der Mathematiker unter uns", scherzte Anne und fuhr fort:

„Geboren wurde sie in Aachen, wo sie ab 1995 wieder gemeldet war. Sie besuchte dort eine Privatschule, das Sankt-Ursula-Gymnasium. Hört sich irgendwie nach Internat an. Später studierte sie an der RWTH Architektur, was sie in Amsterdam fortsetzte und abschloss. Dort scheint sie auch ihren späteren Ehemann kennengelernt zu haben, vermute ich mal. Ich habe noch keine Informationen aus Holland erhalten."

„Sie ist adoptiert worden ...", wiederholte Schwaner wie abwesend. „Ich habe erfahren, dass sie die Nichte von dieser Frau Heinrich gewesen sein soll, kannst du das bitte einmal prüfen?" Anne bestätigte. „Und noch etwas. Es sollte da eine Stiftung gegründet werden, aus dem Vermögen der Heinrichs, schau mal, ob du darüber etwas findest, überhaupt über die Familie Heinrich, womit die ihr Geld verdient haben ..."

„Na, Heinrich Maschinenbau", unterbrach ihn Anne.

„Ein Onkel von mir hat dort gearbeitet. Die waren früher in Fechenheim, haben dann aber, soweit ich mich erinnere, mit irgendeinem anderen Betrieb fusioniert und den Geschäftssitz verlegt. Mein Onkel fluchte fortan über den langen Weg zur Arbeit. Ich mach mich mal schlau."

„Danke dir. Ich werde mich hier weiter umhören, bis dann", verabschiedete sich Schwaner.

„Nichts zu danken, bleib dran, bis bald", kam es von Anne zurück.

Schwaner saß am Schreibtisch, die Blätter mit den Kreisen seiner Schüler vor sich. In der vergangenen Stunde haben wir etwas über Tangente, Sekante und Passante erfahren. Dies zunächst am Einzelkreis. Sie alle haben Ihre eigenen Kreise gezogen, die, so muss ich sagen, sehr unterschiedlich ausgefallen sind. Aber so sind die Menschen.

Heute werden wir uns mit mehreren Kreisen beschäftigen und uns ansehen, wie sich diese zueinander verhalten. Fangen wir mit dem Einfachen an, zwei Kreise nebeneinander. Bevor Sie loslegen, möchte ich allerdings, dass Sie sich zu jedem Kreis eine Person vorstellen und daraus ableiten, ob die Kreise gleich groß oder unterschiedlich groß sind und wie weit sie voneinander entfernt stehen. Und, fast vergessen, wo sie stehen, also, ob auf gleicher Höhe oder zueinander versetzt sind. Vielleicht liegen sie auch übereinander? Fast alle zeichneten zwei Kreise auf gleicher Linie, der rechte etwa die Hälfte des linken. Lediglich Bills Blatt zeigte eine Figur wie Erde und Mond, ein winziges Rund, das in weiter Entfernung zum Hauptkreis schräg versetzt stand. Auf Nachfrage Martins sagten fünf seiner Schüler, dass sie ihre Eltern dargestellt hätten, der große Kreis der Vater, der kleinere die Mutter. Schwaner überlegte kurz, ob er an dieser Stelle auf Stereotypen eingehen sollte, ließ es jedoch bleiben. Stattdessen forderte er alle auf, sich einen kurzen Moment in ihre Zeichnung zu vertiefen, die Spannung zwischen den Kreisen aufzunehmen, ihre Anziehung oder Gegenseitigkeit wirken zu lassen. Es wurde mucksmäuschenstill im Raum. Alle, bis auf Bill und Anna, waren konzentriert.

Gut, dann zeichnen Sie jetzt, wie zuvor im Einzelkreis, einmal die Tangenten, Sekanten und Passanten ein. Diese sollen wieder Beziehungen zu anderen Personen darstellen. Daher kann es Linien geben, die beide Kreise berühren oder schneiden oder eben nur einen. Eine besondere Stelle ist der Bereich zwischen den Kreisen. Alles was hier hindurchführt, strahlt ein trennendes Signal aus, während die Linien auf den Außenseiten etwas Verbindendes besitzen, das kann, denke ich, jeder von Ihnen erfassen.

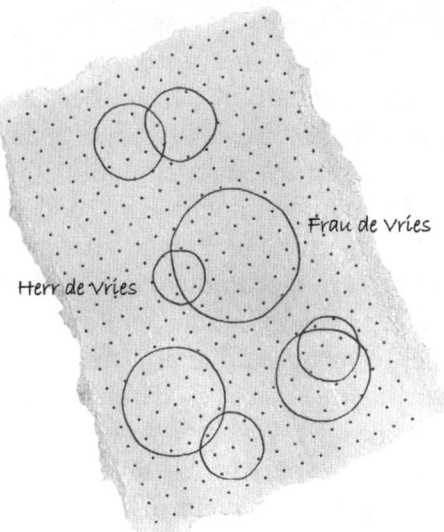

Im Verlauf der Stunde zeichneten seine Schüler weitere Kreise. Manche berührten sich lediglich in einem Punkt, andere überschnitten sich und schließlich welche, bei denen der kleinere vollständig im größeren Kreis enthalten war. Bei allem, was Martin auf seinem Blatt skizzierte, dachte er an Herrn und Frau de Vries. Noch heute Morgen hätte er sie als getrennt gezeichnet, jetzt veränderte sich nicht nur das Größenverhältnis der beiden Kreise zueinander, sie schoben sich auch mehr und mehr zusammen, bildeten eine Schnittmenge, um sich am Ende ganz zu überlagern.

Martin schaute auf die Uhr in seinem Rechner: 15.53 Uhr. Die Stunde mit seiner Klasse war nur ein Zeitvertreib für ihn. Fast vier Uhr schien ihm der richtige Zeitpunkt, um Pfarrer Krüg einen Besuch abzustatten. Als Schwaner unten vor die Tür trat, sah er Romeo nebenan im Garten. Der Kater lag in der Nähe des Brunnens wie ein Löwe in der Steppe. „Eine gute Gelegenheit, sich einmal die Nistkästen hinten in den Bäumen anzusehen", dachte Martin bei sich und ging hinüber. Romeo wartete geduldig, bis Schwaner herangekommen war, und gestattete ihm einige Streicheleinheiten über Kopf und Rücken. Martin suchte schon einmal aus dem Augenwinkel die beiden Bäume ab, an deren Stämmen die Vogelhäuser hingen. Wenn darin eine Kamera versteckt sein sollte, musste sie mit Strom versorgt werden, ansonsten war ein dauerhafter Betrieb nicht möglich. Vom Brunnen aus, den er nebenbei ebenfalls absuchte, war nichts zu erkennen. Als ob er die Absicht Schwaners erraten hätte, sprang Romeo plötzlich auf und lief exakt in die Ecke des Gartens, die unmittelbar an die Bäume grenzte. Martin schritt, übertrieben laut auf den Kater einredend, hinterher, bis er glaubte, sich im toten Bereich eines möglichen Blickwinkels zu befinden.

Beide Bäume, alte Tannen, standen auf dem Grundstück Waller, etwa drei Meter vom Zaun entfernt, der hier auf der anderen Seite durch Maschendraht weiter verdichtet war. Äste, die von drüben auf das Grundstück de Vries ragten, waren gekappt worden – ein weiteres Resultat des anhaltenden Nachbarschaftsstreits. Romeo konnte nicht durch den Zaun schlüpfen, sondern musste einen Umweg über den hinten angrenzenden Garten nehmen. Als seien ihm diese Pfade bis ins Kleinste vertraut, verschwand der Kater unter den Sträuchern und ging nachschauen, ob sich in seinem Revier etwas getan hatte.

Martin glaubte sich nun sicher, rief alibihalber hin und wieder nach der Katze und suchte mit den Augen intensiv die Nistkästen ab. Und tatsächlich, am vorderen ging ein dünnes Kabel, kaum zu sehen, aus dem Kasten zum Stamm hinüber und schlängelte sich, fast unsichtbar in der Rinde verlegt, hinunter. Der Grund war mit Nadeln übersät. Einige Bodendecker versuchten sich gegen diese Flut zu behaupten. Die Leitung verschwand hinter dem Stamm in der Erde. Weiter hinten sah Martin eine Metallstange aus dem Boden herausragen, daran Außensteckdosen, wovon die unterste durch aufgeschichteten Baumschnitt verdeckt war.

„Kann ich Ihnen helfen?" Schwaner hatte gar nicht bemerkt, dass Herr Waller sich genähert hatte. „Suchen Sie etwas?"

„Ach, ja, nein, guten Tag. Die Katze, ich meine den Kater, Romeo. Der ist eben ... er wohnt jetzt bei uns ... Sie wissen, der Kater von Frau de Vries ... hat ja niemanden mehr." Schwaner gab sich leutselig naiv.

„Hier wird er nicht hereinkommen", behauptete Waller bestimmt und deutete auf den Zaun. „Dafür habe ich gesorgt." Nach einer kurzen Pause fragte er: „Sie sind doch Herr, Herr Schwaner, oder nicht?"

„Ja, ja, ganz richtig. Gleich von nebenan." Martin nickte zur Nummer vier hinüber. „Ich wollte Sie eigentlich schon besuchen", versuchte Schwaner etwas Verbindlichkeit zwischen Waller und sich herzustellen. „Ich hatte einige Verstöße von de Vries dokumentiert – sie hatten uns doch darum gebeten. Fein säuberlich, mit Datum und Uhrzeit." Martin lächelte und führte eine schreibende Handbewegung aus: „Hat sich jetzt wohl erledigt, oder?"

„Ja, vermutlich." Waller blieb distanziert und kühl.

„Haben Sie da eigentlich eine Kamera drin?", Schwaner überrumpelte sein Gegenüber ganz bewusst. „Da läuft doch ein Kabel aus dem Nistkasten. Ist mir eben aufgefallen."

„Ich weiß nicht, was Sie meinen." Waller blickte absichtlich in eine andere Richtung.

„Na da oben, das Kabel. Und dort hinten geht es runter", Martin ließ nicht locker.

„Ja, da ist eine Kamera." Waller kam ein, zwei Schritte auf Schwaner zu. „Die permanenten Verstöße von de Vries mussten ja irgendwie dokumentiert werden. Nur Aussagen der Nachbarn reichen da nicht. Damit konnte er sich ja schon einmal herauswinden."

„Und da haben Sie alles aufgezeichnet?"

„Nein, nein, nicht alles. Die Kamera reagiert nur auf Bewegung und Lichtveränderung." Waller war das Thema sichtlich unangenehm.

„Aber das wurde dann aufgezeichnet?", fragte Martin unbeeindruckt nach. Waller nickte nur.

„Hatten Sie denn aktuell eine Auseinandersetzung mit de Vries?"

„Mit diesem Herrn und seiner Gattin gab es nur Auseinan dersetzungen, fortlaufend. Schauen Sie sich doch nur einmal diese Bäume an, wie sie gestutzt werden mussten und wie sie jetzt aussehen." Waller blickte demonstrativ nach oben und schien jedem Zweig nachzutrauern.

Schwaner überlegte, ob er noch weiter insistieren sollte, entschied sich aber schließlich dagegen.

„Ich sammle in der Nachbarschaft für einen Kranz oder ein Gesteck. Möchten Sie sich daran beteiligen?"

Waller drehte sich, ohne eine Antwort zu geben, um und ging zu seinem Haus zurück.

Martin hatte das Grundstück noch nicht ganz verlassen, als sein Telefon klingelte. Es war Oskar Willemer, der sofort mit der Tür ins Haus fiel:

„Ich hab's rausgekriegt. Eine Riesensauerei läuft da, zumindest was ich bisher in Erfahrung bringen konnte. Organisierter Insiderhandel ist das, so würde ich das bezeichnen. Organisierter …"

„Oskar, Oskar … mal langsam. Ich versteh kein Wort. Bitte einmal von vorne." Martin lehnte sich an die Hauswand der Villa und hörte zu. Willemer beschrieb ihm in hastigen Worten ein noch nicht einmal besonders aufwendig getarntes Konstrukt, das sich seiner Meinung nach hinter de Vries verbarg. Im Grunde handele es sich dabei um eine Genossenschaft, deren Mitglieder alle aus führenden Positionen kämen oder schlicht Geld hätten. Das waren wohl anfänglich nur Personen der zweiten oder dritten Reihe, inzwischen jedoch „Vorstände aus Dax-Konzernen", was Willemer mehrfach betonte. Diese bildeten den Kern und brächten das Kapital ein.

„Zehn Millionen", sagte Schwaner.

„Woher weißt du das?", fragte sein Gegenüber irritiert.

„Weiter", befahl Martin.

Willemer beschrieb, immer noch aufgeregt, wie sich nun die Mitglieder gegenseitig mit Informationen versorgten, beispielsweise noch nicht veröffentlichte Geschäftszahlen, geplante Übernahmen, Investitionen, Gewinnsprünge oder -warnungen und anderes. Der Genossenschaft, sprich de Vries, werde dies frühzeitig mitgeteilt und die könne dadurch das Kapital entsprechend umschichten.

„Das ist so, als würdest du Lotto spielen, aber die Zahlen immer schon eine Woche vorher kennen. Eine todsichere Nummer mit enormen Renditen."

Auch Schwaner, der ansonsten nicht viel von Geldanlagen und Finanzinstrumenten verstand, leuchtete das System sofort ein. „Aber gibt es da nicht die BaFin", hakte er nach.

„Ach, die BaFin", schnaufte Willemer, „denen fällt doch so etwas gar nicht auf, das hast du doch bei Wirecard gesehen. Ferner sind Genossenschaften von der Meldepflicht ausgenommen. Dazu ist der Firmensitz von de Vries im Ausland und unterm Strich, mit ein paar Hundert Millionen, zu klein, als dass da ein Hahn danach kräht. Da sind ganz andere Player im Markt."

„Aber Oskar, wie bist du da dahinter gekommen? Wer hat dir das erzählt?"

„Keine Namen, keine Bilder – das verstehst du, oder?" Willemer wartete, bis Martin ihm das zugesichert hatte. „Es war wohl so, dass de Vries anfänglich große Probleme hatte, Mitglieder für seine Genossenschaft zu finden. Das änderte sich mit der Einführung der Negativzinsen schlagartig. Plötzlich wurde er mit Anträgen überrannt. Es war sogar so, dass de Vries auswählen konnte und manchen ablehnte. Damit stieß er einigen sehr gewichtigen Personen vor den Kopf, die einen Teil ihres Vermögens bei ihm parken wollten. So etwas solltest du nicht tun, wenn du eine Zukunft in der Branche haben möchtest."

„Wie meinst du das?", horchte Schwaner auf.

„Habt ihr bei euch nicht eine Abteilung für Wirtschaftskriminalität? Red doch mal mit denen. Deutschland ist das Eldorado für Geldwäsche. Da sind Milliarden aus undurchsichtigen Quellen unterwegs. Und mit den Leuten, denen dieses Geld gehört, legst du dich besser nicht an."

„Du meinst ...?", Martin konnte seinen Satz nicht zu Ende führen.

„Ja genau, das meine ich. Du kannst dir ausmalen, was das für Typen und Organisationen sind. Du kennst die besser als ich." Es war einen Moment still im Apparat, als würde Willemer etwas trinken. „Aber nicht nur das. Wie gesagt, auch Vorstandsmitglieder seriöser Unternehmen suchten nach Möglichkeiten, ihr Geld, ihr privates Geld, gewinnbringend anzulegen. Falls du dich schon mal gefragt hast, warum die Reichen immer reicher werden, hier hast du ein gutes Beispiel dafür."

Schwaner grübelte laut darüber nach, dass es eine Mitgliederliste oder ein Verzeichnis geben müsse, sonst würde das System nicht funktionieren.

„Die mag es wohl geben, aber bestimmt nicht öffentlich zugänglich, wenn überhaupt digital. Weißt du, Papier ist nicht nur geduldiger, es ist auch verschwiegener als irgendwelche Dateien. Ich muss jetzt in die Redaktionssitzung, mach's gut und halt mich auf dem Laufenden, wenn ihr de Vries hochnehmt." Wie immer legte Oskar Willemer abrupt auf. Schwaner konnte ihm noch nicht einmal sagen, dass de Vries tot war.

14

Auf dem Weg zu Pfarrer Krüg dachte Schwaner an Frau de Jong und den Ordner, den sie aus dem Haus geholt hatte. Wahrscheinlich gehörte es zu einer Art Notfallplan, dass, wenn etwas Ungewöhnliches geschah, sie diesen Ordner an sich nehmen sollte. Schwaner ahnte, was er enthielt.

Mit jedem Schritt beschlich Martin eine Ohnmacht. Wenn der oder die Täter aus dem von Willemer beschriebenen Umfeld kamen, wäre er alleine völlig machtlos. Selbst mit dem gesamten Polizeiapparat im Hintergrund würde es Monate, wenn nicht Jahre dauern, bis die Verdächtigen ermittelt und genügend Beweise gesammelt wären. Vor Gericht würden Armeen von Anwälten aufmarschieren... Schlagartig war das Bild des Gerichtssaals von damals in seinem Kopf, die Reihen der Tische, dahinter die schwarzen Roben der Verteidiger... Martin musste einen Moment stehen bleiben und tief Luft holen.

Schwaner musste sich motivieren weiterzumachen. Er verdrängte den Gedanken, dass sein Tun völlig sinnlos sei und höchstwahrscheinlich zu keinem greifbaren Ergebnis führte. Noch gab Ansatzpunkte im unmittelbaren Umfeld von de Vries. Solange diese nicht ausermittelt waren, gab es keinen Grund, die Flinte ins Korn zu werfen. „Die großen Mathematiker hatten auch nicht vor offenen Fragen kapituliert, im Gegenteil. Je größer das Problem, umso interessanter die Lösung", spornte sich Martin an.

Als hätte er auf Schwaner gewartet, stand Herr Krüg, ein schlanker Mann Mitte siebzig, mit grauen, kurz geschnittenen Haaren in der Tür.

„Geht es Ihnen gut? Sie sehen etwas blass aus?", fragte der ehemalige Pfarrer nach einem Blick über seine fast rahmenlose Brille hinweg. Er bat Martin herein. Krüg sagte, dass er schon von seiner Sammlung gehört habe und es sehr lobenswert finde, dass er sich um das Andenken der Toten bemühe.

„Ach, haben es die „Busch"-Trommeln schon weitergetragen?", scherzte Schwaner. Beide lachten.

„Eigentlich wäre es wohl meine Aufgabe gewesen,", drehte sich der Pfarrer mit einem Lächeln um, „aber bei Ihnen ist es in besseren Händen."

Wie er das meine, wollte Martin nach seinem Dank für das Lob wissen.

„Aufgrund meiner langjährigen Tätigkeit als Pfarrer der Jakobsgemeinde hätten sich viele verpflichtet gefühlt, etwas zu spenden. Es wäre nicht von Herzen gekommen, sondern lediglich eine Geste geblieben."

Schwaner und Krüg waren allein. „Meine Frau lässt sich entschuldigen", kam Krüg der Frage zuvor. Der ehemalige Pfarrer wies Martin am Ende des Flurs in ein Zimmer mit Gartenblick, das über und über mit Büchern vollgestopft war. Jede verfügbare Wandfläche, selbst rund um den Türrahmen, war mit Regalbrettern durchzogen. Nirgendwo zeigte sich eine freie Stelle, im Gegenteil. Auf dem Schreibtisch am Fenster, auf dem Sims, dem Boden links und rechts stapelten sich weitere Bücher in die Höhe. Auch der Lesesessel, in dem Schwaner Platz nehmen sollte, war mit Stapeln umbaut. Auf dem kleinen Tisch daneben stand ein Tablett mit leuchtendem Stövchen und Teekanne darauf. Zwei filigrane Porzellantassen warteten auf ihren Untertellern, zwischen ihnen eine kleine Schale mit Gebäck.

„Tee?", fragte Krüg und füllte, ohne eine Antwort abzuwarten, die Tassen. Er selbst setzte sich an den Schreibtisch und drehte sich zu Schwaner hin. Martin dankte, nahm den Tee und blies den aufsteigenden Dampf fort. Der Anruf von Oskar waberte noch immer durch seinen Kopf und es wollte ihm partout kein Einstieg, keine Frage einfallen, mit der er das Gespräch beginnen konnte.

„Was möchten Sie wissen?", erlöste ihn Krüg ohne Umschweife. Und nach einem weiteren Schluck Tee: „Ich weiß, dass Sie Polizeibeamter sind oder waren und ich denke mir, dass es Ihnen ein wenig geht wie mir. Ich kann von meinem Beruf auch nicht wirklich lassen, oder er lässt nicht von mir, ganz wie Sie möchten." Wieder lachten beide.

Martin fühlte sich von der ehrlichen und direkten Art des Pfarrers angezogen. Sehr ausführlich beschrieb Martin, wie sich durch seine Beobachtungen, noch bevor Gewissheit bestand, eine Unruhe, ein Verdacht in ihm regte.

„Ist es nicht merkwürdig? Obwohl ich die Eheleute de Vries eigentlich nicht kannte, wusste ich, dass dort etwas geschehen war."

„Woher unsere Ahnungen kommen, das kann niemand sagen", bestätigte ihm Krüg. „Dass es sie gibt, ist gewiss. Manche sehen darin eine Gabe, andere einen Fluch."

Nach einigen Erörterungen Krügs, wie sich ihm in seiner Zeit in der Gemeinde immer wieder Schicksale offenbart hätten, kam er wieder auf seine Frage zurück, was Martin von ihm wissen wolle.

„Ich habe gehört, dass Frau de Vries hier aufgewachsen ist. Stimmt das?"

Ja, das träfe zu, sagte Krüg mit bitterer Miene. Und das sei eine der unschönen Erinnerungen, denen er sich wohl endlich stellen müsse. Edda, so nannte er Frau de Vries, sei als junges Mädchen, nach diesem furchtbaren Unglück ihrer Eltern, hierhergekommen. „Frau Heinrich war ja eine Tante von ihr. Die einzige Verwandte überhaupt, die ihr geblieben war. Aber das wisse er vielleicht schon?" Schwaner tat, als sei ihm das alles längst bekannt. „Die Heinrichs selbst hatten keine eigenen Kinder. Für sie war es, trotz des Unglücks, ein Segen." Pfarrer Krüg beschrieb ein zunächst verschlossenes, stilles Kind, das über Monate mit keinem ein Wort sprach. Es habe lange gedauert, sehr lange, bis die Trauer in ihr überwunden war. „Wie ein Schmetterling aus einer Raupe, ist sie plötzlich aufgeblüht, wurde lebendig, ein richtiger Sonnenschein. Es war eine Freude, ihr zu begegnen. Frau Heinrich und sie waren wie Mutter und Tochter. Herr Heinrich vergötterte sie."

Der Pfarrer schenkte Tee nach und ließ sich Zeit, ehe er weitererzählte, diesmal stockend und unsicher. Er schweifte ab zu Herrn Heinrich, der damals ja noch lebte und der kein einfacher Mensch gewesen sei. „Er war herrisch und aufbrausend, oft verreist, zu Hause über alles bestimmend. Er duldete keinen Widerspruch. Andererseits sehr kunstinteressiert, ein Mäzen und Gönner." Krüg beschrieb einen Typus Mann, wie er in vielen Filmen und Romanen wiedergegeben wird. Der erfolgreiche Geschäftsmann, nach außen immer tüchtig, adrett, großzügig und wohlerzogen, im Privaten ein Despot, voller Schliche und Heimtücke. „Wenn ich damals in meinen Predigten auf die Sünde der Gier eingegangen bin, hatte ich immer Herrn Heinrich vor Augen. Ich kannte niemanden, der so vom Besitz getrieben war wie er." Herr Krüg hob entschuldigend die Hände, Martin nickte verständnisvoll.

„Was genau damals vorgefallen ist, darüber kann ich nichts sagen. Aus der kleinen Edda war ein Mädchen, ein sehr hüb ches Mädchen geworden. Und wie viele in ihrem Alter rebellierte sie. Nichts Ungewöhnliches, denke ich." Krüg drehte sich zum Fenster hin und blickte hinaus. Es wurde allmählich dunkel draußen und Schwaner konnte verschwommen Krügs Gesicht in der Scheibe erkennen. Es sah aus, als ringe dieser mit sich, als stünde er vor einer schweren Entscheidung. Er drehte sich wieder zu Martin hin.

„Alles, was ich Ihnen jetzt erzähle, sind zum Teil Vermutungen meinerseits. Nichts davon ist bewiesen." Krüg unterstrich das letzte Wort mit in die Luft gezeichneten Anführungszeichen. „Manches habe ich miterlebt, andere Dinge nur erahnt. Es sind, wie sagen Sie in Ihrem Beruf, reine Spekulationen." Nochmals holte der Pfarrer tief Luft. „Quasi über Nacht, so kommt es mir heute vor, verwandelte sich die Idylle in die reinste Hölle. Edda schwänzte die Schule, trieb sich manchmal tagelang herum, ohne dass jemand wusste, wo sie steckte. Sie färbte sich ihre Haare in den grellsten Farben, trug nur noch Schwarz und um den Hals eine schwere Metallkette. Sie bettelte auf der Leipziger Straße, trank und nahm offensichtlich auch andere Drogen. Immer wieder brachte sie ganze Horden von Mädchen und Jungs, Punks wie sie, mit nach Hause, mit denen sie bis in den Morgen drüben im Garten feierte. Immer wieder war die Polizei vor Ort und musste diese wilden Partys auflösen. Herr Heinrich, der in der

Regel nicht da war, schrie und tobte nach seiner Rückkehr, dass es bis auf die Straße zu hören war. Edda ließ sich davon überhaupt nicht beeindrucken. Die nächste Feier wurde noch wilder." Krüg hielt inne und blickte Martin in die Augen.

„Und dann stand Edda eines Nachts hier vor unserer Tür. Sie blutete aus Mund und Nase, ihr Gesicht war zugeschwollen, sie konnte sich kaum noch auf den Beinen halten. Sie sagte kein Wort, schaute mich nur an..." Krüg stockte und schwieg.

„Was war passiert?", wollte Martin nach schier endlosen Sekunden wissen und riss Krüg aus seiner Starre.

„Sie hat nie darüber gesprochen. Herrn Heinrich nannte sie nur noch ‚das alte Schwein' und sie werde niemals wieder das Haus gegenüber betreten. Also blieb sie hier, bei uns, für einige Wochen, solange es irgendwie ging." Krüg hielt wieder inne. Martin sah, dass seine Augen feucht wurden. „Es war schwierig, sehr schwierig sogar", erzählte der Pfarrer weiter. „Zwei Tage nach ihrem Einzug lag sie oben im Bett, eine leere Tablettendose neben sich. Zum Glück nichts wirklich Ernstes. Es waren einigermaßen harmlose Medikamente. Dennoch musste der Notarzt kommen. Dabei sahen wir ihre Arme, übersät mit Schnitten und Narben." Krüg hielt seinen Arm vor Martin hin, als seien darauf die Male zu sehen.

„Eines Morgens, da lebte Edda schon einen Monat bei uns, stand sie nackt hier vor mir," Krüg wies zur Tür hin, „und fragte mich, ob sie mir gefalle. Ich bat sie natürlich, sich anzuziehen, nach oben zu gehen...", Krüg schaute Martin an, „...aber sie blieb da stehen und wollte eine Antwort haben. Schließlich sagte ich, dass sie sehr hübsch sei, ein hübsches Mädchen. Daraufhin kam sie näher, immer näher..." Dem Pfarrer war die Angst von damals ins Gesicht geschrieben. „Du willst das doch auch, sagte sie und wollte sich eben auf meinen Schoß setzen, da hörten wir meine Frau, wie sie nach Hause kam, wie sie die Tür aufschloss..." Krüg schwieg erneut. Martin saß wie angefroren im Sessel.

„Bis heute weiß ich nicht, was passiert wäre, wenn meine Frau nicht...", Krüg blickte Schwaner in die Augen, drehte sich dann wieder zum Fenster hin. „Und alleine dieser Gedanke quält mich seitdem..."

„Haben Sie denn nochmals mit Frau de Vries, mit Edda, darüber gesprochen?", fragte Schwaner, wieder ganz Kommissar, dazwischen.

„Wir sind uns einmal auf der Straße begegnet, kurz nach ihrem Einzug. Ich dachte, sie würde uns bestimmt besuchen kommen, was sie aber nicht tat. Vor ihrem Haus sagte sie zu mir, dass ihr Mann die Villa nach ihren Plänen völlig umgebaut habe und sie es deshalb wieder betreten könne." Krüg wandte sich wieder Martin zu, lächelte sogar. „Wir redeten noch über einige Nichtigkeiten. Nachdem sie sich verabschiedet hatte, drehte sie sich nochmals zu mir um und fragte: „Gefalle ich dir immer noch?" Dabei schaute sie mich so merkwürdig traurig an. Es war kein Scherz, auch keine süffisante Anspielung. Erst da habe ich verstanden, dass damals alles ein Hilferuf von ihr gewesen war."

Martin verstand nicht, was der Pfarrer ihm damit sagen wollte, und fand es peinlich, weiter nachzufragen. Überhaupt war er von der Offenheit der

Unterhaltung irritiert und wie gefangen. Krüg schenkte nochmals Tee nach, warf dabei einen kurzen Blick auf Schwaner und schwieg.

„Was ist damals weiter geschehen?", fragte Martin nach einer gefühlten Ewigkeit und griff nach seiner Tasse.

„Wir hatten natürlich Kontakt zu Frau Heinrich, die ganze Zeit über. Wir dachten, es sei das Beste, wenn Edda von hier wegkäme, in eine neue Umgebung." Krüg saß wieder gerade an seinem Schreibtisch.

„Das Internat", entfuhr es Schwaner.

„Ah, das wissen Sie bereits – ja, das Internat. Und später die Wohnung in Aachen", fügte der Pfarrer noch an. „Edda ist nie wieder zurückgekommen, also damals. Selbst in den Ferien blieb sie fort."

„Und Frau Heinrich, ihre Tante. Hatte sie Kontakt zu ihr?", fragte Martin.

„Herr Heinrich ist plötzlich verstorben, ganz überraschend", platzte Krüg heraus und taxierte Schwaner aus den Augenwinkeln.

„Wie meinen Sie das?", Schwaner setzte seine Tasse ab. „Gab es Anzeichen für ein Fremdverschulden?"

„Ich weiß es nicht, der Zeitpunkt war allerdings, wie soll ich sagen, es war kein Zufall, verstehen Sie? Aber wie gesagt, es sind Spekulationen, ohne dass ich dazu Beweise habe."

„Wurde das damals untersucht? Gab es Ermittlungen?" Martin war wieder ganz Kommissar.

„Ach woher. Nein. Der Arzt stellte einen Herzinfarkt fest und eine Woche später war Herr Heinrich unter der Erde. Edda erschien übrigens nicht zur Beerdigung."

„Und außer Ihnen fand das niemand merkwürdig?"

„Ich hatte damals mit Herrn Weber von nebenan gesprochen. Er war ja der Steuerberater von Heinrich und sehr vertraut mit ihm. Er sagte mir, dass es schon länger gesundheitliche Probleme gab. Das beruhigte mich. Aber jetzt, wo Edda und ihr Mann auch so plötzlich verstorben sind, denke ich häufig an damals zurück. Das können doch nicht alles Zufälle sein." Krüg lehnte sich zurück und faltete die Hände vor seinem Bauch.

Schwaner dachte nach. Frau de Vries, die er so häufig beobachtet hatte, war ihm plötzlich völlig fremd. Es war, als hätte er über all diese Zeit nur ein Trugbild gesehen, eine stets modisch gekleidete, hübsch frisierte Hülle eines Menschen, der jemand völlig anderer war.

„Und Frau Heinrich und Frau de Vries. Wie war das nach dem Tod von Herrn Heinrich?", fragte er schließlich.

„Anfänglich haben sie sich wohl schon getroffen, doch irgendwann ist es zum Bruch gekommen. Frau Heinrich erzählte mir einmal, dass Edda ihr vorwerfe, dass sie nicht früher eingeschritten wäre, damals, als ihr Mann noch lebte. Bei unserer letzten Begegnung, als sie im Sterben lag, flüsterte sie mir zu, dass jetzt alles wieder gut sei. Sie habe mit Edda ihren Frieden geschlossen. Wie genau, das konnte sie mir nicht mehr sagen, aber sie wirkte sehr gelöst und im Reinen mit sich." Krüg lächelte, als habe er eben eine Seele gerettet.

Schwaner dagegen wirkte nervös und angespannt. „Wissen Sie etwas über eine Stiftung?"

„Die Stiftung, aber natürlich. Das war etwas, was Herr Weber von nebenan und Herr Waller von gegenüber Frau Heinrich vorgeschlagen hatten. Ihr gesamtes Vermögen und die zukünftigen Erträge aus dem Unternehmen Heinrich sollten einer noch zu gründenden Stiftung zufließen. Daraus ist aber am Ende nichts geworden und Frau Heinrich hat alles ihrer Nichte vermacht."

Martin wurde noch unruhiger. Er spürte, wie ihm die vielen neuen Informationen den Kopf verdrehten, ihn die neuen Bilder, die Mutmaßungen fortreißen wollten. Er versuchte, sich geometrische Figuren vorzustellen. Edda de Vries ein Punkt, Herr Heinrich ein Punkt, dazwischen eine Linie. Frau Heinrich ein Kreis. Wie lag die Linie dazu? Ein Dreieck. Herr Heinrich auf der einen Seite, seine Frau ihm gegenüber und Edda, Tante und Nichte. Ein spitzes Dreieck. Kleiner Inkreis, großer Umkreis ...

„Ist alles in Ordnung mit Ihnen?", fragte Krüg besorgt und griff nach Martins Arm. „Sie sehen wieder so blass aus."

Schwaner dankte. Es sei alles gut, kein Grund zur Sorge, er müsse jetzt gehen, würde aber gerne nochmals wiederkommen, wenn Herr Krüg damit einverstanden wäre.

Aus dem Zimmer über ihnen war ein Geräusch zu hören, als wäre etwas zu Boden gefallen. „Ach, meine Frau ist aufgewacht. Sie hatte sich etwas hingelegt.", erklärte der Pfarrer sogleich.

„Dann will ich nicht länger stören", nutzte Schwaner die Gelegenheit.

Martin musste raus an die frische Luft, so schnell wie möglich. Überhastet verabschiedete er sich, schnappte seine Jacke und war weg. Erst im kleinen Park an der Zeppelinallee blieb er stehen und atmete in tiefen Zügen durch. Alles war dunkel um ihn herum, der Spielplatz verlassen. In langsamen Schritten begann Martin eine Runde zu gehen. Unter seinen Schuhen knirschte es. Wie das Ticken einer Uhr war Martins Gang zu hören. Nach der ersten Runde folgte die zweite, die dritte, die vierte. Schwaner hatte mittlerweile die Arme auf dem Rücken verschränkt und ging, tief in Gedanken, wie ein Philosoph, umher. In seinem Kopf zeichnete und konstruierte er in einem fort, bis er wieder völlig zur Ruhe gekommen war. Früher hatte er gerne das Bild einer Kugel in einer Schale verwendet. Zuerst sauste sie in hoher Geschwindigkeit am Rand entlang, ehe sie in der Mitte zum Stillstand kam. Heute dachte er an die Malfatti-Kreise. Der italienische Mathematiker hatte im 18. Jahrhundert das Problem formuliert, wie sich drei Kreise in einem Dreieck anordnen lassen, dass sie die größtmögliche Fläche darin ausfüllen. In einem gleichschenkligen Dreieck schien dies kein Problem zu sein.

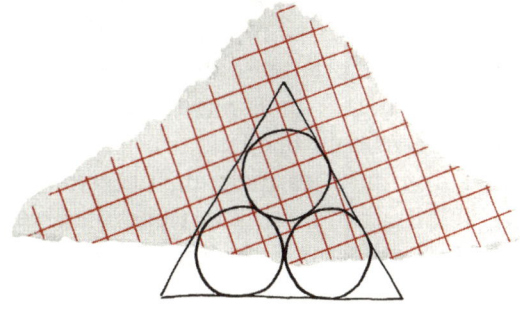

Die so harmonisch anmutende Lösung stellte sich fast zweihundert Jahre später als falsch heraus. Wie man Anfang des 20. Jahrhundert beweisen konnte, bedeckte die unschönere Variante etwa ein Prozent mehr Fläche. Zeichnerisch war dies bis dahin nicht zu ermitteln.

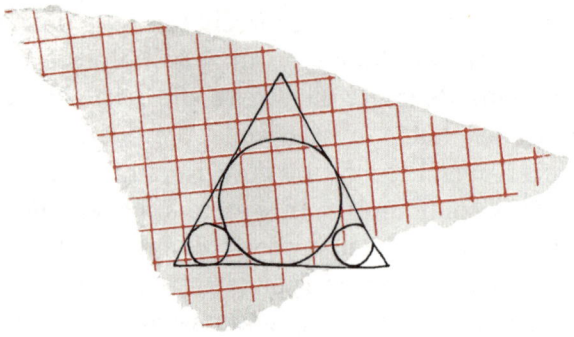

„Ein großer, zwei kleine Kreise", dachte Martin. „Doch wer gehört zu wem? Und wenn ich es andersherum betrachte, das Dreieck als die Beziehung der Heinrichs untereinander? Welche Motive könnten die Kreise darstellen?"

In seinen Gedanken gelangte Martin schließlich zum gotischen Maßwerk. Früher hatte er Kirchen gemieden und Touristen, die als Erstes die Sakralbauten einer Stadt besuchten, milde belächelt. Mittlerweile war er selbst einer dieser „Dom-Hopper" geworden und hatte im Umkreis, von Speyer bis Limburg, von Worms bis Fulda, alle Kirchen abgeklappert. Ihm ging es nicht darum, wie sich die Dreifaltigkeit Gottes im Mauerwerk niederschlug. Ihn faszinierten die immer weiter vorangetriebenen

Variationen der Rosette, der Bögen und Dreiecke. Ihn beruhigten im Kirchenschiff nicht Stille und Andacht, ihn beruhigte die darin verkörperte Geometrie.

Am Abend erzählte Martin Sandra von den vielen Ereignissen und Neuigkeiten. Sie hatte zu Frau de Vries gleich eine Erklärung parat.

„Für mich klingt das nach einem sexuellen Hintergrund, nach Missbrauch. Wahrscheinlich hat sich Herr Heinrich an ihr vergangen. Es sind die typischen Symptome: Auflehnung, Provokation, Drogen und gegen sich selbst gerichtete Gewalt. Und später dann die Beziehung zu einem wesentlich älteren Partner. Das passt zu dem frühen Vaterverlust." Zum ersten Mal schien Sandra Mitleid mit Frau de Vries zu haben, die sie bis dahin immer als „lebendes Designerimitat" abgetan hatte.

„Vielleicht war es, vor diesem Hintergrund, doch ein Selbstmord?", schloss Sandra. „Es ist nicht ungewöhnlich, dass solche frühen Traumata, vor allem wenn sie unbehandelt bleiben, nach Jahren aufbrechen."

Martin erinnerte an Oskar Willemer und was er über die Geschäfte von de Vries berichtet hatte. Darin stecke ebenfalls genügend Stoff für ein Motiv. „Wie ich das alleine ermitteln soll..." Martin brach ab, da Sandra plötzlich aufsprang. „Steigere dich da nicht so hinein", sagte sie. „Du bist nicht allein." Ein feuchter Glanz stand in ihren Augen. Sie ging zur Tür. „Ich gehe mal unseren Rumtreiber suchen." Ihr Lächeln misslang.

Kaum war Martin alleine, eilte er ins Arbeitszimmer und wandte sich seiner Klasse zu. Bei seinen Grübeleien im Park war ihm aufgefallen, dass er neben Tangente, Sekante und Passante eine wichtige Linie im Kreis vergessen hatte: die Sehne.

Meine lieben angehenden Kriminalistinnen und Kriminalisten, lassen Sie uns nochmals einen kleinen Schritt zurückgehen, wir waren vielleicht im Tempo etwas zu forsch. Wenden wir uns einer besonderen Strecke im Kreis zu, deren Merkmale für uns in der Mathematischen Kriminalistik von großer Bedeutung sind, der Sehne. Die Sehne ist eine im Kreis gefangene Gerade, der Teil einer Sekante also, der vom Durchmesser ausgeschnitten und begrenzt wird. Bitte zeichnen Sie einen Kreis und eine x-beliebige Sekante durch diesen Kreis. Die Punkte, in denen die Sekante den Kreis durchschneidet, bezeichnen wir mit A und B. Die Strecke zwischen A und B heißt Sehne.

Bevor wir auf die Bedeutung der Sehne in der Mathematischen Kriminalistik eingehen, schauen wir uns einmal an, welche Elemente wir entdecken können. Zuerst haben wir den Kreisabschnitt, also den Teil, den die Sehne vom Kreis abschneidet. Je näher die Sehne in Richtung Mittelpunkt des Kreises wandert, umso mehr nähert sie sich dem Durchmesser an, umso größer wird der Kreisabschnitt. Die Sehne kann, in unserer Betrachtung, auch den Mittelpunkt überschreiten, was bedeutet, der abgeschnittene Teil des Kreises ist größer als der Restkreis.

Es lassen sich mit der Sehne auch verschiedene Dreiecke im Kreis konstruieren. An erster Stelle ein rechtwinkliges Dreieck. Wie geht das? Ganz einfach! Sie zeichnen eine Sehne durch den Mittelpunkt ein, also den Durchmesser, und erhalten wieder A und B auf dem Umfang. Wir können nun jeden x-beliebigen Punkt auf dem Halbkreis über AB wählen, es entsteht immer ein rechtwinkliges Dreieck.

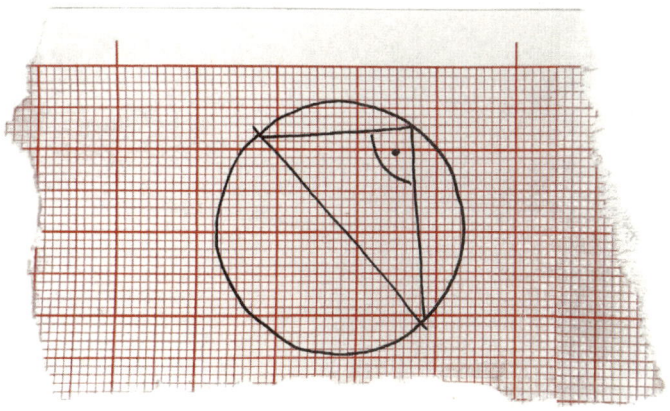

Außer Mark und Lena schauten alle etwas ungläubig und fragend. Martin half und erläuterte, dass nach dem Satz des Thales, jedes Dreieck über dem Durchmesser ein rechtwinkliges ist. „Thales war ebenfalls ein griechischer Philosoph, der noch vor Pythagoras und Euklid lebte. Wir sprachen bereits über ihn, wenn ich mich nicht irre." Seine Schülerinnen und Schüler nahmen es nickend zur Kenntnis.

Schwaner zeigte weiter, wie, in Anlehnung an den Satz von Thales, von der Sehne zum Umfang Dreiecke entstehen können, einmal im Kreisausschnitt, einmal zum Restkreis hin. „Sie können jeden x-beliebigen Punkt im Bogen wählen, der Winkel im Scheidepunkt ist immer der gleiche. Zum Restkreis hin verhält es sich genauso."

Zu guter Letzt bliebe noch das Dreieck von der Sehne zum Mittelpunkt hin, wodurch ein gleichschenkliges Dreieck entstand, dessen Seitenlänge dem Radius des Kreises entspricht. Den Winkel im Mittelpunkt nannte Martin α, der sich, wie er weiter ausführte, immer weiter öffne, je näher die Sehne an den Mittelpunkt rücke.

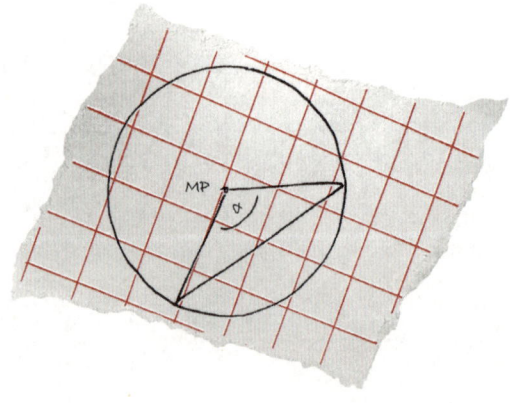

Martin wartete einen Moment, bis alle mit ihren Konstruktionen fertig waren. Was bedeute nun das eben Gelernte für sie als Kriminalisten, fuhr er fort. Der Kreis ist eine Person, die Linie die Beziehung zu jemand anderem. Die Sehne verdeutlicht den Einflussbereich, den diese Beziehung – und damit der oder die andere – auf die untersuchte Person nimmt. Oder umgekehrt: Wie viel ihrer eigenen Persönlichkeit ist oder war die dargestellte Person bereit, in diese Verbindung zu investieren? Etwas allgemeiner ausgedrückt: Wie nah lasse ich jemand an mich heran? Alle glotzten Schwaner ungläubig an. Harry schüttelte sogar vehement den Kopf und flüsterte „Schwachsinn", so laut, dass alle es hören konnten. Lena meinte, dass ihr das jetzt viel zu abstrakt wäre. „So sieht doch keine Beziehung aus."

Martin konterte mit der Gegenfrage, wie sie denn überhaupt eine Person und ihr Beziehungsgeflecht in der Praxis darstellen würden? Man sammle Informationen und Fakten, trage alles fein säuberlich zusammen, aber entstünde daraus ein Bild? Nichts als Buchstaben und leere Zeilen seien dies.

Schwaner stockte. So durfte er seinen Unterricht nicht führen. Mit dem Schimpfen auf bisherige Ermittlungsmethoden würde er einen Graben aufreißen zwischen seiner Mathematischen Kriminalistik und etablierten Vorgehensweisen. Das sollte er vermeiden.

Kommen wir jetzt nochmals zu den Doppelkreisen der letzten Stunde. Ich möchte, dass Sie anhand von zwei Kreisen folgende Beziehung darstellen:

Er, ein Mann Mitte sechzig, durchaus attraktiv, selbstständig, nicht unerfolgreich, selbstbewusst, mit einem Hang zur Selbstdarstellung, d.h. er protzt gerne mit seinem vermeintlichen Besitz.

Sie ist mehr als zwanzig Jahre jünger, attraktiv, mode-
bewusst, nach außen kühl und reserviert, UND, jetzt
aufgepasst: Sie ist die Vermögende, sie ist eine
Millionenerbin...

„Millionenerbin?", fragte Sandra plötzlich hinter
ihm. Martin hatte ihr Eintreten gar nicht bemerkt.
„Wen meinst du denn damit? Mich?"
Schwaner fühlte sich wie ertappt und musste aus-
holend erklären, wie, was und wer hier dargestellt
werden sollte. Sandra hörte schmollend und wenig
überzeugt zu. Erst als Martin ihr ausführlich seinen
Ansatz mit Kreis, Linien und schließlich Sehne
erklärt hatte, gab sie sich etwas besänftigt.
„Das können wir doch einmal für uns zeichnen",
schlug Sandra vor. Mittlerweile saßen sie und Martin
am Tisch, vor jedem ein Glas Campari-Soda.
„Ich bin gespannt, wie du unsere Beziehung darstellen würdest." Sie kraulte das schwarze Fell
Romeos, dessen Augen Martin in diesem Moment
diabolisch anblitzten.
„Das muss ich gar nicht zeichnen. Für mich sind es
zwei gleich große Kreise, die sich bis zum Mittelpunkt
überschneiden", antwortete Martin, ohne zu zögern
und etwas zu schnell. „Das Ideal!"
Er solle mal nicht gleich übertreiben, entgegnete
Sandra wenig beeindruckt. Sie habe das schon ernst
gemeint. Die Katze weiter kraulend dachte sie nach.
Wenn sie es richtig verstanden habe, würde sein
Bild doch wohl bedeuten, dass beide viel von sich für
die Beziehung aufgegeben hätten. Das stelle sie sich
nicht unter einem Ideal vor.

Martin korrigierte seine vorherigen Ausführungen dahingehend, dass es sich bei der Schnittmenge nicht um preisgegebene Eigenheiten der Person handle, sondern um Gemeinsamkeiten, die sich in einer Beziehung, im Normalfall, von selbst einstellten.

Sie werde und müsse weiter darüber nachdenken, beschloss Sandra. Jetzt habe sie erst einmal einen Bärenhunger, was es denn zu essen gebe? Schwaner musste gestehen, dass er daran überhaupt nicht gedacht hatte und schlug einen Besuch bei „Frau Müller", in der Ginnheimer Höhe, vor.

15

Am nächsten Tag stand Martin frühmorgens in der Küche, eine Tasse Kaffee in der Hand, und blickte zur Villa hinüber. Haus und Garten begannen gerade sich aus dem Dunkel der Nacht zu schälen.

Sandra schlief sich gerne samstags aus, Romeo offenbar auch. Martin konnte die Uhr in sich nicht so einfach abstellen. Dazu hätte es schon mehrere Tage in einer anderen Umgebung gebraucht.

Schwaner sortierte nochmals die Informationen des gestrigen Tages in seinem Kopf. An erster Stelle stand, dass Frau de Vries, Edda, wie sie Martin inzwischen in seinem Kopf nannte, hier aufgewachsen war. Dazu natürlich der tragische Tod ihrer Eltern, die Adoption, einige offenbar glückliche Jahre, danach der Bruch, die zweite Trennung von der Familie. Schwaner versuchte, dieses wilde, einsame Mädchen von damals mit seinen Bildern von Frau de Vries in Einklang zu bringen. Es gelang ihm nicht. Dies mussten zwei völlig unterschiedliche Personen sein. Womöglich hatte Sandra recht, wenn sie sagte, dass irgendwann dieses verborgene Ich ausbricht. Edda, wie sie sich Martin vorstellte, wäre der Reichtum völlig gleich gewesen, ähnlich wie bei Sandra. Verletzt und verstört, wie sie war, hätte sie das Geld, wie ihr eigenes Leben, einfach weggeworfen.

Zweiter Punkt: Was hatte es mit dem plötzlichen Tod von Herrn Heinrich auf sich? War es wirklich ein Herzinfarkt gewesen oder hatte jemand nachgeholfen? Wenn, käme wahrscheinlich nur Frau Heinrich, die Tante von Edda, infrage. Aber wie wollte man das, nach über zwanzig Jahren, noch ermitteln und auf welcher Grundlage? Die Hauptverdächtige war inzwischen verstorben und hatte ihre Schuld mit ins Grab genommen. „Wo kein Kläger, da kein Richter", dachte Martin. Es war alles Spekulation und wird Spekulation bleiben.

Aber einmal angenommen, Frau Heinrich brachte ihren Mann um, weil er sich an ihrer Nichte, ihrem Kind, vergangen hatte. Edda kommt dennoch nicht zurück. Zu tief sind die Wunden. Sie beschuldigt auch die Tante, sie nicht vor dem „alten Schwein" beschützt zu haben. Nie wieder würde sie dieses Haus betreten. Martins Blick wanderte die Fassade empor. Wer ahnt schon, was sich hinter all den Mauern abspielt?

Frau Heinrich, die Tante, wer war sie? Martin kannte sie nicht. Als er und Sandra hier einzogen, war die alte Dame nebenan bereits verstorben und das Haus stand leer. Sie musste an die zwanzig Jahre alleine in der Villa gelebt haben. „Ein trauriges Leben, inmitten der Erinnerungen, umgeben von der Schuld", dachte Martin. „Auch dabei hilft einem das ganze Geld nichts. Es kann nichts ungeschehen machen."

Am Ende musste es doch zu einer Versöhnung gekommen sein, wie Pfarrer Krüg erzählte. Oder hätte Edda sowieso alles geerbt? Lag alleine diese Gewissheit in den letzten Worten von Frau Heinrich? Hatten sich Edda und Frau Heinrich, kurz vor deren Tod, nochmals getroffen? Vielleicht gab es bereits vorher Kontakte, Briefe, Anrufe? Wie war das an Geburts- und Feiertagen? Martin musste unbedingt nochmals mit Krüg sprechen!

Nächster Punkt: Die Stiftung. Wäre diese ominöse Stiftung gegründet worden, hätte Edda höchstwahrscheinlich nichts geerbt, oder nur einen Bruchteil. Alles andere wäre der Stiftung zugeflossen. Waller und Weber, zwei alte Herren – zwei alte Schweine? – waren hierbei die Drahtzieher. Welchem Zweck sollte diese Stiftung dienen? Wer waren die Nutznießer? Wenn es wieder Kontakte zwischen Frau Heinrich und Edda, wenn auch nur wenige, gegeben haben sollte, dann wusste Edda über die Stiftung Bescheid. Die Stiftung wurde schließlich nicht gegründet. Darin könnte ein Motiv stecken. Schwaner musste mehr über diese Stiftung, über das Erbe und das Verfahren wissen. Dazu sollte es Unterlagen geben, bestimmt auch drüben im Haus. Martins Blick wanderte nochmals die Wand gegenüber empor.

Schwaner trat vom Fenster zurück, stellte seine Tasse unter den Kaffeeautomaten und drückte den Knopf. Augenblicklich setzte das Getöse ein und zerriss die Stille. „Ich darf, trotz der vielen neuen Informationen, die alten Ansätze nicht vergessen", ermahnte sich Martin. Es konnte immer noch ein Klient aus dem Umfeld von de Vries infrage kommen. Wie hatte Oskar gesagt: „Es gibt da einige Herren, denen solltest du nicht vor den Kopf stoßen." Von überall her brauchte er mehr Informationen. Wie sollte er die alleine beschaffen, sichten, auswerten, dokumentieren? Mit jedem Tag wurde der Berg größer, die Lawine, die auf ihn zurollte, höher. Früher, im Kommissariat, waren sie ein Team, im Zweifel eine Sonderkommission, mit Verstärkung aus anderen Bereichen. Darin konnte die stetig steigende Flut an Informationen bewältigt werden. Er alleine hatte hier keine Chance, sondern würde wie der Esel hinter der Karotte herrennen. Das Ganze musste endlich offiziell zum Fall werden. Sven musste mit der Staatsanwältin reden!

Martin schoss ein Verdacht in den Sinn: Sollte es überhaupt ein Fall werden? Ließ man ihn vielleicht absichtlich hier ein wenig herumschnüffeln, damit er etwas zu tun hatte und den anderen nicht auf die Nerven ging? Wut kochte augenblicklich in ihm hoch. Der Verdacht wurde wie von selbst zur Gewissheit. Er musste mit Sven sprechen, sofort.

Im Präsidium meldete sich die müde Stimme von Jacqueline und fragte, was geschehen wäre. Schwaner überging die Frage und wollte Sven sprechen.

„Sven hat dieses Wochenende frei." Jacquelines Stimme klang wie die eines Mannes, der eine Frau imitiert. Das reizte Martin unbewusst noch mehr. Er fühlte sich nicht ernst genommen.

„Wird das überhaupt jemals ein Fall werden oder laufe ich wie ein Trottel durch die Gegend?", blaffte er ins Telefon.

„Martin, was ist los? Was bist du so aufgeregt?" Wieder dieser Singsang in Schwaners Ohr.

„Ich bin nicht aufgeregt, ich fühle mich lediglich verarscht. Ich renne mir hier die Hacken ab, doch niemand interessiert's!"

„Tschuldigung, aber, ich weiß ja nicht, was du Sven mitgeteilt hast, aber bei mir sind noch keine neuen Informationen über diesen de Vries angekommen."

Schwaner stockte. Seine Wut ebbte ab wie Wasser in einem Wasserkocher, das eben noch wild sprudelte und sich nach dem Klick des Schalters sofort beruhigt. Richtig, wie sollten sie im Präsidium von all seinen neuen Entdeckungen wissen? Früher gehörte es zur Routine, alle neu erlangten Informationen in Berichten und Vermerken festzuhalten. In den entsprechenden Dateiordnern waren sie für alle einsehbar und wurden zusätzlich in den morgendlichen Besprechungen allen mitgeteilt. Martin hatte seit Monaten keinen Bericht mehr geschrieben, ein Umstand, den er ganz und gar nicht vermisste.

„Martin? Bist du noch da?", säuselte Jacqueline.

„Hat Sven denn jemals mit dieser Staatsanwältin gesprochen?" Es war immer noch Hitze in Schwaner.

„Das kann ich dir nicht sagen, da musst du ihn fragen. Wir haben so viel mit dieser Messerstecherei um die Ohren. Mitten im Lokal, mitten im Bahnhofsviertel, doch keiner will etwas gesehen oder gehört haben. Und niemand spricht Deutsch! Aber du kennst das ja." Plötzlich fand Martin das Auf und Ab in Jacquelines Stimme sympathisch, ja geradezu beruhigend. Sie plauderten noch ein wenig über Nebensächlichkeiten, alte Kollegen, die nach wie vor vielen Ausfälle durch Krankheiten, die weiter bestehenden Hygieneregeln in der Kantine, wodurch jeder und jede getrennt an einem Tisch saß.

„Das ist wirklich wie Essen fassen und hat nichts mehr mit früher zu tun, als man Kolleginnen und Kollegen aus anderen Abteilungen traf und sich über den Teller hinweg austauschte." Jacqueline seufzte ein: „Ach, das waren noch Zeiten!" hinterher.

„Na ja, wenn wir ehrlich sind, wurde mehr über Fußball, Tipprunden und das vergangene oder das anstehende Wochenende gesprochen." Martin und Jacqueline lachten. „Neuerdings auch viel über Männer, die zu Frauen wurden", fügte Jacqueline noch an, was Schwaner ein wenig ins Schleudern brachte. Mit „Manchmal ist es auch gut, nicht mehr im Präsidium zu sein", zog er sich gekonnt aus der Affäre.

Jacqueline verabschiedete sich mit der Bitte, ihnen seine neuen Erkenntnisse zu senden. Sie müsse noch unzählige Übersetzungen der Vernehmungen durchgehen. Martin versprach bis Montag einen Bericht und legte auf.

„Millionenerbin" stand noch immer als Letztes in seinem Skript, das mehr und mehr zu einer Erzählung oder einem Bühnenstück wurde. Die letzte Aufgabe an seine Klasse war die Darstellung des Ehepaars de Vries gewesen. Auf dem Blatt vor ihm waren verschiedene Ringpaare zu sehen. Martins eigene Zeichnung zeigte einen großen und einen deutlich kleineren Kreis, die sich überlappten. Im großen Kreis, der bei Schwaner mittlerweile Frau de Vries darstellte, war die Schnittmenge nur ein kleiner Teil. Bei Herrn de Vries, der wie ein Rädchen im Getriebe wirkte, ragte der Umfang des größeren zu mehr als der Hälfte des Radius hinein. Wo sich die Kreise überlagerten, war eine Art Linse entstanden. Die Schnittpunkte der Kreislinien bezeichnete Martin mit A und B, dazwischen lag eine Sehne, die zu beiden Personen gehörte.

Schwaner musste sich mit jemandem über seine Gedanken austauschen. In einem Stuhlkreis versammelte er seine Klasse vor sich.

Meine lieben Schülerinnen und Schüler, hier sehen Sie den Kern der Beziehung der beiden beschriebenen Personen. Bill widersprach sofort. Bei ihm sehe dies ganz anders aus. Bei ihm sei der Mann, trotz der möglichen finanziellen Abhängigkeit von ihr, immer noch der wesentlich größere Kreis und damit die bestimmende Person in dieser Beziehung.

„Warum sollte sich eine attraktive, vermögende junge Frau mit so einem alten Knacker abgeben?", fragte Anna. Sie sehe da überhaupt keine Beziehung. Die Frau hätte doch jeden haben können, jüngere oder doch zumindest gleichaltrige Männer.

An dieser Stelle musste sich Schwaner entschuldigen. Er habe einige Details, die ihm sehr wohl bekannt wären, vergessen zu erwähnen. Die Klasse stöhnte und maulte. Martin ergänzte zu der Frau: zunächst einfache Verhältnisse, früher Elternverlust, Adoption in reiche Familie, Missbrauch durch den Stiefvater, Rebellion und Bruch.

„Schön, dass wir diese Nebensächlichkeiten auch erfahren", merkte Mark zynisch an, riss sein Blatt aus dem Block, zerknüllte es und warf es demonstrativ in den Papierkorb neben Schwaner.

Bill meldete sich wieder zu Wort und sagte, dass sich für ihn das Bild dadurch nicht ändere. Die Frau habe sehr wahrscheinlich in einer psychischen Abhängigkeit von ihm gelebt. Damit sei der Mann immer noch, oder gerade deswegen, der Dominierende in der Beziehung. Schwaner war überrascht. Eine solche Schlussfolgerung hätte er Bill gar nicht zugetraut.

Vielleicht habe sich die Frau ganz bewusst einen älteren Partner gesucht, um ihrem Stiefvater seine Schuld vor Augen zu führen. Diese Perspektive kam von Lena. Martin behielt die ebenfalls von ihm vergessene Information, dass der Stiefvater unter mysteriösen Umständen verstorben war, für sich. Das hätte die Stunde komplett gesprengt und ihn vollends blamiert. Lenas Ansatz, dass Frau de Vries bewusst mit ihrem wesentlich älteren Partner an den Ort ihrer Kindheit zurückkehrte, fand Martin sehr interessant.

Martin hielt die Ergebnisse seiner Unterhaltung mit der Klasse auf seinem Blatt fest. Er zeichnete zu seiner Linse eben die Peripherie- und die Zentriwinkel ein, als Sandra in der Tür erschien. Sie fragte, ob er nicht wenigstens übers Wochenende mit seinen Nachforschungen pausieren könne? Er arbeite ja mehr als zu seiner aktiven Zeit. Romeo neben ihr schaute ebenfalls vorwurfsvoll und leckte sich die Nase.

„Lass uns in den Taunus fahren, ein wenig Waldbaden", schlug Sandra vor. „Und heute Abend gehen wir zu Claudio." Martin war zunächst nicht sonderlich begeistert. Er mochte es nicht, so aus seinen Gedanken gerissen zu werden.

„Dazwischen gehen wir noch einkaufen, für Morgen", plauderte Sandra von der Küche aus weiter. „Ich hab da ein Rezept entdeckt, irgendetwas mit Rosenkohl, was Kreolisches, wo hab ich das gesehen ..."

Martins Klasse meldete sich ebenfalls zu Wort. Sie hätten auch Anspruch auf ein Wochenende, monierte Harry und alle nickten. Endlich einmal ausschlafen, ergänzte Justin. Nicht immer zu diesen unmöglichen Zeiten hier parat stehen, fügte Brooklyn an. Nach und nach verabschiedeten sich die Stimmen aus Martins Kopf.

„Sandra hat recht", dachte Schwaner, „man muss auch mal abschalten und den Blick frei bekommen. Rom wurde auch nicht an einem Tag erbaut." Er klappte sein Laptop zu und ging in die Küche.

„Wusstest du eigentlich, dass Nikolaus Kopernikus nicht nur der bedeutendste Astronom seiner Zeit war, sondern auch der führende Astrologe? Mit Horoskopen verdiente er seinen Lebensunterhalt ..."

Es wurde ein wunderbares, entspanntes Wochenende, das wie im Nu verflog. Am Samstag waren Sandra und Martin unentwegt auf Trab, bis sie bei Claudio eintrafen und von dessen herzlicher Gastlichkeit entführt wurden. Mit als Letzte verließen sie das Lokal. Zu Hause saß Romeo bereits vor der Tür und zeigte ihnen die kalte Schulter. Eine Unverschämtheit, ihn so lange warten zu lassen.

Am Sonntag verstieß Martin gegen sein Versprechen, die Nachforschungen ruhen zu lassen, und schrieb den Bericht an Sven Beck und Jacqueline. Frühmorgens schlich er sich vom Schlafzimmer an seinen Schreibtisch.

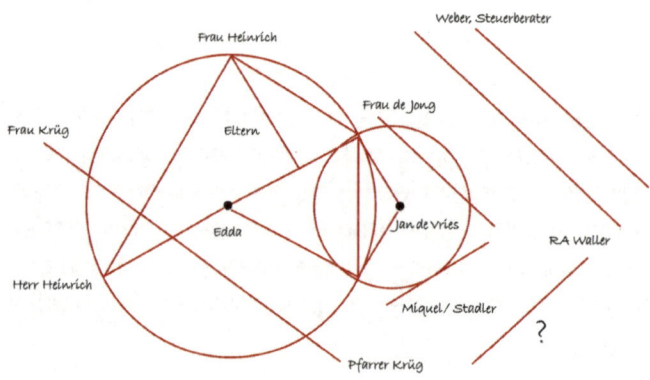

Kurzerhand schickte er den Kolleginnen und Kollegen im Präsidium seine Skizze zum Fall, ergänzt um einige Nachrichten und Fragen:

„Edda de Vries, Nichte von Frau Heinrich, ehemalige Eigentümerin der Villa. Wurde adoptiert. Erbin? Damals wohl auffällig – Akten? Tod Herr Heinrich? De Vries betreibt Insiderhandel – Geschäftsverbindungen? Gründung Stiftung Heinrich?"

Aus Reue und schlechtem Gewissen räumte Martin anschließend die Küche auf, ging Brötchen kaufen und brachte Sandra Kaffee ans Bett. Draußen stürmte es und der Wind pfiff in starken Böen ums Haus. Romeo reckte einmal den Kopf nach oben und schaute Richtung Fenster. Das war kein Wetter für eine Katze, um nach draußen zu gehen, beschloss er offenbar und rollte sich wieder zwischen Sandras und Martins Decke zusammen.

Nach dem späten Frühstück fläzten sich Sandra und Martin vor den Fernseher und schauten sich das Sonntagsmärchen an. Es hieß „Salz ist wertvoller als Gold" und handelte von einem verblendeten König, der drei Töchter hatte. Da er nicht wusste, welcher der dreien er sein Reich vermachen sollte, stellte er sie auf die Probe und fragte, wie lieb er ihnen sei. Die Erste antworte, sie liebe ihn mehr als alles Gold im Land. Die Zweite liebte ihn mehr als alles Geschmeide. Die Dritte und Jüngste sagte ihm schließlich, er sei ihr wichtiger als das Salz der Erde. Dieser Vergleich beleidigte den Vater und die Jüngste wurde vom Hof verstoßen. Mit ihr schwand alles Salz aus dem Königreich oder wurde zu Gold. Sandra betitelte die Schwestern, den König und seine Minister allesamt als Dummköpfe. Gleichzeitig monierte sie, dass die Menschen seit Jahrhunderten diese simplen Wahrheiten kannten, aber nicht danach lebten. Noch immer rannten sie Macht und Reichtum hinterher.

„Du musst dir nur diesen Idioten von Putin ansehen. Glaubt der tatsächlich, mit einem Krieg etwas zu gewinnen?" Sandra hatte die allmorgendlichen Nachrichten über den Krieg in der Ukraine gelesen. „Es geht immer nur um die Macht Einzelner oder Weniger. Und die große Masse zahlt am Ende die Rechnung! Genau wie bei diesem König da!" Sie nickte zum Fernseher hin.

Am Nachmittag kochten sie gemeinsam und gingen, während das Gericht die vorgeschriebenen anderthalb Stunden vor sich hin simmerte, im Park spazieren. Der Wind hatte sich gelegt und es kam hin und wieder die Sonne heraus. Mit neun Grad war es zudem schon frühlingshaft warm.

Ihr Heimweg führte am Haus von Pfarrer Krüg vorbei, der im Vorgarten stand und die Erde unter den Sträuchern mit einer kleinen Harke bearbeitete. Frau Krüg fegte schnell das Unkraut in einen Eimer und eilte nach hinten. Martin grüßte und stellte Sandra vor. Er fragte, ob er vielleicht morgen nochmals vorbeikommen könne, er hätte noch ein paar Fragen. Krüg willigte lächelnd ein. „Von mir aus gerne. Um die gleiche Zeit wie gestern?"

Zu Hause wartete ein unruhiger Kater hinter der Wohnungstür, der sofort nach unten stürmte und endlich hinaus wollte. Erst spätabends und nach mehrfachen Ausrufungen kehrte er schließlich zurück, widmete sich schweigend seinem gefüllten Napf und anschließend einer ausgiebigen Körperpflege.

Sven Beck rief gleich Montagmorgen an, Sandra war noch nicht gegangen. Er bedankte sich für die „sehr int'ressante Zusamm'nfassung" und „kompakte Da'stellung". Er lobte „sein neues Schema" und stellte die richtigen Fragen. Schwaner fühlte sich geschmeichelt, ob er wollte oder nicht. Die kalte Dusche folgte nach einigen Erläuterungen durch Martin, wieso und weshalb einige Linien so laufen würden und was dieser Verlauf weiter bedeutete.

So könne er es der Staatsanwältin Georg nicht vorlegen, kam es unvermittelt von Beck. Die würde es nicht ansatzweise verstehen. Sie stünde, obwohl jung, mehr auf das klassische Berichtswesen. Was nicht schwarz auf weiß in der Akte stehe, sei in ihren Augen quasi nicht vorhanden und somit nicht relevant. „In solch eine Da'stellung könne man ja alles 'eininterpretie'en", Sven äffte die Stimme der Staatsanwältin nach.

Martin hörte schweigend zu. Vielleicht lag es daran, dass Sandra ihm Tee trinkend gegenübersaß, vielleicht lag es an den zwei freien Tagen? Schwaner nahm es gelassen zur Kenntnis und brauste nicht auf. Im Gegenteil. Er verstand Beck ohne Wenn und Aber und konnte sich gut in seine Lage hineinversetzen. Sven beschrieb noch immer die Staatsanwältin als penible Paragrafenreiterin, die zu keinem Zugeständnis bereit wäre, als Schwaner ihn unterbrach:

„Ich muss nochmals ins Haus." Es war keine Frage, es war eine klare Forderung.

„Aha, und was willste da?"

„Es muss da irgendwelche Unterlagen geben, zur Erbschaft, zum Erwerb des Hauses, vielleicht auch zur Vergangenheit von Frau de Vries."

„Wir ham' schon alles gesichtet. Da war nix."

„Wart ihr im Büro von de Vries?"

„Da is immer noch niemand zu erreich'n. Da läuft nur ne Ansage und diese Frau de Jong is angeblich auf Geschäftsreise, auf unb'stimmte Zeit. Und so lang es kein Fall is, komm'n wir da nich rein."

„Lass mich nochmals in der Villa suchen. Vielleicht finde ich etwas."

Beck schwieg einige Sekunden. „Ich schick' Anne mit dem Schlüssel." Und noch einen Moment später: „Ihr geht da zu zweit rein un' zu zweit wieder raus un' untersucht jedes Zimmer zu zweit, ja? Keine Alleingänge un' immer zweite Reihe, ja?"

Als es klingelte, war es schon nach acht Uhr. Schwaner hatte ungeduldig gewartet und wäre am liebsten sofort nach nebenan gegangen. Er bat Anne heraufzukommen, zeigte ihr die Wohnung, stellte Romeo vor, der gestört vom Bett aufsprang, und bot Kaffee an. Martin zeigte vom Küchenfenster aus, wie er damals die Spuren im Schnee entdeckt hatte und beschrieb nochmals den nächtlichen Besuch von Frau de Jong. Dadurch kamen Anne und er ins Arbeitszimmer, von wo er den Wagen beobachtet hatte, mit dem die Assistentin von de Vries davonbrauste.

Anne belustigten die acht Gesichter an der Wand vor Martins Schreibtisch. Als Martin seine Klasse präsentierte und alle Schüler einzeln vorstellte, musste Anne bei jedem Kommentar lachen. Sie überflog die Blätter auf dem Tisch und fragte nach Einzelheiten seines Unterrichts, was Schwaner ausweichend beantwortete. Es sei noch nicht alles ausgereift, versuchte er das Thema zu beenden. Romeo, der fordernd an der Wohnungstür hockte, half ihm. Zu dritt liefen sie die Treppe hinab, traten vor die Tür von Nummer vier, umrundeten den Zaun und gingen zur Haustür der Villa. Romeo blieb nur kurz stehen, wandte den Kopf, als wolle er sagen, dass er das Haus auf keinen Fall betrete, und lief in den Garten davon.

Anne war das erste Mal vor Ort. Schwaner ging gleich in Richtung des Büros von de Vries im Erdgeschoss. Wenn, dann wäre sicherlich dort etwas zu finden. Anne setzte sich hinter den Schreibtisch, schaltete den PC ein und zog nacheinander die Schubladen auf.

„Was mich wundert", sprach sie tief nach unten gebeugt und den Inhalt des Unterschrankes durchkramend, „ist, dass es hier keine Alarmanlage gibt." Anne richtete sich auf und schaute zu Schwaner hinüber, der die Seitenschränke durchsuchte. „So ein Riesenhaus und keine Sicherung. Ist doch seltsam, findest du nicht?"

Schwaner musste sich eingestehen, dass er noch gar nicht darüber nachgedacht hatte. Er erzählte von der Lichtanlage rund um das Haus und den Auseinandersetzungen, die diese mit der Nachbarschaft auslöste.

„Vielleicht liegt es auch daran, dass er Holländer war. Dort gibt es ja noch nicht einmal Vorhänge vor den Fenstern." Er und Anne schauten gleichzeitig hinaus. War da gegenüber nicht Lutz Stadler am Fenster zu sehen? Wie ertappt verschwand die Silhouette hinter der Scheibe.

Die Bildschirme leuchteten gleichzeitig auf. Es wurde ein Passwort verlangt. Anne schaute gegen das Licht über die Tastatur, als könne sie darauf den

Code ablesen. Sie zog einen Zettel aus der Tasche, auf dem sie sich die Geburtsdaten von de Vries und seiner Frau notiert hatte. Martin durchsuchte weiter das Sideboard, zog einen Ordner nach dem anderen heraus, durchblätterte den Inhalt und stellte alles wieder zurück. Größtenteils waren darin Prospekte zu Fliesen, Küchen, Sportgeräten aufbewahrt, neben Wein- und einigen Antiquitätenkatalogen. Im Ordner „Auto" fand er die Angebote für den Porsche und den Mercedes AMG. Beide waren über die Firma de Vries geleast, wie in den Unterlagen stand.

„Viertausend Euro im Monat! Nur für die beiden Schlitten", sprach er in den Raum hinein. Anne blickte nicht auf und probierte weitere Kombinationen, um den PC zu knacken. „Das ist doch gar nichts. Letztens hatten wir den Besitzer einer Shisha-Bar bei uns. Der besaß vier Luxuskarossen, die er mit über zehntausend pro Monat finanzierte. Da weißt du dann schon, was da läuft und..." Anne brach mitten im Satz ab, um gleich darauf „Bingo!" auszurufen. „Edda78 ist das Passwort. Ist ja gar nicht so schwer gewesen."

Martin trat hinter den Schreibtisch. Auf dem linken Bildschirm waren nach einigen auf- und zuklappenden Rahmen diverse Tabellen nebeneinander zu sehen. „Börsenkurse", sagte Anne. Der rechte Monitor strahlte ein angenehmes blaues Licht ab. In diesem Himmel waren nur eine Handvoll Buttons zu sehen, die verschiedene Programme darstellten. Anne klickte das E-Mail-Programm an, das sich in Sekundenschnelle öffnete und nur leere Ordner anzeigte.

„Aha – da hat schon jemand aufgeräumt." Anne suchte weiter, stieg in die tieferen Strukturen des PCs ein und sagte schließlich: „Nichts mehr zu machen. Hierüber bestand wohl eine sichere Verbindung zum Server im Büro oder vielleicht sogar in eine Cloud. Es ist aber alles gekappt. Mit diesen vorinstallierten Programmen wurde nie gearbeitet. Die sind sauber. Hier finden wir nichts."

„Was ist mit den Handys von de Vries und seiner Frau? Die habt ihr doch sichergestellt?"

„Ja, natürlich. Aber das ist privat, Martin. Das weißt du doch. Ich kann dir nur sagen, dass wir darauf keine Hinweise auf nähere Verwandte gefunden haben. Keine Geschwister, keine Kinder. Die beiden waren offensichtlich alleinstehend."

„Also auch keine Erben", folgerte Schwaner. Verzweifelt suchte er mit den Augen die Wände ab. „Irgendwo muss es doch etwas geben."

„Hier ist nichts, wenn du nichts gefunden hast." Anne stieß sich vom Schreibtisch ab. „Vielleicht im Schlafzimmer?"

Schwaner und Anne Weigand durchstöberten jedes Zimmer, vom Dachboden angefangen, bis hinunter in den Keller. In den meisten Räumen war dies aufgrund der sehr spartanischen Einrichtung eine Sache von wenigen Minuten. Nirgends war eine persönliche Unterlage zu finden. Im Heizungskeller stießen sie auf einen alten Stahlschrank, der Martin bei seiner ersten Inspektion gar nicht aufgefallen war. Eine Anfertigung der Firma „Heinrich Metallbau", wie ein Schild an der Seite verriet. Die Türen sperrte ein gewaltiges Schloss. Zudem waren oben und unten

Vorrichtungen für Vorhängeschlösser angeschweißt. Jetzt war er unverschlossen. Darin waren Werkzeug, Bohrmaschine, Akku-Schrauber und unzählige Schraubenkistchen aufbewahrt.

„Noch nicht einmal ein Fotoalbum", resümierte Anne, als sie schließlich wieder, wie die letzten Bauern im Spiel, auf dem Schachbrett im Erdgeschoss standen. „Seltsam." Sie schaute sich nochmals um. „Vielleicht müssen wir, wie bei Harry Potter, hier eine Schachpartie spielen und dann öffnet sich eine Geheimtür." Anne musterte den Boden.

„Das ist es!", rief Martin aus und stürmte nach unten. Kurze Zeit später kam er enttäuscht zurück. Er habe auf eine versteckte Tür im Weinkeller gehofft, hinter dem Kühlschrank. Leider Fehlanzeige. Nur um alles auszuschließen, schaltete er nochmals in der Garderobe das Licht an. Dort hinten hingen die Mäntel und Jacken in einer Reihe. Rechts ein Schuh-regal, in dem vorwiegend Herrenmodelle standen. Ihre waren oben im begehbaren Schrank aufgereiht. Vierzig Paar hatte Anne laut und mit steigender Tonlage, die Neid und gleichzeitig Begeisterung verriet, gezählt.

Martin schaltete das Licht aus und drehte sich zu Anne um, als er mitten in der Bewegung stockte und wieder den Schalter betätigte. Er hatte noch das Bild des Weinkellers vor Augen. Der war wesentlich tiefer als die Garderobe hier. Schwaner eilte nochmals nach unten und maß mit Schritten ab. Unten konnte er gute drei, fast vier Schritte bis zum Kühlschrank gehen. Hier waren es nur zwei, bis er schon zwischen die Mäntel geriet. Er schob alles zur Seite und klopfte an die Rückwand. Es klang dünn und hohl.

„Hier ist etwas!", rief Martin Anne zu, die bereits neugierig in der Tür stand. „Eine Wand, eine Tür." Martin klopfte von rechts nach links. Nirgends war etwas zu sehen, bis auf eine Reihe Haken, an denen verschiedene Hüte und Mützen hingen. Schwaner probierte sie alle durch. Der linke ließ sich nach unten ziehen. Mit einem leisen Klack sprang die gesamte Rückwand vor. Martin hob die Kleiderstange mitsamt allem, was daran hing, aus der Auflage und reichte sie Anne. Die wusste nicht wohin damit und warf alles in den Flur. Schwaner öffnete die Tür. Ein Licht flammte auf und beleuchtete die versteckte Kammer.

16

Anne und Martin freuten sich wie Schatzsucher, die unverhofft auf eine Truhe gestoßen waren. Schwaners Suche galt ursprünglich einigen Dokumenten, die ihm Aufschluss über das ehemalige Erbe liefern konnten. Mit etwas Glück hoffte er auf einige persönliche Unterlagen, Briefe, Tagebücher, Fotoalben, die den Verstorbenen wieder etwas Leben zurückgaben. Gefunden hatten sie eine Art Schrein, der sich wie eine Grabkammer vor ihnen auftat.

Auf dem Boden standen, Rahmen an Rahmen, etwa dreißig großformatige Gemälde. Martin zog einige heraus und suchte nach der Signatur. Dix stand dort zu lesen, Beckmann, Grosz. Auf dem Brett darüber reihten sich kleinere Formate aneinander, eine Skizzenserie von Picasso, eine andere von Miro.

„Alles Originale", sagte Schwaner, der zwar kein Fachmann war, aber an Papier und Oberfläche sofort erkannte, dass dies keine Drucke oder Kopien waren.

Im nächsten Fach Skulpturen: verschlungene, glatte, goldglänzende Flächen, ein durchbohrtes Rechteck mit einem Ei obendrauf, eine andere sah aus wie ein Außerirdischer oder ein primitiver Roboter aus einem Science-Fiction-Film. Ganz rechts stand auf diesem Fach eine Schubladenbox. Darin Ringe, Perlenketten, Armbänder, mehrere goldene Damenuhren, alles getragen und offensichtlich älteren Datums.

„Das ist bestimmt der Schmuck der verstorbenen Frau Heinrich", kommentierte Schwaner, während Anne einen Armreif in der Hand wog. „Gold", sagte sie sicher, „mit Edelsteinen. Rubine würde ich sagen."

Sie legte das Stück zu den anderen, nicht weniger wertvoll glänzenden, zurück.

Es folgten drei schmälere Etagen. Selbst Martin musste sich schon strecken. Darin lagen ungerahmte Blätter, mit Seidenpapier gegeneinander geschützt. Bei einem Stapel darüber handelte es sich um Architekturzeichnungen aus den 1920er-Jahren. Darauf die neuen Pläne für die Villa Georg-Speyer-Straße 6, signiert mit „Edda de Vries".

Auf dem obersten Boden schließlich etliche Ordner, manche schon vergilbt und fleckig, andere neu und strahlend. „Das ist es", sagte Schwaner, dem alle Schätze darunter plötzlich gleichgültig waren. Er packte Anne Akten und Mappen in die Hände und schleppte selbst, was er tragen konnte, ins Büro nebenan. Sie sortierten auf dem Sideboard, dem Schreibtisch, schließlich auf dem Boden, was sie an Unterlagen gefunden hatten. Martin griff nach einem Ordner, der mit „Fam. Heinrich" beschriftet war.

Es begann mit dem Kauf der Villa 1936, Käufer war ein Otto Heinrich, Schlossermeister und Metallhändler, Verkäufer ein Josef Rosenbaum, Fabrikant. Als Kaufsumme waren 10.000 Reichsmark festgehalten und der Hinweis, dass damit auch das gesamte Inventar „wie besehen" an den Käufer übergehe. Der Kaufvertrag war von einem Notar Namens „Ludwig Waller" ausgestellt. Unter dem Dokument prangte ein Hakenkreuz, daneben ein kleinerer Stempel: „arisiert".

1958 ging der gesamte Besitz an Georg Heinrich, geboren 1932, über. Neben sämtlichen Anteilen an der Heinrich Metallbau GmbH, verschiedenen

Immobilien, unter anderem ein Chalet in der Schweiz, Wertpapieren, Bankvermögen auch das Haus Georg-Speyer-Straße 6. Dieses Testament war wiederum vom Notar „Ludwig Waller" beurkundet, dieses Mal ohne Hakenkreuz und Zusatzvermerk.

1993 erbten Johanna Heinrich, geborene Hofmann, und Edda Heinrich zu gleichen Teilen das Vermögen Georg Heinrichs, der im Februar des Jahres verstorben war. In den Unterlagen fand sich eine Anfechtung des Testaments durch die Rechtsanwaltskanzlei Ernst Waller, die als letzten Willen des Verstorbenen die Gründung der Rosenbaum-Stiftung behauptete. Es wurden Unterlagen zu Stiftungszweck und anderem eingereicht. Zweck sollte „die Förderung von Kultur und Wissenschaft, insbesondere der zeitgenössischen Malerei" sein. Es war der Rosenbaum-Preis in Höhe von 100.000 DM vorgesehen, der alle zwei Jahre durch eine Jury vergeben werden sollte. Das anfängliche Stiftungskapital war mit 15.000.000 DM angegeben. Als Geschäftsführer der Stiftung war Paul Weber, Steuerberater, vorgesehen. Weber unterstützte die Klage mit eidesstattlichen Versicherungen, dass einzig die vorgelegten Dokumente dem letzten Willen des Verstorbenen entsprachen.

Die Schriftstücke waren nicht rechtskräftig, da die Unterschrift von Georg Heinrich fehlte und der Zeitpunkt ihrer Entstehung nicht zweifelsfrei belegt werden konnte. Die Klage wurde letztinstanzlich im Jahre 1996 abgewiesen und das Vermögen einzig Johanna Heinrich zugesprochen, die den Anteil ihrer Nichte und Adoptivtochter treuhänderisch verwaltete.

Ebenfalls in den Unterlagen fanden sich ab dem Zeitpunkt der Klage Anzeigen von Ernst Waller und Paul Weber gegen Frau Johanna Heinrich wegen verschiedener Kleindelikte. Mal ging es um Bäume, die zu nahe an der Grundstücksgrenze stünden, mal um nicht ausgeführte Räumdienste auf dem Bürgersteig und Ähnliches.

Im Jahre 2017 verstarb Frau Johanna Heinrich. Alleinerbin war Edda de Vries, geborene Haller, durch Adoption Edda Heinrich, wohnhaft Sarphatipark 81, Amsterdam. Letztes Dokument im Ordner war ein Brief, von Ernst Waller und Paul Weber unterschrieben, in dem nochmals auf die Gründung der Rosenbaum-Stiftung eingegangen wurde, die nun auch Heinrich-Rosenbaum-Stiftung heißen könnte. Eine solche Stiftung würde das Andenken an die Verstorbenen nicht nur bewahren, sondern sogar vermehren. Natürlich könne über den Stiftungszweck neu nachgedacht werden und der sich einem aktuellen Thema zuwenden, zum Beispiel dem Dialog zwischen den Religionen. „Dir, liebe Edda, ist ein Platz im Stiftungsrat sicher", stand dort zu lesen. Darüber hinaus würde das beträchtliche Vermögen, das „du, Edda, ja immer verachtet hattest" geschützt und einem guten Zweck zugeführt werden. Es folgten noch einige weitere, sehr persönliche Einlassungen, im Sinne von: „Du hast deinen Weg gefunden"; „Du wolltest mit der Vergangenheit abschließen"; „Wir haben dich damals nicht verurteilt" und schließlich: „Gemeinsam können wir die Vergangenheit damit aufarbeiten." Unter dem Brief, den Namen, den „herzlichen Grüßen" und der inständigen Bitte, darüber nachzudenken, stand groß und von Hand geschrieben: „Schmarotzer!", wahrscheinlich von Edda dort platziert.

Martin pfiff leise vor sich hin, als er den Ordner zuklappte. „Wenn das mal kein Motiv ist", fasste er den Inhalt zusammen und blickte zu Anne hinüber, die, die Arme in den Hüften abgestützt, auf eine ganze Reihe von Mappen blickte. „Das sind alles Häuser, die Frau de Vries gehören." Anne nickte mit verkniffenen Lippen jedem Stapel vor sich zu. „Aachen, Amsterdam, Belinzona, Frankfurt, Frankfurt, Innsbruck, Olhao, Saarbrücken, Wien. Dazu noch das Areal, auf dem sich nach wie vor die Heinrich Metallbau GmbH befindet, die in den letzten Jahrzehnten wohl stark gewachsen ist."
„Wo liegt bitte Olhao?", fragte Schwaner.
„Scheint ein Ferienhaus an der Algarve zu sein. Wird jedenfalls von ‚Wohnen an der Algarve' betreut und vermietet."
„Und warum Saarbrücken?" Anne hob nur die Schultern. „Besser als in Dubai oder auf Mallorca, findest du nicht?"
„Wenn du meinst. Hast du da auch etwas von de Vries, ich meine, von ihm?"
„Nein, nichts. Sie scheinen absolut getrennte Konten geführt zu haben."
„Apropos Konto. Hast du die Bankdaten von ihr?"
„Bisher nicht", gab Anne etwas kleinlaut zu, „es war ja bislang noch kein Fall und da..." Schwaners aufgerissene Augen stoppten Annes Erklärungsversuche. Martin besann sich und nickte verständnisvoll. „Besorgst du die bitte. Die sollten wir uns ansehen, da steckt bestimmt allerhand drin."

Beide schauten einige Augenblicke stumm auf die Unterlagen vor ihnen.

„Was machen wir jetzt damit?", fragte Anne schließlich.

„Wir stellen alles zurück. Alles, bis auf diese Papiere hier," Schwaner legte seine Hand auf den Ordner, „die nimmst du mit ins Präsidium."

„Aber die Bilder, die Gemälde. Die sind sicherlich ein Vermögen wert."

„Sicher. Aber wenn sie bisher nicht gefunden wurden, warum sollte sich das plötzlich ändern..." Martin sinnierte.

„Du glaubst, es ging um die Bilder?", fragte Anne.

„Weiß ich nicht, ich bin mir nicht sicher. Sie tauchen in keiner Unterlage auf. Solche Werte müssten doch im Testament erwähnt werden, oder nicht? Zumindest sollten sie versichert sein..." Schwaner verstummte und blickte zum Fenster hinaus, als würde ihm von dort die Antwort zufliegen. „Rosenbaum, Rosenbaum", flüsterte er vor sich hin. Dann wieder zu Anne: „Versuch doch mal, etwas über einen Josef Rosenbaum in Erfahrung zu bringen." Martin sprang auf. „Ich muss los, ich bin mit dem Pfarrer verabredet." Er schlängelte sich zwischen Schreibtisch und der konstatiert dreinschauenden Anne aus dem Zimmer. „Und dann muss das alles in einen Bericht, den wir Sven vorlegen." Aus der Diele rief er noch: „Du machst das schon!" und war entschwunden.

Pfarrer Krüg empfing ihn überschwänglich freundlich, geradezu euphorisch. Wieder führte er Martin ins Arbeitszimmer, wieder stand der Tee bereit, dieses Mal sogar mit einigen Scheiben Kuchen.

Wie am Freitag zuvor setzte sich Martin in den Sessel und Krüg an den Schreibtisch. Wieder entschuldigte Krüg seine Frau. Im Zimmer über ihnen glaubte Schwaner einige Schritte zu vernehmen, dann war es still.

„Ich habe nochmals über ihre Frage nachgedacht", begann Krüg ohne Umschweife und als hätte er sich vorbereitet.

„Welche Frage? Ich hatte ja viele ..."

„Ihre Frage nach der Stiftung. Ich war da nicht ganz ehrlich ..."

„Ach, das hat sich erledigt. Ich weiß darüber inzwischen Bescheid", fiel Martin dem Pfarrer ins Wort und überraschte ihn offensichtlich.

„Wie, Sie wissen Bescheid? Wer hat Ihnen das erzählt?"

„Wir haben Papiere gefunden. Darin ist alles dokumentiert." Martin lächelte und trank von seinem Tee.

„Papiere?", wiederholte Krüg. „Dann wissen Sie auch vom Vater von Herrn Waller ...?"

„Dem Notar? Dem Nazi? Ja, habe ich gelesen, also den Kaufvertrag von damals, wenn man das so nennen will. Kannten Sie die Familie Rosenbaum?", fragte Schwaner zurück.

„Nein, nein." Krüg war verwirrt und offensichtlich aus dem Konzept gebracht. „Nicht direkt. Überhaupt nicht. Das war ja lange bevor meine Frau und ich hierher kamen ... noch vor dem Krieg." Die Augen des Pfarrers suchten über Martins Kopf hinweg irgendetwas im Bücherregal. Er schwieg und dachte nach. Als habe er es gefunden, wandte sich sein Blick wieder Schwaner zu. „Ich bin auf den

Namen Rosenbaum erst später gestoßen. Als diese Stolpersteine auf dem Gehweg platziert werden sollten. Herr Waller hat sich mit allen Mitteln dagegen gewehrt."

„Wieso Herr Waller? Die Steine hätten doch wohl vor das Haus von Frau Heinrich gehört?"

„Vor beide. Herr Rosenbaum und seine Frau, eine geborene Biennes, übrigens beide katholisch getauft und kirchlich getraut, waren Nachbarskinder gewesen. Durch die Heirat gehörten Rosenbaum beide Häuser, das, in welches später Heinrich einzog, und das nebenan, das der Notar Waller indirekt erwarb. Es war wohl so, dass der alte Heinrich, also der Vater von Georg..."

„Otto Heinrich", half Schwaner.

„Genau, Otto Heinrich. Dass Otto Heinrich zunächst beide Häuser übernahm und eines von beiden später an Waller weiterverkaufte. Damit sollte wohl das, wie sagt man, Eigeninteresse von Notar Waller..."

„Ludwig Waller", ergänzte Martin erneut und Krüg nickte anerkennend.

„...Notar Ludwig Waller verschleiert werden. Er hatte wohl auch nicht die Mittel, um, trotz des niedrigen Preises, die Häuser zu erwerben."

„Also suchte er sich einen Geldgeber, der beide Häuser bezahlen konnte."

Der ehemalige Pfarrer nickte.

„Und was war das nun mit den Stolpersteinen?", wollte Schwaner wissen.

„Ich weiß nicht mehr den Namen, von welcher Organisation die Herrschaften waren, aber sie sprachen damals bei mir im Pfarrbüro vor, ob ich nicht auf Herrn Waller..."

„Den jetzigen Herrn Waller?", hakte Martin ein.

„Ja, den jetzigen Herrn Waller. Sein Vater war schon in den 1950er-Jahren verstorben. Also …", Krüg musste einen Moment überlegen, wo er stehen geblieben war, „… also diese Herrschaften baten mich, ob ich auf den jetzigen Herrn Waller …"

„Ernst Waller", konkretisierte Schwaner erneut und erntete einen gereizten Blick seines Gegenübers.

„… Ernst Waller einwirken könnte, damit die Stolpersteine zwischen Haus Nummer sechs und Haus Nummer acht platziert werden könnten."

„Waller lehnte ab", antwortete Martin etwas vorlaut.

„Richtig. Und nicht nur das. Er drohte dieser Organisation und auch mir mit juristischen Schritten, wenn wir dieses Vorhaben weiterverfolgen würden. Er sprach von Rufmord, unbewiesenen Behauptungen, einer Kampagne gegen ihn – Herr Waller ist ja auch politisch aktiv, für diese Alternative oder wie die Partei heißt." Krüg nippte an seiner Tasse. „Jedenfalls hat er bis heute verhindert, dass über die Geschichte der Familie Rosenbaum etwas veröffentlicht wurde."

„Irgendwo musste es Unterlagen geben, sonst wäre diese Organisation nicht auf Waller gestoßen", schoss es Schwaner durch den Kopf.

„Und Frau Heinrich? Wie stand sie dazu?", fragte Martin.

„Sie war wohl anfänglich bereit, dass die Steine, zumindest vor ihrem Haus, gesetzt werden. Waller muss sie dann enorm unter Druck gesetzt haben, denn am Ende lehnte sie ebenfalls ab." Krüg trank seine Tasse aus und schenkte nach. Mit einer Geste, als hätten sie beide ein Geheimnis gelüftet, hielt er

Martin den Kuchen hin. „Vielleicht war ja jetzt Edda bereit ...?", stellte er eine Vermutung in den Raum.

Schwaner hielt mitten im Bissen inne: „Schie mmeinem ...?" Er musste erst einmal kauen und schlucken. „Sie meinen, er hätte etwas mit dem Tod von Edda und ihrem Mann zu tun? Wegen dieser Sache damals?"

„Überlegen Sie doch einmal. Wenn es Nachkommen von Rosenbaum gibt, selbst wenn nicht, was dies für ein Skandal wäre. Der bekannte Rechtsanwalt und Stadtverordnete lebt in einer geraubten Villa – einer jüdischen Familie geraubten Villa!" Der Pfarrer wurde hitzig: „Und darüber hinaus sind ihm die Vorgänge bekannt, das habe ich damals, als ich mit ihm sprach, sofort gemerkt. Er wusste sehr genau, worum es ging und wie sein Vater darin involviert war. Er selbst zeigte keinerlei Interesse an Wiedergutmachung, noch nicht einmal an einer Aufarbeitung. Er war als Kind seines Vaters sicherlich unschuldig. Dennoch hätte es bedeutet, dass er sich irgendwie verhalten, eine Kompensation leisten müsste oder etwas in dieser Art." Krüg beobachtete Schwaner, ob dieser die Tragweite seiner Ausführungen begriff. „Und das bei dem Wert, den das Haus, also Wallers Haus, heute besitzt", fügte er noch an.

Martin kaute und dachte weiter nach. Nicht nur die vermeintliche Stiftung, auch die von Krüg dargelegte Geschichte deutete auf Waller hin. Er hatte gleich mehrere Motive, Edda aus dem Weg zu räumen. Zudem besaß er die Möglichkeit, die Vorgänge in der Villa de Vries zu beobachten. Nicht nur die Möglichkeit! Er hatte es ja mehr oder minder zugegeben, dass er seine Nachbarn Tag und Nacht kontrollierte. Er hätte über seine Kamera sehen können, wo ein Schlüssel zum Haus versteckt war. Er hätte die Weinflasche präparieren können. Er hätte gesehen, wann der Wein getrunken wurde und die beiden seinem heimtückischen Anschlag erlagen. Er hätte das Haus wieder betreten und mögliche Spuren – wie den Korken – beseitigen können. Wahrscheinlich hatte er das Haus durchsucht, aber die geheime Kammer nicht entdeckt. Noch nicht!

Martin schwindelte. Wie aus einem Hinterhalt sprangen ihn plötzlich die alten Bilder an. Er stieg die Treppe empor. Gleich würde die Tür folgen, hinter der Tür weitere Türen entlang des Flurs. Wenn er die erste öffnete, war darin ...

„Herr Schwaner?", fragte Pfarrer Krüg.

Martin war mitten im Kauen plötzlich eingefroren und starrte vor sich hin.

„Mmmhhh?", antwortete er wie in Trance.

„Alles in Ordnung bei Ihnen?" Über ihren Köpfen waren wieder Schritte zu hören, im nächsten Augenblick ein Kratzen und Schaben.

„Ja, ja. Danke." Martin stellte den angebissenen Kuchen ab. „Ich will nicht länger stören, muss gehen, muss ...", haspelte er vor sich hin und sprang auf. „Vielen, vielen Dank. Ich finde alleine raus. Auf Wiedersehen."

„Auf Wiedersehen!", rief ihm Krüg noch hinterher.

Martin saß schon eine gute halbe Stunde vor seinem Rechner. Diesmal halfen keine zehn Minuten, um die sich ankündigende Krise abzuwehren. Die Attacke war aus dem Nichts gekommen. Dabei hatte er sich die letzten Tage so gut gefühlt, fast wie früher.

Schwaner grübelte über die Ursache nach und versuchte sich abzulenken. Hilfesuchend und in Not wandte er sich an seine Klasse.

Meine lieben Schülerinnen und Schüler, ich hoffe, Sie hatten ein angenehmes Wochenende? Eisernes Schweigen. Kein Laut. „Wo waren wir in der letzten …?" Immer noch keine Reaktion. Martin musste ein Thema finden, irgendetwas zwischen die Realität und sich schieben. „Wir waren bei den Kreisen stehen geblieben." Schwaner glaubte immerhin ein Gähnen zu hören, aber keinerlei Wortmeldung.

Ich möchte heute mit Ihnen das Thema der Kongruenz erörtern. Haben Sie davon schon einmal etwas gehört? Erst vereinzelt, dann gemeinsam verneinten seine Schüler. Immerhin schien die Aufmerksamkeit der Klasse geweckt zu sein.

Wörtlich übersetzt bedeutet Kongruenz, etwas ist mit einem anderen deckungsgleich oder übereinstimmend. Eine Figur, bleiben wir einmal bei den Dreiecken, stimmt mit einer anderen überein. Bildlich gesprochen, Sie können ein Dreieck ausschneiden und es auf ein zweites, das sich an ganz anderer Stelle befindet, legen. Beide passen exakt übereinander.

Martin spürte, dass seine Klasse ihm nicht wirklich folgte. Er selbst war verkrampft und konnte seine Gedanken nur ungenau formulieren.

Lassen Sie es uns einmal ausprobieren. Zeichnen Sie ein beliebiges Dreieck ABC auf Ihr Blatt. Daneben eine Linie, unsere Spiegelachse. Diese können Sie nach Belieben legen: gerade, leicht schräg, als Diagonale. Wichtig ist nun Folgendes: Auf der Spiegelachse stehen senkrecht die Hilfslinien, die von den Punkten A, B, C über die Achse hinausführen. Sie greifen von den Schnittpunkten der Hilfslinien mit der Spiegelachse die Abstände zu den Punkten ab und übertragen diese auf die andere Seite. Sie erhalten die Punkte: A', B', C'. Verbinden Sie die Punkte, und Sie haben ein dem ursprünglichen Dreieck kongruentes Dreieck.

„Und was soll das alles?", fragte Harry.

Schwaner ermahnte ihn, zunächst seine Aufgabe zu erledigen.

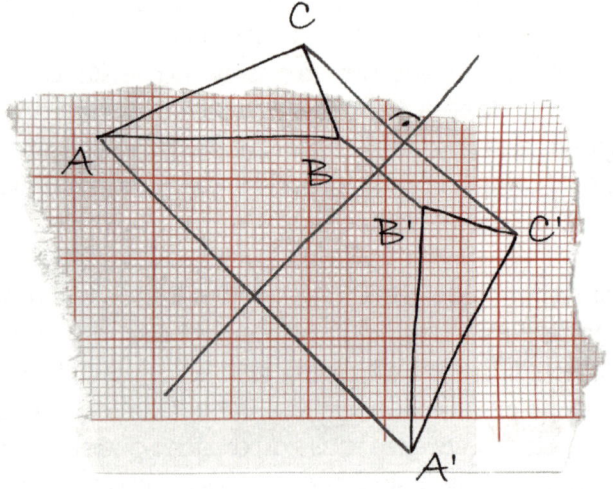

Still und konzentriert arbeiteten die Schüler vor sich hin. Die Verbindung zu seinen Schülern blieb schwach, kein Ton zu hören. Harry meldete sich wieder zu Wort. „Und was soll das Ganze jetzt?", fragte er provokant. Mark und Lena nickten, die anderen waren noch beschäftigt. „Das macht Spaß", war von Anna zu hören, der es auf Anhieb und ohne Seitenblicke gelungen war. Allerdings war eine Seite verrutscht und

Martin korrigierte, dass ihr Dreieck dem ursprünglichen nur ähnlich, nicht aber kongruent sei. Anna schaute geknickt und Bill tröstete sie.

Mittels dieser Technik, wandte Martin sich halbherzig an die Klasse, können Sie Sachverhalte, Parallelen aus anderen Fällen, Ereignisse, die sich wiederholen, in einen neuen Zusammenhang übertragen. Es ist eine der Grundlagen der Kriminalistik, einer der ersten Schritte in Ihren Ermittlungen, dass Sie nach ähnlichen, vielleicht sogar gleichen, sprich kongruenten Fällen in der Vergangenheit suchen. Es ist wie die Spiegelung an einer Zeitachse.

Schwaner hatte vor sich mehrere identische Dreiecke gezeichnet. Das erste trug an den Punkten die Namen: Rosenbaum, Heinrich, Waller. Das zweite die Namen: Edda, Georg Heinrich, Johanna Heinrich. Das folgende: Edda, Johanna Heinrich, Waller. Das letzte: Edda de Vries, Jan de Vries, Waller.

„Immer wieder Waller", dachte Martin. „Zu oft, um ein Zufall zu sein."

17

An diesem Abend war Martin von einer gespannten Unruhe befallen. Am liebsten wäre er schon jetzt zu Waller hinübergelaufen, hätte ihn zur Rede gestellt oder sofort abführen lassen. Anne hatte einen Bericht verfasst, ergänzt durch weitere Hintergründe aus dem Gespräch von Martin mit Pfarrer Kohl, der nicht nur glasklar darlegte, dass es sich beim Tod des Ehepaars de Vries um ein Verbrechen handeln musste, es wurde darin sogar der Hauptverdächtige Ernst Waller benannt. Der Bericht war noch am Abend über Beck zur Staatsanwältin Georg weitergeleitet worden. Jetzt hieß es abwarten.

Sandra, die vor ein paar Minuten nach Hause gekommen war, schlug einen Spaziergang vor. Sie schlenderten in Richtung Grüneburg-Park. Unterwegs erzählte Martin von den Ereignissen des Tages, der versteckten Kammer und ihrem Inhalt, den Dokumenten, seinem Gespräch mit Pfarrer Krüg. Sandra hörte zu, fragte hie und da einmal nach, nickte und echauffierte sich lange, als sie von Wallers Ablehnung der Stolpersteine erfuhr.

Martin beruhigte sich. Als sie nach einer knappen Stunde wieder vor ihrem Haus ankamen, war er die Gelassenheit in Person. Er und Sandra riefen nach Romeo, als unvermittelt Herr Heith, ihr Vermieter, hinter ihnen in der Haustür stand. Haustiere wären anzumelden, so stünde es im Mietvertrag, wies er sogleich Sandra und Martin zurecht, die gehörig erschraken. Es hätte sich so ergeben, druckste Sandra verständnisheischend herum. Durch die unglücklichen Umstände wäre ihnen der Kater zugelaufen. Sie wüssten gar nicht, ob er bei ihnen bliebe. Wie auf Geheiß und als hätte er die Situation erkannt, erschien Romeo aus dem Garten und strich allen, auch dem alten Herrn Heith, um die Beine. Auf Sandras Arm schnurrte er gewaltig und blickte mit großen Katzenaugen den grauhaarigen Herrn an.

„Wenn er bleibt, dann sagen Sie mir bitte Bescheid", sagte der mit milder Stimme und kraulte Romeo am Kopf. „Ich wollte Sie um einen Gefallen bitten", fuhr er gleich darauf fort. „Sie verstehen ja sicherlich etwas von Computern." Ohne eine Antwort abzuwarten, drehte sich Herr Heith um und ging voran. „Ich möchte das endlich abstellen, aber ich weiß nicht, wie es geht", sprach er auf der Treppe weiter. Schwaner fragte nicht nach, konnte gar nicht fragen, worum es ginge. Der alte Herr redete und redete: „Jetzt ist das alles ja nicht mehr notwendig..." Herr Heith schloss seine Wohnungstür auf, „...ich kenne mich damit nicht aus. Das hat damals ja eine Firma installiert." Er hielt die Tür auf und bat Sandra und Martin herein. Frau Heith erschien aus der Küche und grüßte. Romeo wollte hinunter und die neue Umgebung erkunden. Wie zufällig war die Küche sein erstes Ziel. Sandra und Frau Heith folgten ihm.

Martin wurde von Herrn Heith nach hinten in eine Art Salon gelotst. Auf einem kleinen Tisch stand dort ein Laptop, völlig unpassend und deplatziert. „Ich wollte so etwas ja nie im Haus haben, aber es musste wohl sein, damals, als das nebenan anfing." Herr

Heith schaute auf den dünnen, schwarzen Kasten wie auf einen Fremdkörper.

„Wozu haben Sie das?", wollte Schwaner wissen, als er endlich zu Wort kam. Dabei schaute er sich um. Am Fenster zum Garten hin stand ein Signalverstärker. Der gehörte ebenso wenig in dieses Zimmer wie ein Flipper oder eine Discokugel. Der Raum war mit einem dicken Teppich ausgelegt, darauf ein Diwan und ein Sessel, beide vergoldet und mit einem schweren Stoff überzogen, der eine Jagdszene aus dem 18. Jahrhundert darstellte. In einer zimmerhohen Vitrine aus Eiche war ein Porzellanservice ausgestellt. In den Schubfächern darunter vermutete Martin das dazugehörige Silberbesteck. Es roch muffig und die Luft war abgestanden.

„Seit dieses Gerät hier steht, gehen wir ja gar nicht mehr hier herein", erklärte Herr Heith, der Schwaners Naserümpfen bemerkt hatte. „Wir mussten ja das Haus von Frau Heinrich beobachten, ich meine, das Haus ihrer Nichte, die dort eingezogen war. Es musste ja etwas geschehen gegen diese Unverfrorenheit. Glauben Sie mir, es ist ja sonst nicht unsere Art, die Nachbarn auszuspionieren."

„Sie haben eine Kamera?", entfuhr es Schwaner fast jubelnd. „Wo ist sie?" Er trat ans Fenster, aber in der Dunkelheit draußen war natürlich nichts zu erkennen.

„Hinten, an unserem Gartenhaus", antwortete Herr Heith irritiert. „Aber ich bin froh, dass sie jetzt wegkommt."

„Sie läuft also noch?" Schwaner konnte sein Glück gar nicht fassen und klappte den Computer auf. Es klackerte und ratterte, nachdem er den Startknopf gedrückt hatte. Eine gefühlte Ewigkeit passierte nichts. Plötzlich wurde der Bildschirm blau, darin ein schmaler Balken: „Updates werden installiert. Schalten Sie Ihren Computer nicht aus." Es surrte und gluckerte weiter. Der Balken in der Mitte füllte sich: „1%". Im Schneckentempo ging es weiter. Zwei weitere Zeilen erschienen über dem Balken: „1 von 42 Dateien wird verarbeitet." Martin stöhnte auf. „Das wird dauern", sagte er zu Herrn Heith, der den PC angewidert beobachtete. „Hatten Sie ihn überhaupt jemals angeschaltet?", fragte Schwaner gereizt, entschuldigte sich jedoch sogleich. Man müsse jetzt zunächst einmal abwarten, bis der Computer hochgefahren wäre, versuchte er es versöhnlicher. Erst danach könne man darauf zugreifen.

Romeo kam ins Zimmer gelaufen, hinter ihm sein Gefolge.

„2%"

„Kannten Sie Frau de Fries, ich meine Edda, von früher?", fragte Martin soeben.

„Natürlich kannten wir sie", antwortete Frau Heith für ihren Mann. „Aber nach diesem Unglück damals wollten wir keinen Kontakt mehr zu ihr haben."

„Welches Unglück?", fragte Sandra und schaute Martin an, ob er wisse, wovon die Rede war. Der hob die Schultern.

„3%"

„Na, diese furchtbare Sache, mit den beiden Mädchen." Frau Heith fasste sich ängstlich an den Hals. „Schrecklich war das."

„Welche Mädchen?", fragte Schwaner in seinem Kriminalistenton.

„Edda, also die Nichte von Frau Heinrich, und die Tochter der Krügs. Sie wollten sich doch beide das Leben nehmen. Wussten Sie das nicht?"

Martin blickte zu Sandra, gleich darauf wieder zu Frau Heith.

„4%"

„Die Krügs haben eine Tochter?", fragte Schwaner völlig perplex.

„Hatten", antwortete Herr Heith, „hatten. Sie ist ja vor vier oder fünf Jahren gestorben."

„Also nicht damals bei ihrem Selbstmordversuch?", hakte Sandra nach.

„5%"

„Nein. Das hatten beide Mädchen überlebt. Allerdings Judith, so hieß die Tochter der Krügs, nur mit schwersten Behinderungen. Sie saß danach im Rollstuhl, konnte nicht mehr sprechen, war überhaupt nicht mehr zugänglich. Schlimm! Dabei war sie so ein fröhliches Geschöpf gewesen." Frau Heith schüttelte den Kopf.

„6%"

„Die Nichte von Frau Heinrich hat sie da mit hineingezogen," ergänzte Herr Heith, „mit ihren Partys und diesen Leuten, mit denen sie damals verkehrte. Sie können sich gar nicht vorstellen, was hier los war. Fast jeden Abend stand ja die Polizei vorm Haus. Kaum waren sie wieder weg, ging es weiter."

„7%"

„Aber Sie sagten, die beiden Mädchen wollten sich umbringen?", Sandra verstand nicht. „Es ist also keine Party aus dem Ruder gelaufen oder so etwas?"

„Wir wissen ja nicht genau, was damals passiert ist", wollte Herr Heith das Thema beenden. „Da müssen Sie schon Herrn Krüg fragen, oder seine ..." Hier brach er plötzlich ab."

„8%"

„Oder?", Schwaner fixierte sein Gegenüber und wartete, „oder wen?"

„... seine Frau", beendete Frau Heith den Satz ihres Mannes. „Aber sie ist vor Kummer völlig zusammengebrochen. Sie haben sie vielleicht schon einmal gesehen?"

Martin überlegte. Nein, er hatte Frau Krüg noch nie wirklich gesehen. Wenn überhaupt, dann nur aus der Ferne. Bei seinen Besuchen war sie ihm nicht begegnet.

„9%"

„Nein, nicht wirklich", antwortete er. „Sie war wohl im Haus, aber ..."

„Es ist ein Unglück", schloss Frau Heith. „Und es wird immer schlimmer. Der arme Mann."

„Was wird immer schlimmer?", fragte Sandra mit medizinischer Neugier.

„Sie ist verrückt geworden", antwortete Herr Heith knapp.

„Ludwig!", ermahnte ihn seine Frau.

„10%" Der Balken war endlich zweistellig geworden. Herr Heith wehrte ab: „Ich sag ja nur, wie es ist. Wir sehen die Krügs ja öfter morgens auf dem Friedhof. Das Grab ihrer Tochter ist nicht weit vom Grab meiner Eltern, was ja auch einmal unser Grab werden wird. Sie ist völlig übergeschnappt. Redet mit sich, mit ihrem toten Kind, ständig ruft sie: „Judith, Judith!".

Ihn schreit sie an, beschimpft ihn auf das Gröbste, das können Sie sich gar nicht vorstellen ...“

„11%“

„Ludwig!“, mahnte seine Frau nochmals. Dann zu Martin und Sandra gewandt: „Ihr Zustand hat sich sehr verschlechtert. Noch vor ein paar Wochen hat man ihr fast gar nichts angemerkt. Sie redete mit sich, na schön, das tue ich manchmal auch. Sie nicht?“ Frau Heith lächelte Martin an, der wieder schnell auf den Bildschirm schaute: „12%“

„Das wird noch ewig dauern. Ich würde sagen, ich komme morgen früh nochmals zu Ihnen, dann sollte der Computer so weit sein.“ Martin zeigte auf den Laptop, in dem es knisterte und rauschte. „Wo ist denn Romeo?“ Vier Personen liefen gleichzeitig aus dem Zimmer und suchten den Kater. „Hab ihn!“, rief Sandra aus der Diele, wo Romeo ungeduldig vor der Wohnungstür wartete. Er hatte offensichtlich genug gesehen und gehört. „Na du alter Stromer ...“, sagte sie und nahm den Kater auf den Arm. „Jetzt gehen wir nach oben. Da gibt es was zu fressen.“

Martin und Sandra verabschiedeten sich. „Schalten Sie den PC bitte nicht aus. Ich komme morgen früh herunter“, bat Schwaner nochmals von der Treppe aus.

„Sie sagen mir Bescheid wegen der Katze“, erwiderte Herr Heith. Mit einem „Gute Nacht“ verschloss er die Tür.

Am nächsten Morgen fühlte sich Martin wie ein Kind, das eingeschlossen in seinem Zimmer auf die Bescherung wartet. Jeden Moment musste es klingeln. Sven würde anrufen und ihm mitteilen, dass sie endlich einen Fall hätten. Schwaner hatte daran keinen Zweifel. Die Staatsanwältin musste durch Annes Bericht nun genügend Hinweise auf eine Straftat erhalten haben. Womöglich wurde Waller heute schon befragt?

Andererseits wusste Martin, dass ihnen entscheidende Beweise fehlten. Es gab mehrere Indizienketten gegen Waller: die gescheiterte Stiftung, womit er – und auch der Steuerberater Weber – die Hoheit über das Erbe der Familie Heinrich erlangt hätten; die Verschleierung, woher das Vermögen, und auch sein eigener Besitz, stammten; die enormen Werte der Gemälde – Anne taxierte sie mit einem hohen zweistelligen Millionenbetrag – die nirgendwo aufgeführt waren; sein Ansehen als ehemaliger Rechtsanwalt und Politiker, Motive genug für einen Mord an Edda und Jan de Vries. Dazu hatte Waller Einsicht in das Haus und konnte seine Opfer rund um die Uhr beobachten.

In Martins Kopf schloss sich der Kreis, war die Lösung eindeutig und der Beweis bereits geführt. Daher saß er wie auf Kohlen. Wenn sie Glück hatten – und dieses Mal mussten sie einfach Glück haben – waren auf den Aufzeichnungen von Herrn Heiths Kamera die Vorgänge in jener Nacht zu sehen, als Martin die Spuren im Schnee bemerkte.

Sandra und Romeo waren schon vor einer halben Stunde gegangen. „Kann ich um kurz nach sieben schon bei den Heiths klingeln?", fragte sich Schwaner und tigerte weiter durch die Wohnung. „Nein, unmöglich, ich muss mindestens bis acht Uhr warten." Um sich die Zeit bis dahin zu vertreiben, weckte er seine Klasse auf.

Acht müde Augenpaare stierten ihn an. Justin gähnte laut und mit weit aufgerissenem Mund. Anna flüsterte zu Bill, dass sie noch gar nicht fertig geschminkt wäre oder etwas in dieser Art. Harry starrte aus dem Fenster und Mark lag fast auf der Tischplatte.

Martin forderte mehr Aufmerksamkeit und klatschte in die Hände. Heute wäre ein großartiger Tag, ein Tag, der vieles zum Abschluss, auf den Punkt sozusagen, bringen würde. Ein Tag der Lösungen und Ergebnisse. Seine Schüler schauten ihn ungläubig und fragend an.

Falls Sie den Eindruck hatten, die Geometrie sei eine veraltete Wissenschaft, ein Relikt aus der Antike, seien Sie versichert, dem ist nicht so. Wir haben in unserem Unterricht nur ein paar Grundlagen erörtert, einige Basics kennengelernt. Die Geometrie hat sich in vielen Bereichen wie die gesamte Mathematik weiterentwickelt. Heute befinden wir uns im Zeitalter der nichteuklidischen Geometrie, der Geometrie im Raum, welche die Basis für Vektoren und viele daraus resultierende Berechnungen bildet …

Schwaner schaute immer wieder auf die Uhr, während er vor seinem Schreibtisch auf und ab ging. Die Köpfe seiner Schüler folgten ihm schweigend wie einem Tennismatch in Zeitlupe.

Stellen Sie sich eine Kugel, einen Globus, vor. Fahren Sie darauf mit dem Finger vom Nordpol den nullten Längengrad hinab bis zum Äquator. Diesem folgen wir bis zum neunzigsten Längengrad und wieder hinauf zur Spitze. Wir zeichnen also ein Dreieck auf die Kugel. Mit welcher Winkelsumme haben wir es hier zu tun? Aus der klassischen Geometrie wissen wir, es sind 180°. Wie sieht es hier aus?

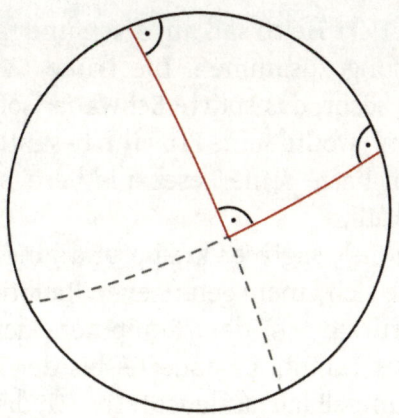

Marks Interesse schien geweckt. Er hob den Kopf. Martin konnte ihm ansehen, wie es in ihm arbeitete und der vorgegebenen Route folgte. „Es sind 270°", sagte er verblüfft und gleichzeitig stolz. „Dreimal 90°", fügte er noch an.

Schwaner nickte ihm anerkennend zu. Wenn wir uns, fuhr er dozierend fort, aus der zweidimensionalen Geometrie in den Raum, in die nächsthöhere Dimension begeben, verändern sich unsere Grundlagen fundamental. Sie sehen, der Raum krümmt die Ebene und führt zu völlig neuen Gesetzmäßigkeiten, die schließlich in der Relativitätstheorie …

Die Uhr an Martins Rechner war endlich auf die Acht gesprungen. Ohne ein weiteres Wort rannte er aus dem Zimmer.

Es war eine Minute nach acht Uhr, als Schwaner in Hausschuhen bei den Heiths klingelte. Von Sven Beck war bisher keine Nachricht eingetroffen. Frau Heith öffnete und bot ihm Tee an. Martin dankte und lehnte ab. Herr Heith saß am Tisch und faltete eben seine Zeitung zusammen. Die frühe Störung war ihm nicht recht, das spürte Schwaner sofort. „Bleib doch sitzen", wollte seine Frau ihn besänftigen, doch Herr Heith hatte seine Lesebrille bereits abgesetzt und stand auf.

„Kommen Sie", sagte er knapp und ging voran, als würden sie sich einem gefangenen Raubtier nähern. Martin stürzte an den Computer, der sich im Ruhemodus befand. Es dauerte, bis der Bildschirm wieder himmelblau aufleuchtete. „Updates erfolgreich installiert. Starten Sie Ihren Computer neu", stand dort zu lesen. Schwaner stöhnte und fluchte.

„Unsere Tochter möchte ja, dass wir uns mehr mit diesem Ding beschäftigen", sagte Herr Heith, der in Martins Verzweiflung seine eigene Skepsis bestätigt sah. „Wir könnten uns dann darin sehen, sagt sie", Herr Heith schüttelte den Kopf: „Es genügt doch, wenn man telefoniert, meinen Sie nicht. Warum muss man sich dabei auch noch sehen? Was ist daran so interessant, wenn wir hier auf dem Sofa sitzen?"

Martin wusste nicht, was er sagen sollte. Auf dem Bildschirm vor ihm tauchten Zeilen unverständlichen Inhalts auf. Schwaner hatte noch nie verstanden, warum ihm diese kryptischen Nachrichten beim Start eines Computers überhaupt gezeigt wurden und für wen diese gedacht waren. Es war eine Art Geheimcode, nur Eingeweihten verständlich, der dem Rest der Menschheit verdeutlichte, dass sie von moderner Technik und deren Funktionsweise überhaupt keine Ahnung hatten.

Unvermittelt schlug das Bild um und es tauchten die kleinen Kacheln in dem jetzt dunkelblauen

Hintergrund auf. „Ha, endlich!", rief Martin unwillkürlich und kniete sich vor den kleinen Tisch. Unten rechts, etwas abseits der Standardinstallationen, stand „Axis-Sicherheit" unter einem gelb-rot schraffierten Feld. „Das muss es sein", sprach Schwaner vor sich hin. Herr Heith schaute ihm halb neugierig, halb angeekelt über die Schulter. „Dieses Ding gehört uns ja eigentlich gar nicht. Herr Waller hat es uns gebracht, vielmehr diese Firma, die in seinem Namen hier war. Ich hätte es ja am liebsten einfach weggeworfen. Aber Herr Waller sagte, wir sollten alles löschen..."

„Herr Waller...?", horchte Schwaner auf, ohne sich umzudrehen. „Nein!", fluchte Martin im nächsten Moment erneut, als er mit einem Doppelklick die App öffnete. Wieder wurde ihm mitgeteilt, dass notwendige Updates zur Verfügung stünden und diese jetzt heruntergeladen würden. Voller Zorn beobachtete er die sich unentwegt drehende Sanduhr.

„Klappt etwas nicht?", wollte Herr Heith wissen.

„Doch, doch", beruhigte ihn Martin und erhob sich. „Es müssen nur einige Aktualisierungen durchgeführt werden. Sie sagten eben, Herr Waller habe Ihnen den Computer gebracht?"

„Herr Waller hatte diese Firma beauftragt, die dieses Ding anbrachte." Herr Heith zeigte nach draußen. „Man müsse das Haus von beiden Seiten beobachten, um die Verstöße gegen die Auflagen zweifelsfrei dokumentieren zu können, so sagte er das damals. Wir wollten das ja gar nicht."

Schwaner trat ans Fenster und blickte in den Garten. Das Gartenhaus stand etwa fünfzehn Meter vom

Haus entfernt, an der Grundstücksgrenze zu de Vries. Es war eine Holzhütte, die einem Bauernhaus nachempfunden war. Seitlich am Dach waren Verblendungen angebracht, die Verzierungen und Ornamente zeigten. Martin hatte die Hütte in all der Zeit, die sie hier wohnten, nie interessiert.

„Wo ist die Kamera?", fragte er, ohne sich umzudrehen. Herr Heith trat zu ihm und wies mit einem krummen Finger nach unten. „Dort oben, am First. Wir können gerne hingehen, wenn Sie möchten? Wir brauchen allerdings eine Leiter." Er schaute Martin fragend an.

„Später", sagte Schwaner mit einem Seitenblick auf den PC, der ein neues Bild zeigte. Ein Werbebanner strahlte in grellen Farben die beiden Männer an und verschwand wieder, nochmals wurde der Bildschirm dunkel und Martin stöhnte erneut.

„Herr Waller bat mich die Tage, ich solle die Aufzeichnungen löschen. Aufgrund der Umstände bräuchte er die ja nicht mehr. Ich sagte ihm, dass er gerne alles wiederhaben könne ..."

„Endlich!", wandte sich Martin unvermittelt ab. Der PC hatte schließlich ein Einsehen und präsentierte eine Maske, die verschiedene Menüpunkte offerierte. Eine von ihnen war mit „Dokumentation" überschrieben. Martin klickte sich hinein und es wurde ihm eine Liste mit Dateien angeboten. Schwaner öffnete die oberste und sah Sandra, wie sie hinterm Haus ihr Fahrrad aufschloss. Es gab keinen Ton. Sandra spielte unbewusst die Hauptrolle in einem Stummfilm.

„Ihre Frau", kommentierte Herr Heith hinter ihm, als hätte Martin sie nicht erkannt. Nach ein paar

Sekunden, Sandra war längst aus dem Bild verschwunden, endete die Aufzeichnung.

„Die Kamera scheint durch Bewegung aktiviert zu werden", flüsterte Schwaner vor sich hin. „Ja, ja", ergänzte Herr Heith plötzlich ganz Fachmann. „Immer wenn sich etwas rührt, zeichnet sie auf. Das soll uns ja außerdem vor Einbrechern schützen, sagte Herr Waller und der Herr der Firma damals. Ich weiß ja nicht, wie das gehen soll ..."

Martin fiel plötzlich ein Abend im Sommer letzten Jahres ein, als er und Sandra, auf dem Balkon ... Zum Glück hatte Heith die Aufzeichnungen nie gesichtet. Endlose Zahlenkolonnen, die Martin über mehrere Seiten hinunterscrollen konnte, wurden angezeigt. Es dauerte einen Augenblick, bis Schwaner die Systematik in der Benennung verstand. Die ersten acht Zahlen waren das Datum in amerikanischer Darstellung. Daran schloss sich die Uhrzeit im 24-Stunden-Modus an. Der Großteil begann mit 2022, einige mit 2023. Die Zeilen waren kaum zu unterscheiden.

„Welches Datum war der Samstag?", fragte Martin Herrn Heith, als sei der sein Assistent.

„Samstag war der 28. Januar", antwortete der sicher und ohne zu zögern.

„28, 28 ...", wiederholte Schwaner und suchte. „Nein, nein, nein. Nicht dieser Samstag, der Samstag davor ..."

„Das war dann der 21. Januar, immer sieben Tage zurück", belehrte Herr Heith Martin, der hektisch mit den Fingern über das Mausfeld strich. „Da!", sagte er und hielt inne. Martin suchte und suchte, aber da war nichts. Nichts, was von der Uhrzeit gepasst hätte. Martin öffnete ein, zwei Dateien. Einmal war überhaupt nicht zu erkennen, was die Kamera ausgelöst hatte, beim nächsten Video war es Romeo, der auf dem Grundstück von de Vries über den Rasen lief.

Martin wollte verzweifeln. Da musste doch etwas zu finden sein. Er hatte sich das alles doch nicht eingebildet. Wenn das Licht anging, musste doch auch die Kamera starten. Aber nein, nichts. Schwaner hatte sich alles angeschaut. Die letzte Aufnahme von Samstag zeigte Edda de Vries, wie sie im Garten stand und offenbar nach dem Kater rief. Ihrem Mund entfuhr ein dünner Nebel, der im Gegenlicht gut zu erkennen war. Romeo kam irgendwann brav angerannt und stolzierte vorweg ins Haus. Das Licht ging aus, alles war dunkel.

Schwaner kniete wie geschockt vor dem PC. „Idiot!", fluchte er nach einigen Augenblicken und meinte sich selbst. „Es war ja bereits Sonntag!" Dort stand es: 202301220312. Martin klickte die Datei an.

„Ach!", entfuhr es Herrn Heith hinter ihm. „Das ist ja…"

18

Martin hielt sich an die Wegbeschreibung, die ihm Herr Heith mehrfach vorgesagt hatte. Vom Eingang des Friedhofes zunächst ein Stück geradeaus, den dritten Weg links bis zur Sammelstelle für Grünabfälle, dort nach rechts, er würde das Grab sofort erkennen. Es strahle förmlich aus der Reihe heraus. Noch bevor Schwaner um die Ecke bog, erkannte er Herrn Krüg über die Grabsteine hinweg. Frau Krüg sah Schwaner erst, als er auf den Weg trat. Sie kniete vor einem mit leuchtend weißen Kieseln ausgelegten Feld. Mit einer kleinen Harke strich sie unentwegt über die Steine, als würde sie jemandem das Haar kämmen. Dabei flüsterte sie Liebkosungen und Zärtlichkeiten zu dem ebenfalls weißen Grabstein am Kopfende hin, auf dem das Porträt eines jungen Mädchens eingelassen war.

Judith Krüg, 1980-2017
Und wenn ich meine ganze Habe verschenkte /
und wenn ich meinen Leib dem Feuer übergäbe, /
hätte aber die Liebe nicht, /
nützte es mir nichts.

Pfarrer Krüg empfing Martin stumm und ohne jedes Anzeichen der Verwunderung. Es schien, als hätte er auf Schwaner gewartet, wie auf einen verspäteten Gast. Frau Krüg zeigte keinerlei Reaktion und kratzte weiter über die Kiesel hinweg: „Meine Kleine, mein Goldstück du. Hast du denn auch alles?"
„Schnee", dachte Schwaner, genau, wie er es vorhin dachte, als er sich die Aufzeichnungen bei Herrn

Heith betrachtete. Es waren mehrere, kurze Filme. Der erste zeigte, wie Pfarrer Krüg mit seiner Frau die Villa von de Vries durch die Tür zum Treppenhaus betrat. Dies war, noch bevor Martin nebenan erwachte. Das anspringende Licht im Garten ließ keinen Zweifel und beleuchtete die Szenerie wie auf einer Bühne. Über dem Rasen lag ein dünner weißer Teppich: Schnee.

Der zweite Mitschnitt war weniger deutlich und Schwaner musste ihn sich wiederholt ansehen. Im Haus brannte nur wenig Licht. Erst in der Vergrößerung, die Martin im Menü fand, waren die Schatten einigermaßen zu erkennen. Die Krügs trugen die leblose Edda ins Wohnzimmer und setzten sie neben de Vries, der tot auf dem Sofa lag. Ihn richtete Pfarrer Krüg auf und arrangierte die beiden Körper, als säßen sie bei einem Glas Wein zusammen. Frau Krüg lag wie hier vor dem Grab auf dem Boden und fuhr mit ihren Fingern über den Teppich. Pfarrer Krüg hatte offensichtlich Mühe, sie zum Aufstehen zu bewegen. Kurz darauf, um 3.12 Uhr, sprang das Licht erneut an und Herr Krüg führte seine Frau von der Terrasse um das Haus herum in Richtung Straße. Beide verschwanden in der Dunkelheit. Warum Martin sie in diesem Augenblick nicht gesehen hatte, war ihm unbegreiflich.

Auf der letzten Sequenz, die sich Schwaner mit dem staunenden Herrn Heith angesehen hatte, war Pfarrer Krüg zu sehen, wie er mit einem Besen die Spuren von sich und seiner Frau aus dem Schnee herauskratzt und entschwindet. Martin wunderte sich, dass er ihn damals vom Fenster aus nicht gesehen hatte.

„Möchten Sie mir erzählen, was passiert ist?", fragte Schwaner, während er das Bild von Judith betrachtete. Auf dem emaillierten Foto war ein Mädchen von vielleicht vierzehn Jahren zu sehen. Im seitlich gekämmten Haar steckte eine Spange, die eine weiße Nelke trug. Judith lächelte stolz und gleichzeitig ein wenig verschmitzt.

„Ich bin an allem schuld", sagte Pfarrer Krüg unvermittelt. „Meine Frau kann nichts dafür. Sie sehen ja ..." Er deutete auf seine Frau, die völlig abwesend vor dem Grab ihrer Tochter kniete.

„Aber warum?" Die Frage quälte Martin, seitdem er sich auf den Weg zum Friedhof machte.

„Wissen Sie, Frau de Vries, Edda, war ein sehr böser Mensch. Sie kannten sie nicht und Sie können mir glauben, dass ich so etwas nicht leichtfertig über jemand sage. Ich habe das zu spät erkannt. Ich hatte mir sozusagen den Teufel selbst ins Haus geholt. Ich hatte damals keine Ahnung, welchen Einfluss sie auf unsere Judith ausübte, wie sehr unsere Tochter ihr zu gefallen suchte ..."

„Der Selbstmordversuch?", deutete Schwaner an.

„Ach, das wissen Sie schon?" Pfarrer Krüg blickte Martin anerkennend in die Augen. „Wer hat – ach, es ist auch gleichgültig ..." Krüg schaute auf das Bild im Stein. „Edda war damals die treibende Kraft. Sicher, sie war das Opfer von dem alten Heinrich, ihrem Adoptivvater und Onkel. Er hatte sich wohl an ihr vergangen. Öfter sogar, wie wir erfuhren, auf den Geschäftsreisen, wo er sie mitnahm, auch zu Hause ..." Krüg stockte einen Moment. „Aber Edda ist immer wieder mit ihm mitgefahren, hat sich von ihm hofieren lassen, bekam teure Geschenke ..."

„Aber sie war noch ein Kind ...", unterbrach Schwaner. „Ja, natürlich, natürlich. Bitte verstehen Sie mich nicht falsch. Ich sagte ja, sie war ein Opfer dieses ..., dieses ... Heinrich hatte sie zu dem gemacht, was sie später wurde. Vielleicht hätte eine Therapie geholfen, bestimmt sogar. Aber das wollte Frau Heinrich nicht, sie war strikt dagegen. Damit käme alles ans Licht, sagte sie. Diese Schande ..."

„Diese Schande, mein Liebes", wiederholte Frau Krüg leise. Ihr Mann strich ihr liebevoll über den Rücken, ehe er fortfuhr.

„Edda kam damals auf die Idee, dass sie sich beide das Leben nehmen sollten, Judith und sie. Sie müssten ein Zeichen setzen, gegen die Erwachsenen, gegen die Spießer, gegen die Schweine." Krüg schaute wütend auf. „Für Edda war das nur ein Theater, trotz allem, verstehen Sie? Sie wollte sozusagen nur an den Abgrund herantreten, allen zeigen, was ihr widerfahren war. Beachtung und Aufmerksamkeit wollte sie. Und noch mehr Aufmerksamkeit bekäme sie, wenn tatsächlich jemand stirbt. Aber nicht sie selbst ... nein! Dann doch lieber die kleine Judith, ihre Puppe, ihr Spielzeug. Sie hat unserer Tochter damals mehr als die doppelte Menge ins Glas gerührt, als sich selbst. Edda ist, nachdem man ihr den Magen ausgepumpt hatte, wieder gesund und munter erwacht. Unsere Judith dagegen, sie ist nie wieder zurückgekommen ..." Tränen liefen ihm über die Wangen.

„Wirst bald zurückkommen", sprach Frau Krüg vor ihnen. Pfarrer Krüg wischte sich übers Gesicht, schniefte und holte tief Luft.

„„Was wollt ihr denn noch‘, hat mich Frau Heinrich einmal gefragt. ‚Der wahre Schuldige ist tot‘ – das war, kurz nachdem ihr Mann verstorben war. ‚Mehr kann ich euch nicht geben, Geld vielleicht, wenn ihr das möchtet‘ ... Sie war eine merkwürdige Frau. Ich habe oft darüber nachgedacht, ob sie vom Verhältnis ihres Mannes zu ihrer Nichte wirklich nichts mitbekommen hatte, wie sie immer behauptete?"

Pfarrer Krüg beugte sich zu seiner Frau hinunter, flüsterte ihr ins Ohr, dass sie bald gehen müssten, dass es Zeit wäre, sonst würde sie sich noch erkälten. Die angesprochene reagierte gereizt. „Lass mich los! Hände weg", schimpfte sie und zog weiter Strähnen in die Steine.

„Aber warum jetzt? Nach all den Jahren?" Schwaners Stimme war die eines Freundes, nicht die, des Ermittlers.

„Tz!", entfuhr es Krüg unvermittelt. Wut und Zorn waren plötzlich wieder deutlich an ihm zu spüren. Er trat einen Schritt zur Seite und ballte die Fäuste. Nur mit Mühe beherrschte er sich. Zur Beruhigung blickte er in den Himmel, in die Bäume, schließlich Martin in die Augen. „Edda wollte uns raus haben, wollte, dass wir verschwinden, so sagte sie wörtlich. Sie könne unser scheinheiliges Getue nicht länger ertragen. „Meine Mutter hat euch durchgefüttert, weil sie alles vor den Leuten verheimlichen wollte. Mir sind die Leute egal." Pfarrer Krüg atmete nochmals laut ein und aus. „Frau Heinrich hatte vor vielen Jahren unser Haus gekauft. Es war das Elternhaus meiner Frau. Wir brauchten das Geld für Judith, ihre Therapien, Medikamente, Hilfen.

Das alles kostete ein Vermögen. Meine Frau hatte nie gearbeitet ... und mein Einkommen als Pfarrer ... tzz ... zum Sterben zu viel, zum Leben zu wenig. Frau Heinrich ließ uns mietfrei im Haus wohnen ... und bei besonderen Ausgaben half sie uns ..., aber sagen Sie selbst, war das zu viel verlangt? Wir waren keine Schmarotzer, wie Edda uns nannte." Krüg spuckte das Wort „Schmarotzer" förmlich aus. „Frau Heinrich bekam doch das Haus, das heute viel mehr wert ist, als damals. Edda hatte förmlich aus uns und unserem Unglück, aus ihrer Schuld, noch ein Geschäft gemacht ..."

„Hatten Sie ihr das so gesagt?" Martins Bild von Frau de Vries bekam mehr und mehr Risse.

„Ja, in gewisser Weise ...", Pfarrer Krüg entspannte sich, seine Hände fielen nach unten. „Irgendwann im Sommer stand Edda bei uns im Garten. Sie setzte uns ein Ultimatum. Bis Ende des Jahres sollten wir ausziehen oder ab Januar eine Miete bezahlen. 4.000 Euro im Monat wollte sie haben, stellen Sie sich das einmal vor, 4.000 Euro. Sie sagte sogar, das sei ein Schnäppchen und wir sollten ihr für ihre Großzügigkeit dankbar sein. Sie könnte das Haus mit dem Garten ohne Mühe für das Doppelte vermieten. Für uns, für mich, war das mehr, als ich an Pension bekomme, das wusste Edda. Selbst ihr Mann wollte sie davon abbringen. Er sagte, sie bräuchten das Geld doch gar nicht. Es liefe sehr gut in seinem Geschäft."

„War Jan de Vries mit dabei, ich meine, bei diesem Besuch?", fragte Schwaner nach.

„Nein, das war später, als wir nochmals das Gespräch mit Edda suchten. Wie Bittsteller hat sie uns behandelt. Saß da, auf ihrer mit Palmen umstandenen Terrasse, im Keller der Swimmingpool und die Sauna, vor der Tür der Porsche, auf dem Tisch eine Flasche Champagner im Eiskühler ..."

Krügs Hände waren wieder zu Fäusten geworden, die zitterten. „Es gehe ums Prinzip, sagte sie, ums Prinzip ... stellen Sie sich das einmal vor!"

„Ums Prinzip, ums Prinzip ...", wiederholte Frau Krüg mit hoher Stimme.

Der Pfarrer stöhnte auf und kniete sich neben seine Frau. Er umschlang sie und drückte sie an sich. Frau Krüg hielt kurz inne und ließ es sich gefallen. Kaum war ihr Mann wieder aufgestanden, setzte sie ihre Arbeit fort.

„Meine Frau war damals, im Sommer, noch eine andere", sprach Krüg mit feuchten Augen zu ihr hinabschauend. „Es gab zwar schon vorher erste Anzeichen, aber wirklich krank," er strich ihr nochmals übers Haar, „wurde sie erst in den Wochen danach."

Krüg schwieg. Er schien müde zu sein, müde und hilflos. Gebeugt wie Hiob stand er vor dem Grab der Tochter, seine Frau geisteskrank auf Knien vor sich hin lallend und schabend. Auch Schwaner blickte nochmals hinunter. Inmitten der weißen Kiesel sah er etwas Bräunliches. Es steckte am Fuße des Grabsteins, direkt unter dem Bild. „Der Korken!", schoss es Schwaner durch den Kopf. Er ließ sich seine Entdeckung allerdings nicht anmerken.

„Ich glaube, jeder versteht, dass Sie sich rächen wollten ...", wollte Martin trösten und ablenken zugleich.

„Ich?", unterbrach ihn sogleich Krüg und ein Lächeln huschte über sein Gesicht. „Ich war das nicht. Ich bin zur Rache gar nicht fähig..." „Leider", fügte er kurz darauf noch an.

„Aber, aber, wer war es dann?", fragte Schwaner entgeistert. Seit er die Aufnahmen der Kamera gesehen hatte, glaubte er, das letzte Puzzleteilchen, die letzte Unbekannte, den entscheidenden Punkt, in dem sich die Linien kreuzten, gefunden zu haben. Seine Konstruktion war schlüssig, ihre Aussage bewiesen. Er war mit dem Gedanken zum Friedhof gefahren, Pfarrer Krüg den Vorteil eines Geständnisses darzulegen. Er wollte ihn überzeugen, sich zu stellen. Jetzt stritt er die Tat ab.

„Sie war es." Krüg nickte zu seiner Frau hin. „Mein kleiner Engel. Sie muss damals, bei unserem Besuch bei Edda, die Flasche mitgenommen haben. Wie sie vom Schlüssel für das Haus erfuhr, weiß ich nicht. Ich habe das alles erst begriffen, als Waller mich anrief und zu sich herüberbat."

„Waller?", fragte Schwaner entgeistert.

„Er zeigte mir irgendwelche Videoaufnahmen. Auf denen war zu sehen, wie Edda und ihr Mann im Wohnzimmer ihres Hauses saßen, vor ihnen eine Flasche Wein. Sie prosteten sich zu, sie küssten sich, sie, sie fingen... sie wissen schon... und sie stießen zwischendurch mit den Gläsern an. Edda stand auf und verließ das Zimmer. Er trank nochmals aus seinem Glas. Im oberen Stock ging das Licht an. Unten sackte Herr de Vries auf dem Sofa zusammen. Oben zog sich Edda um, warf sich diesen Kimono über, torkelte, setzte sich an den Schminktisch, wankte, stand auf, ging zwei Schritte, schwankte erneut, hielt sich an der Wand fest, glitt daran zu

Boden, versuchte noch ein, zwei Mal auf die Knie zu kommen, schaffte es nicht und brach zusammen..." Krüg blickte Martin in die Augen. „Als Pfarrer habe ich viele Menschen auf ihrem letzten Weg begleitet. Ich habe dabei immer Mitleid empfunden. Mitleid für die Sterbenden, Mitleid für die Angehörigen. Bei Edda fühlte ich nichts, nein, das stimmt nicht, ich fühlte Freude, Genugtuung, Rache, wenn Sie so wollen. Aber es war keine Rache, die von mir ausgegangen war."

„Aber woher wissen Sie dann, dass Ihre Frau es war?"

„Waller zeigte mir eine weitere Aufnahme. Diese war aus dem letzten Jahr. Die Palmen standen noch auf der Terrasse und die Sträucher waren grün. Es war helllichter Tag. Meine Frau kam, eine Flasche in der Hand, in den Garten. Sie geht zum Brunnen, sucht dort etwas, findet offenbar einen Schlüssel, geht zur Tür am Haus, schließt auf, verschwindet kurz darin, kommt wieder heraus, ohne die Flasche, schließt ab, geht wieder zum Brunnen und verlässt das Grundstück. Es waren alles in allem nur ein paar Minuten. Aber es war eindeutig meine Frau. Damals hatte sie noch klare Momente."

„Aber Waller, wieso, warum? Was wollte er?", Schwaner war immer noch perplex.

„Er sagte mir, dass davon niemand etwas erfahren müsste. Wir seien ja schon gestraft genug. Ich sollte ihm lediglich helfen, dieses Mal die Stiftung ins Leben zu rufen. Ich sollte den letzten Willen von Edda bezeugen, oder so etwas in dieser Art, dass nach ihrem Tod das Vermögen an eine Stiftung überginge."

„Also doch Waller", zischte Martin vor sich hin und überlegte. „Und Sie haben sein Angebot angenommen?"

„Ich bin noch zu keiner Entscheidung gekommen." Krüg lächelte erneut. „Ich habe noch zwei Tage Zeit."

„Das ist Erpressung. Sie können Waller anzeigen. Sie können ..." Krüg stoppte Martin, indem er die Hand hob.

„Es ist alleine meine Entscheidung, Herr Schwaner. Sie, die Polizei, Gesetze haben damit nichts zu tun. Es geht darum, wie ich und meine Frau unser Leben die letzten Jahre, die uns noch bleiben, führen möchten. Die Krankheit meiner Frau wird sich weiter verschlimmern. Irgendwann werde ich ihr nicht mehr helfen können. Das kann schon in ein paar Monaten so weit sein, vielleicht auch erst in zwei oder drei Jahren."

„Ich glaube, das sehen Sie falsch. Es wird eine Entscheidung der Gerichte sein, wie Sie, Ihre Frau, Waller die nächsten Jahre verleben werden", gab sich Schwaner obrigkeitstreu.

„So?", Krüg drehte sich zu Martin hin. „Wie wollen Sie das denn bewerkstelligen, Herr Schwaner? Ein Kommissar, der fast so krank ist wie meine Frau? Unsere Unterhaltung hier ist ohne Belang. Herr Waller wird Ihnen keine Aufnahmen aushändigen, da können Sie sicher sein. Was haben Sie dann in der Hand? Vielleicht war es am Ende doch ein gemeinsamer Selbstmord, so wie damals, als Edda und unsere Judith ..." Der Pfarrer griente selbstsicher und skrupellos sein Gegenüber an. „Wenn ich nicht gestehe, haben Sie gar nichts, ist es nicht so?"

Martin war vom plötzlichen Wandel Krügs überrascht und einen Schritt zurückgewichen. Er wollte schon mit den Aufnahmen von Herrn Heith herausplatzen, besann sich jedoch im letzten Moment und nickte stumm. Es war besser, Pfarrer Krüg in seiner Gewissheit zu belassen, bis er mit Waller gesprochen hatte. Schwaner nickte noch einmal, wandte sich ab und ging.

Zu Hause durchsuchte Martin die Aufnahmen der Gartenhaus-Kamera erneut. Er hatte den Laptop von Herrn Heith kurzerhand als beschlagnahmt erklärt, ihn sich unter den Arm geklemmt und mit nach oben genommen. Frau Heith brachte ihm später noch das Ladekabel vorbei, das er vergessen habe. Auch sie sei froh, dass dieses Ding endlich aus ihrer Wohnung verschwinde. „Ob es denn stimme, dass Herr und Frau Krüg...", sie brachte den Satz nicht zu Ende. Mit „Du lieber Gott, du lieber Gott..." eilte sie wieder die Stufen hinab.

Im Nu fand Schwaner den Mitschnitt des Todeskampfes des Ehepaars de Vries, wie von Pfarrer Krüg eben auf dem Friedhof beschrieben. Bis in den Sommer letzten Jahres reichten die Aufzeichnungen nicht zurück. Sie schienen nach einer gewissen Zeit automatisch gelöscht zu werden. „Darum muss sich später die KTU kümmern", dachte Martin und scrollte wieder nach oben. Er wollte herausfinden, wer im Haus gewesen war, nachdem die Krügs die Leichen auf dem Sofa drapierten. Laut Messners altem Pfadfindertrick musste nochmals jemand die Tür zum Garten geöffnet haben. Schwaner rechnete zurück. Es konnte nur Sonntag oder Montag vergangene Woche geschehen sein. Martin suchte und suchte. Er sah sich, wie er von Jacqueline vernommen wurde. Sandra, die durch die Terrassentür spähte, zur Seite ging, merkwürdige Gebärden vollführte, zurückkkam und klopfte. Schwaner musste lachen. Zwischendurch fand er das Video, auf dem Frau de Jong festgehalten war. In ihrem Kostüm wirkte sie völlig deplatziert, so mitten in der Nacht. Auch für ihr Eindringen hätten sie nun einen Beweis, freute sich Martin.

Endlich! Montagmorgen, kurz vor sieben, der Tag brach gerade an, schritt Waller, von seinem Garten kommend, über die Wiese zum Brunnen. Gezielt griff er nach dem Schlüssel, schloss die Tür auf, verschwand in der Villa und blieb darin recht lange. Martin musste wieder suchen. Fast eine Stunde dauerte es, bis Waller wieder auftauchte, abschloss, eilig zum Brunnen zurückschritt, sich einmal umsah und in Richtung seines Grundstücks aus dem Bild ging. Seine Hände waren leer, das konnte Martin deutlich erkennen. „Was hast du gesucht?", flüsterte er vor sich hin. „Die Dokumente von damals, die Bilder? Pech gehabt, was?" Dennoch konnte Waller irgendetwas am Körper tragen, das war nicht auszuschließen. Schwaner fühlte sich nun ausreichend gestärkt, um dem vermeintlichen Drahtzieher in seinen Augen, einen Besuch abzustatten.

Martin hörte keinen Laut. Dennoch erschien Waller, kurz nachdem Schwaner die Klingel gedrückt hatte, an der Tür. Zum ersten Mal seit Monaten benutzte Martin seinen Polizeiausweis. Er wollte gleich zur Sache kommen und nicht mehr diesen Klamauk von wegen Nachbarschaftsbefragung aufführen. Waller war wenig bis gar nicht überrascht. Ohne zu zögern, bat er Martin herein.

Schwaner blickte sich um. Das Interieur, das ihn an die Einrichtung des Architekten Busch erinnerte, irritierte Martin. Unbewusst hatte er eine Holzvertäfelung, schwere Eichenmöbel und Jagdtrophäen an den Wänden erwartet. Nichts dergleichen. Auch hier, in Wallers Haus, war die Diele wie ein Schachbrett gefliest. Überhaupt glich der Grundriss sehr der Villa von nebenan. Geradeaus ging es ebenfalls in die Küche, links ins Wohnzimmer. Dorthin zeigte Waller mit ausgestrecktem Arm. „Kann ich Ihnen etwas anbieten?", fragte er seinen Gast, als dieser vor ihm das Zimmer betrat. Schwaner lehnte ab und schaute sich um. Mehr noch als die Diele überraschte Martin dieser Raum. Alles darin war in Weiß gehalten: Sofa, Sessel, Tisch, Stühle, die Küche, die sich im rechten Winkel offen anschloss. Selbst die Blumen auf dem Sideboard blühten strahlend weiß. Völlig aus der Fassung brachte Schwaner der siebenarmige Leuchter an der hinteren Wand, darüber der Davidstern.

Waller bot Martin einen Platz auf dem Sofa an, von wo er in den Garten blicken konnte. Er selbst setzte sich in den Sessel.

„Nun, wie kann ich helfen?", fragte der Hausherr, lehnte sich zurück und schlug die Beine übereinander.

„Sie wissen, wer Ihre Nachbarn vergiftete", fiel Schwaner mit der Tür ins Haus und bohrte seinen Blick in Wallers Miene. Der zeigte keinerlei Reaktion, sondern antwortete schlicht: „Ja, das weiß ich."

„Und mit diesem Wissen haben Sie Herrn Krüg erpresst." Martins Anschuldigung bewirkte nicht die geringste Regung in Wallers Konterfei.

„Wenn Sie es so ausdrücken möchten...", Waller überlegte einen kurzen Augenblick und fügte schließlich ein „Ja!" an.

„Herr Krüg sollte bezeugen, dass es der letzte Wille von Herrn und Frau de Vries war, diese Stiftung zu gründen?"

„So etwas in dieser Art. Wie genau und in welcher Form, da war ich mir noch nicht ganz sicher. Quid pro quo." Waller wechselte die Beine und blieb völlig gelassen.

Martin versuchte, hart zu bleiben. „Mittels dieser Stiftung wollten Sie sich das Vermögen von Edda de Vries aneignen."

„Äh nein, nicht ganz. Nicht ich, die Stiftung wäre Nutznießer des Vermögens geworden. Ich hoffe noch immer, dass uns dies gelingt."

„Wer ist uns?", schoss es aus Schwaner heraus.

„Ihnen und mir", war die überraschende Antwort, die Martin laut auflachen ließ. „Ich?", wiederholte er und lachte nochmals. „Ha, ha, ha. Wollen Sie mich bestechen?" Schwaner wartete keine Antwort ab. „Wissen Sie, ich mache mir nichts aus Geld..." Er grinste Waller an.

„Umso besser...", Waller kam nach vorne und stützte seine Ellenbogen auf den Knien ab, „...dann sind Sie genau der Richtige."

„Was soll das heißen?", Martin rückte fast ängstlich ein Stück zur Seite. Jetzt war es Waller, dessen Augen starr ihr Gegenüber fixierten. Schwaner hielt dagegen, so gut er konnte. Waller ließ von ihm ab und lehnte sich wieder bequem zurück.

„Was wissen Sie von alledem hier?", Wallers Arm fuhr einmal im Kreis über seinem Kopf herum. „Kennen Sie überhaupt die ganze Geschichte?"

Martin verließ Wallers Haus, als trüge er eine zentnerschwere Last auf dem Rücken. Mit Handschlag und dem Satz „Denken Sie darüber nach" hatten sie sich eben voneinander verabschiedet.

Davor lag eine fast einstündige Erzählung Wallers, über seine Kindheit, die Freundschaft des alten Heinrich zu seinem Vater und die über Jahre dauernde Ablösung von alledem, die in seiner Konvertierung zum jüdischen Glauben mündete. „Glauben Sie mir, das war mehr als nur ein symbolischer Akt, es war für mich die endgültige Befreiung von meinem Vater."

Waller beschrieb, wie er mit Georg Heinrich von nebenan aufwuchs. „Während ich schon früh rebellierte, aus der Art schlug, wie mir immer vorgehalten wurde, so war Georg ganz sein Vater: verschlagen, raffgierig, skrupellos." Seinen eigenen Vater stellte er nicht besser dar: „Er war ein Nazi, durch und durch. Und wie alle aus dem Justizsystem blieb er nach dem Krieg völlig unbehelligt." War für Georg nebenan klar, dass er einmal die den Rosenbaums gestohlene Firma erben würde, so habe es für ihn nur den Weg des Jurastudiums gegeben. „Ich sollte, da war mein Vater unnachgiebig, die Kanzlei weiterführen. Was ich zunächst wie ein Brandmal empfand, stellte sich später als glückliche Weichenstellung des Schicksals heraus."

Waller beschrieb, wie er, da sein Vater früh verstarb, unmittelbar nach Abschluss seines Studiums die gleichnamige Kanzlei übernahm. Dort habe er nach und nach all die „Sauereien" entdeckt, die sein Vater im Dritten Reich für seine „Freunde" arrangiert habe, unter anderem auch die Geschichte der Rosenbaums. Seine eigene Passion sei es geworden, das geschehene Unrecht wieder gutzumachen. In einigen Fällen sei ihm das gelungen. Er konnte Nachkommen ausfindig machen und diese, mit den fein säuberlich archivierten Unterlagen seines Vaters, in ihren Rückforderungen unterstützen. „Um aber auf den Punkt zu kommen, nicht dass Sie denken, ich möchte vor Ihnen prahlen, war mir dies bei den Rosenbaums nicht möglich. Von dieser Familie konnte ich, trotz jahrelangen Suchens, kein einziges Mitglied mehr finden. Sie flohen damals von hier nach Amsterdam, lebten dort versteckt und unter falschem Namen, wurden verraten, verhaftet und im KZ ermordet. Alle! Mein Vater selbst hatte sich schon nach ihrem Schicksal erkundigt. Er wollte wohl ganz sicher gehen."

Waller unterbrach hin und wieder seine Darlegungen, teils berührt und erschüttert, teils, um zu sehen, ob Schwaner ihm folgte. Martin nickte in diesen kurzen Pausen und hörte weiter aufmerksam zu. Er, Waller, habe früh begonnen, Initiativen, Einrichtungen, Projekte zu unterstützen, um dadurch seine geerbte Schuld abzutragen. Er habe auch einmal mit Georg Heinrich darüber gesprochen, der ihn hinausgeworfen und ihm gedroht und ihn beschimpft habe. „Judenfreund" habe er ihn genannt. „Genauer gesagt, degenerierten Judenfreund." Dabei zeigte Waller auf das einzige Bild im Raum, das ihn mit einem etwa gleichaltrigen Mann zeigte. „Wir mussten uns damals noch verstecken", begleitete er Martins Blick. Georg Heinrich habe gedroht, seine „perverse Neigung" anzuzeigen, wenn er nicht den Mund hielte.

Als dieser Widerling nebenan glücklicherweise und aufgrund welcher Umstände auch immer gestorben sei, habe er einen weiteren Anlauf genommen und versucht, mit seiner Witwe, Johanna Heinrich, über die Rückgabe des Gestohlenen zu verhandeln. „Aber, was soll ich Ihnen sagen, sie war genauso gierig wie ihr Mann. Keinen Pfennig wollte sie hergeben. Sie habe mit alldem nichts zu schaffen. Das sei der alte Heinrich gewesen. Und wenn alle Rosenbaums, wie ich sagte, tot wären, wem nütze es dann noch? Es ging ja nicht nur um das geraubte Unternehmen, das in der Wirtschaftswunderzeit enorm gewachsen war. Es ging auch um die Bilder, die Gemälde. Rosenbaum war ein großer Kunstsammler mit Verstand und Weitblick gewesen. Frau Heinrich saß damals unter dem Chagall, den sie so mochte und der ihr, wie alle anderen Werke, nicht gehörte. Nichts werde sie hergeben, sagte sie und bat mich zu gehen und nie wiederzukommen."

Sicherheitshalber habe Frau Heinrich die wertvollen Gemälde später wohl versteckt und nur noch Bilder im Haus gezeigt, die ihr Mann erworben hatte.

„Georg Heinrich verstand von Kunst so viel wie Fliegen von Fensterscheiben. Er kaufte seine Bilder nur, um den Besitz der gestohlenen Werke zu verschleiern und nach außen als Mäzen dazustehen. Hin und wieder war wohl etwas Bedeutendes dabei. Ein blindes Huhn findet eben auch mal ein Korn. Aber dies alles wäre ihm, ohne die den Rosenbaums geraubte Firma, überhaupt nicht möglich gewesen." Waller stockte nochmals. Später, als Martin Sandra von der Unterhaltung, von dem Treffen erzählte, musste er zugeben, wie glaubhaft und ehrlich Waller ihm gegenüber gewesen sei. In den letzten Jahren habe Frau Heinrich schließlich alle Bilder abgenommen und durch Gemälde ihrer Pekinesen ersetzt, die ihr Ein und Alles waren. Das habe ihm die damalige Putzfrau erzählt.

Seine letzte Hoffnung war schließlich Edda, die Nichte und Adoptivtochter. Ihr habe er einen Brief geschrieben, der, so seine Absicht, eine Verständigung anstoßen sollte. Aber auch Edda habe ihn ignoriert. „Was heißt ignoriert, einen Schmarotzer hat sie mich genannt. Sie wisse nichts von irgendwelchen Gemälden. Sie kenne keine Rosenbaums. Wenn, dann habe die das alte Schwein auf dem Gewissen, das gehe sie nichts an. Sie und ihre Tante hätten unter dem alten Schwein genug zu leiden gehabt, da stehe ihr das Geld jetzt zu."

Wahrscheinlich hätten Edda und ihr windiger Ehemann die Kunstwerke längst ins Ausland gebracht. Martin schwieg und sagte nichts von der geheimen Kammer. Waller kam zum Schluss, erzählte, wie Edda und ihr Mann anfänglich Abend für Abend auf der Terrasse gesessen hätten, mit Kaviar und Champagner, und ihm laut zuprosteten, wenn er sich in seinem Garten zeigte. Einmal hätte Edda sogar gerufen: „Auf die Rosenbaums!"

Daraus habe sich der unsägliche Streit um die Beleuchtung im Garten, Grenzzäune und Baumüberhänge entwickelt. Immerhin habe der dazu geführt, dass sich Edda und ihr Mann mehr nach drinnen verzogen, da habe er sie wenigstens nicht mehr gehört. „Dennoch haben sie ihr Wohnzimmer immer taghell erleuchtet und ihr Schauspiel dort aufgeführt."

Als er auf seinen Aufnahmen Frau Krüg mit der Flasche Wein sah, hätte er sich zunächst nichts dabei gedacht. Aus irgendeiner Ahnung heraus speicherte er das Video. Vielleicht deshalb, weil Pfarrer Krüg ihm zuvor erzählt hatte, dass Edda jetzt von ihm eine horrende Miete fordere oder sie aus dem Haus flögen. Nach den jüngsten Ereignissen habe er dann eins und eins zusammengezählt. „Meine Erpressung, wie Sie es nennen, ist die letzte Chance, ein geschehenes Unrecht, zumindest teilweise, zu heilen. Ich möchte keinen Cent aus Georgs gestohlenem Vermögen. Daran klebt das Blut der Rosenbaums. Es gibt allerdings einen sinnvolleren Weg, es einzusetzen, als es dem Staat zu schenken, der jetzt Nutznießer werden würde." Waller schwieg nochmals einige Momente. „Und das wäre doch ein doppeltes Vergehen an den Rosenbaums. Genau dieser Staat, nicht der heutige, verstehen Sie mich nicht falsch, der damalige, hatte doch die Grundlagen für die begangenen Verbrechen geschaffen."

Martin und Sandra saßen am Tisch, jeder ein Glas Wein vor sich. Romeo lag unter der Lampe und brummte genüsslich. Ab und an blinzelte er seine beiden Angestellten an, die längst von der ursprünglichen Regel, die Katze dürfe nicht auf den Tisch, abgerückt waren.

„Man kann ein Verbrechen nicht durch ein anderes wiedergutmachen.", sagte Sandra mit wenig Überzeugung in der Stimme, die das folgende „aber" schon ankündigte. „Aber andererseits ist es vielleicht wirklich die letzte Gelegenheit, die Erinnerung an die Familie Rosenbaum zu retten." Martin hatte zuvor erzählt, dass Waller gegen die Stolpersteine war, nicht, um sie zu verhindern. Er wolle und werde sein ganzes Haus in absehbarer Zeit zur Verfügung stellen. Hier seien es Edda und ihr Mann gewesen, die ihm mit einem „Zug durch alle Instanzen" gedroht hätten, wenn er seine Pläne umsetze. „Wir werden Sie ruinieren", hätte de Vries zu ihm gesagt, „dass Sie Ihre letzten Jahre auf der Straße verbringen."

Schwaner dachte laut über einen Kompromiss, eine Lösung für alle Seiten nach. Frau Krüg als Täterin würde sicherlich schuldunfähig sein. Eventuell würde sie in einer Klinik untergebracht werden. Pfarrer Krüg müsse wegen Beihilfe mit einer Strafe rechnen. Die könnte, wenn er sich selbst anzeigte, relativ mild ausfallen. Es handele sich ja nur um das Verdecken einer Straftat – und die Umstände sprächen für ihn. Dennoch würde er, früher oder später, von seiner Frau getrennt werden, ganz gleich, ob er die beabsichtigte Gründung der Stiftung bezeugte oder nicht. Er würde es sicherlich nicht tun, wenn Waller ihn mit seinen Videoaufnahmen belaste. Und auf Wallers Aufzeichnungen komme es jetzt gar nicht mehr an. Martin deutete auf den Laptop von Herrn Heith, der unter Romeo auf dem Tisch lag.

Als Alternative könnten alle schweigen. Kein Wort von den Aufnahmen an Sven, kein Ton von der verwickelten Vorgeschichte an irgendjemand. Nur Annes Bericht, zuvor von Martin ersehnt und als Durchbruch gefeiert, stellte ein Problem dar.

Martin verbrachte eine unruhige Nacht. Obwohl Sandra ihm klarzumachen versuchte, dass es längst nicht mehr auf ihn alleine ankäme, da schon viel zu viele in diese Geschichte verwickelt seien, die ebenfalls ihre Entscheidungen treffen müssten, sah Schwaner die Verantwortung nur bei sich.

In den kurzen Phasen des Schlafs sah Martin endlose Geraden, deren Parallelität er unentwegt prüfte und die ins Nichts davonliefen. Er zeichnete vor seinen Schülern Kreise, die sich nicht schlossen, er konnte tun was er wollte. Jeder Bogen des Zirkels wurde zu einer Spirale, die ihn nach unten zog.

Am Morgen legte er seiner Klasse die genauen Umstände des Falles, seine Erkenntnisse, die Entwicklungen und Hintergründe, in möglichst neutralem Ton vor. Alle schwiegen und dachten sehr angestrengt nach. Lena war die Erste, die sich zu Wort meldete: „Ich würde nichts sagen. Wenn die Gerechtigkeit wirklich eine Waage ist, wie so oft dargestellt, ist das Übergewicht klar auf der Seite Wallers." Brooklyn, Bill und Anna nickten. Sienna überlegte noch. „Es ist gar nicht die Aufgabe der

Polizei, über Recht und Gerechtigkeit zu urteilen. Dafür gibt es die Gerichte.", argumentierte Harry dagegen. „Sie müssen Ihre Ergebnisse der Staatsanwaltschaft übergeben, die muss entscheiden, was daraus wird." Justin stimmte ihm sichtbar erleichtert zu. In Martin regte sich der Gedanke, dass er eigentlich kein Polizist mehr sei, zumindest kein „wirklicher" Ermittler. Er war nur der Ersatzspieler, der die Nachbarn befragen sollte, zweite Reihe, derjenige, der mit ein wenig Lauftraining auf den Außenbahnen beschäftigt wurde.

„Es ist einzig und allein eine moralische Entscheidung, die jeder für sich selbst treffen muss", postulierte Mark mit eindringlicher Stimme. „Hier darf sich keiner hinter irgendwelchen Vorschriften verstecken, denn sonst tut er das Gleiche, was damals geschehen ist." Sienna stimmte ihm mit einem lauten „Genau!" zu. Bill und Anna schienen ihre Meinung geändert zu haben und nickten ebenfalls. Lena stimmte mit ein und selbst Harry kam ins Grübeln. Einzig Justin schien völlig überfordert und schaute hilflos zur Decke.

Schwaners Telefon klingelte. Um diese Uhrzeit konnte das nur Oskar sein. Martin hatte richtig geraten. Im Vergleich zu ihrem letzten Telefonat hörte sich Willemer nicht mehr so kampfeslustig und motiviert an. Er habe wegen der Sache „de Vries" mit ihrer Rechtsabteilung gesprochen, kam er schnell auf den Grund seines Anrufes. Man sei sich dort nicht so sicher, ob hier tatsächlich ein Rechtsverstoß vorliege. Man bewege sich in einer Grauzone. Das Verbot des Insiderhandels betreffe ja nur einen kleinen Personenkreis. „Selbst die Frau eines Vorstandsvorsitzenden kann ja schon machen, was sie will." Was er also sagen wolle, ist, sie würden erst einmal nichts zu de Vries bringen. Der sei auch nicht, wie er feststellen musste, der Einzige, der solche Geschäfte betreibe. Die Panama-Papers hätten gezeigt, wie verfilzt Wirtschaft, Politik und Privatpersonen wären. Da müsse man, so der Rat ihrer Rechtsabteilung, erst einmal abwarten. Es gelte zunächst, wie überall, die Unschuldsvermutung. Und einige der betroffenen Unternehmen seien wichtige Anzeigenkunden ihrer Zeitung. Die könne man nicht so vor den Kopf stoßen. Moralisch sei das alles sicherlich verwerflich und er persönlich würde sie alle gerne vor den Kadi zerren, aber, Martin verstehe sicherlich, dass ihm augenblicklich da die Hände gebunden seien.

„Wenn du etwas Neues herausfinden solltest, dann lass es mich wissen. Dann schießen wir aus allen Rohren. Bis dahin, mach's gut."

Der Nächste, der sich meldete, unmittelbar nach Willemer, war Sven. Auch er druckste zunächst herum, bis ihn Martin direkt nach dem Grund seines Anrufes fragte.

„Ich hab' dir ja gesagt, die Georg is eine Hundertprozentige un' ich versteh auch nich, nach Annes Bericht, warum die nich ..."

„Sven, spuck's aus", fiel ihm Martin ins Wort.

„Es wird ers' Mal keine Ermittlungen g'ben. Die Georg sagt, das sei'n alles Vermutung'n un' Hypothes'n, nichts Konkret's. Anne is stinksauer un' auf hundertachtzig." Sven beschrieb Schwaner ausführlich, wie er sich für die Sache eingesetzt habe, letztlich vergeblich. „Es war nix zu mach'n. Sie sieht kein'n konkret'n Anfangsverdacht."

Beck fügte noch an, wie sich die Staatsanwältin gegen die Erbgeschichte wehrte. Mit so etwas wollte sie absolut nichts zu tun haben. Und die Werte der Gemälde seien lediglich von Frau Weigand so angenommen worden. Da müssten Sachverständige ran, Expertisen erstellt werden und so weiter und so weiter. Sie sei Staatsanwältin und keine Nachlassverwalterin.

„Das heißt also, ich soll meine Befragungen in der Nachbarschaft einstellen?"

„Ja, so sieht's aus. Das war sowieso noch son' Punkt, der sie ..."

„Alles in Ordnung Sven. Kein Problem. Ich betrachte mich hiermit wieder außer Dienst gestellt." Schwaner fühlte sich augenblicklich erleichtert.

„Martin, alles gut bei dir ...?", fragte Beck skeptisch nach. „Irgendwas is doch ..."

„Nein, nein, alles bestens. Grüß Jacqueline von mir und bitte sag Anne, dass ich sie die Tage einmal anrufe, vielleicht später schon, ich muss noch etwas erledigen." Martin legte auf.

Sandra hatte völlig recht. Es gab viele Personen in diesem Nichtfall, die alle ihre Entscheidungen treffen mussten, und Martin war mit dem Ergebnis bislang sehr zufrieden. „Sie müssen Abstand wahren", fielen ihm die mahnenden Worte seiner Therapeutin, Frau Dr. Heine, wieder ein. „Jawohl, das tue ich!", sprach Martin mit einem Lächeln zu sich selbst.

Ein letztes Mal versammelte Schwaner seine Schüler um sich. So einfach konnte er sie nicht entlassen.

Moral habe in der Mathematik nichts zu suchen, begann er seine Ausführungen und legte in einem weiten, etwas konfusen Monolog den schweigenden Gesichtern vor sich die Unlösbarkeit manch mathematischer Probleme dar. Ein Paradebeispiel sei die „Quadratur des Kreises". Über Jahrtausende, bis in die Neuzeit, hätten sich die klügsten Köpfe daran abgearbeitet, letztlich mit dem Ergebnis, dass es unmöglich ist – im geometrischen Sinn. Rein rechnerisch sei es ein Klacks.

„Wir müssen also feststellen, dass bestimmte Fragen, unter bestimmten Voraussetzungen, unlösbar sind", dozierte Martin weiter. „Übertragen auf unseren Alltag heißt das, dass in manchen Fällen die Anwendung des Gesetzes nicht zu mehr Gerechtigkeit führt. Akzeptieren Sie das und handeln Sie danach."

Schwaner blickte zunächst in ratlose Gesichter, auf denen mehr und mehr ein Lächeln erschien.

„Wir sehen uns, wenn Sie möchten, im nächsten Semester wieder."

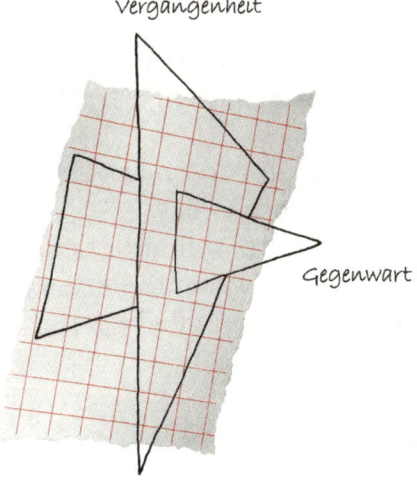

Vergangenheit

Gegenwart

Martin zeichnete, während er mit seiner Klasse sprach, zwei Dreiecke auf seinen Block. Eins durchstieß das andere. Warum er gerade dieses Bild wählte, war ihm nicht bewusst. Es floss wie nebenbei auf das Papier. „Es muss vielleicht nicht alles immer einen Sinn haben", dachte er bei sich. Er fand die Zeichnung allerdings symbolisch für diesen Fall. Martin schrieb an eines der Dreiecke „Vergangenheit", an das andere „Gegenwart". Er begann das Blatt zu drehen. Mal durchdrang die Gegenwart die Vergangenheit, mal durchschnitt die Vergangenheit die Gegenwart. „Kokolores", dachte Schwaner, und warf das Blatt in den Papierkorb.

Martin stand am Fenster in der Küche, die Espressotasse in der Hand und schaute nach nebenan in den Garten. Romeo schritt dort gerade über den Rasen, zu dem Sonnenstreifen hin, der den Brunnen und die Figur darauf erleuchtete. Der Kater setzte sich und leckte die rechte Pfote.
Wieder klingelte Martins Telefon. Dieses Mal war es Günther Messner.
„Ist die Luft wieder rein? Meinst du, ich kann mich mal wieder blicken lassen?", fragte Martins Ex-Kollege kleinlaut.
„Klar, komm vorbei. Wir trinken eine Flasche Wein zusammen, oder auch zwei."
„Und die Geschichte von nebenan, hat die sich geklärt?", Günther Messner flüsterte noch immer.
„Alles bestens, Günther, alles bestens."

-ENDE-